교사의 사계

교사의 사계

(행복한 교육을 만드는 교사의 마음 산책 & 힐링 에세이)

[행복한 문학®] 시리즈 No. 01

지은이 ㅣ 최상길
발행인 ㅣ 홍종남

2023년 3월 1일 1판 1쇄 인쇄
2023년 3월 7일 1판 1쇄 발행

이 책을 만든 사람들
기획 ㅣ 홍종남
북 디자인 ㅣ 김효정
교정 교열 ㅣ 김경미
출판 마케팅 ㅣ 김경아
제목 ㅣ 구산책이름연구소

이 책을 함께 만든 사람들
종이 ㅣ 제이피씨 정동수 · 정충엽
제작 및 인쇄 ㅣ 천일문화사 유재상

펴낸곳 ㅣ 행복한미래
출판등록 ㅣ 2011년 4월 5일. 제 399-2011-000013호
주소 ㅣ 경기도 남양주시 도농로 34, 301동 301호(다산동, 플루리움)
전화 ㅣ 02-337-8958 팩스 ㅣ 031-556-8951
홈페이지 ㅣ www.bookeditor.co.kr
도서 문의(출판사 e-mail) ㅣ ahasaram@hanmail.net
내용 문의(지은이 e-mail) ㅣ ziondada@hanmail.net
※ 이 책을 읽다가 궁금한 점이 있을 때는 지은이 e-mail을 이용해 주세요.

ⓒ 최상길, 2023
ISBN 979-11-86463-65-9
〈행복한미래〉 도서 번호 096

교사의 사계

| 최상길 지음 |

행복한미래

관찰은 이야기가 되고 이야기는
살아 움직이는 글이 됩니다

"혹시, 최상길 선생님 아니신가요?"

"예. 저를 어떻게 아시는지요?"

몇 년 전에 디지털피아노를 구입한 적이 있습니다. 시내에 있는 가게에는 젊은 직원이 있었습니다. 여러 디지털피아노를 둘러보면서 자세한 설명을 들은 후 적당한 피아노를 선택했습니다. 며칠 후 피아노를 가져오신 사장님은 절 알아보셨습니다.

"선생님, 저 주현이 엄마예요. '오이지' 학급문집은 지금도 한 번씩 읽어 보고 있어요. 선생님은 하나도 안 변하셨네요."

가게에 있던 젊은 직원은 제가 가르쳤던 학생이었습니다. 제자는 절 알아보지 못했는데 피아노를 설치하러 집으로 오신 주현이 어머니께서

바로 알아봐 주셨습니다. 잠시 뒤 집으로 올라온 '주현'이는 머리를 긁적이며 다시 인사를 했습니다. 주현이, 주현이 어머니와 5학년 때 일들을 추억하며 잠시 이야기를 나눴습니다. 주현이는 항상 멋진 미소를 짓고 다니던 활발한 아이였습니다. 어른이 되어서도 어릴 적 얼굴을 그대로 가지고 있었습니다. 감사하고 반가웠던 만남이었습니다.

　"선생님, 저녁 시간에 가게에 꼭 들러 주세요."

　"어머니, 매년 이렇게 안 챙겨 주셔도 되는데요."

　친구와 편하게 다니는 식당의 사장님이 학부모님입니다. 5학년이던 이슬이는 어느새 세 아이의 엄마가 되었습니다. 식당에서 이슬이를 자

주 보진 못했지만 이슬이 어머니는 늘 반갑게 맞아 주셨습니다. 어머니는 식당 외에도 작은 과수원을 갖고 계셨는데 배가 익을 즈음해선 맛있는 배도 챙겨 주셨습니다. 죄송한 마음에 사양도 해 보지만 매년 맛있는 배를 먹고 있습니다. 감사한 마음에 새로 나온 학급문집을 한 권 드렸습니다. 이슬이는 말이 별로 없고 얌전하고 착한 아이였는데 어른이 되고 난 후에도 여전히 착한 딸입니다. 이슬이가 가지고 있는 학급문집도 '오이지'입니다.

1993년 수원으로 첫 발령을 받고 2년간은 육상부를 지도했습니다. 오전, 오후로 이어지는 육상부 훈련은 아이들이 힘들어했습니다. 그리고 운동하는 아이들 못지않게 지도 교사도 쉽지 않은 업무였습니다.

2년간 육상부 지도를 끝내고 다른 업무로 옮겨 가면서 새로 맡은 학년이 4학년이었는데 그해 처음 학급문집을 알았고 첫 학급문집을 만들었습니다. 내놓기 부끄러운 엉성한 첫 학급문집에는 '학급신문', '모둠신문', '일기글', '편지글' 등이 실려 있습니다. 컴퓨터도 많지 않던 시절이라 문집은 아이들로 편집팀을 꾸려 방과 후에 교실에서 종이에 펜으로 그림을 그리고, 글을 써서 힘들게 완성했습니다. 편집하다가 좀 늦어진 날에는 자전거에 아이들을 태워 간단한 간식을 먹이고 집으로 바래다주었습니다.

벌써 25년도 지난 아득한 이야기지만 지금도 문집을 펼쳐 보면 그날의 일들이 생생하게 떠오르고, 아이들의 이름을 보면 그 아이들 모습이 생생하게 살아납니다. 문집에는 즐거웠던 기억도, 안타까웠던 기억도 남아 있습니다. 그리고 우리 반은 꽃반이라는 이름을 갖게 되었습니다.

그 뒤로 마지막 21번째 학급문집이 나오기까지 '체육 교사'로 담임 반이 없었던 몇 년을 제외하고는 매년 학급문집을 만들었습니다. 해가 더해지면서 문집의 모양이 달라지고, 내용도 조금씩 더 풍성해져 갔습니다. 아이들의 마음이 오롯이 담기는 주제는 반복적으로 사용하기도 했습니다. 시도하지 않는 선생님들은 엄두를 내지 못하는 일이 학급문집이지만 매년 문집을 만들다 보니 그리 어렵지 않게 문집을 완성할 수 있게 되었습니다.

이제 꽃반은 학부모총회 날 학부모님들이 가장 많이 오시는 반이 되었습니다. 새 학년이 시작되면서 담임 교사보다 먼저 만난 꽃반의 이야기가 학부모님들을 학교로 초대했습니다. 처음 만나는 학부모님들과 담임 교사이지만 이미 오랫동안 알아 온 것처럼 익숙하고 친근했습니다. 학부모님과 아이들 이야기를 하고, 나중에 완성하게 될 학급문집에 대해서도 미리 안내했습니다. 꽃반의 교육 활동을 많이 응원해 주셨고 또 큰 기대를 갖고 돌아가셨습니다. 꽃반이어서 행복하다고 하셨습니다.

꽃반 이야기는 감동적인 글도, 재미있는 글도 아닙니다. 그저 꽃반

에서 일어나는 소소한 일상들입니다. 꽃반 학부모님들은 그 이야기를 좋아하셨습니다. 아침에 눈뜨면 만나게 되는 선생님의 이야기를 설레는 마음으로 기다리고 있다고 하셨습니다. 같은 이야기를 두 번 세 번 읽으신 적도 있다고 하셨습니다.

꽃반 이야기를 읽고 또 읽다 보면 저 자신이 좀 더 투명하게 보이고, 아이들과 지낸 시간들은 성찰해 볼 수 있는 기회가 됩니다. 어제오늘의 것만 읽는 것이 아니라 몇 년 전의 이야기들도 찾아서 읽어 봅니다. 그러면 지나온 시간들을 고스란히 느낄 수 있습니다. 어제 이야기를 읽고 오늘을 준비하고, 작년 이야기를 읽고 올해를 준비해 나가고 있습니다. 똑같은 공간에서 같은 선생님과 지내는 1년이지만 꽃반 이야기는 매일 다른 이야기들입니다.

수업을 하는 틈틈이 아이들을 관찰합니다. 관찰한 내용은 잊어버리기 전에 얼른 수첩에 옮겨 적어 둡니다. 나중에 조용한 시간이 되어 수첩을 다시 펼쳐 보면 암호 같아 보이는 단어들이 다시 이야기가 되어 꿈틀거립니다. 꿈틀거리는 이야기는 고스란히 옮겨져 학부모님께 전달됩니다. 하루의 이야기는 일주일로 묶여 학급신문에 실리고, 일주일의 학급신문은 1년의 학급문집으로 담깁니다. 그렇게 스물한 번의 이야기들이 책꽂이에 꽂혀 있습니다. 그 이야기들을 담은 스물한 권은 모두 살아 있습니다.

제 수첩은 불규칙한 단어들과 문장들로 가득 차 있습니다. 아무도 알아보지 못하는 암호 같습니다. 아이들을 관찰하고 이야기로 고스란히 옮기는 일은 제가 가장 좋아하는 일입니다. 관찰은 이야기가 되고, 이야기는 살아 움직이는 글이 되어 선생님과 부모님을 연결하는 소통의 다리가 되었습니다. 이야기가 쌓여 갈수록 소통의 다리는 점점 튼튼해졌습니다. 그리고 다리로 연결된 신뢰는 시간이 지나도 옅어지지 않고 항상 좋은 기억으로 남아 있습니다.

차례

0부. 교사의 사계(四季); 교사로 산다는 것은

1부. 봄, 만나다

2부. 여름, 성장하다

3부. 가을, 열매를 맺다

4부. 겨울, 마무리하다

0부

교사의 사계(四季): 교사로 산다는 것은

1

아름다운 사람이 되고 싶습니다

아끼는 사람이 여럿 있습니다. 여럿이 모이면 늘 좋습니다. 그리고 모임 중에는 특히 더 어울리는 사람들도 있습니다. 그 자리에 제가 끼어 세 명이 되면 참 유쾌한 자리가 마련됩니다. 네 명, 다섯 명이 되면 더욱 좋습니다.

며칠 전 아침에 일어나 핸드폰 속에 찍힌 한 사람의 전화번호를 보았습니다. 늦은 밤중에 한 번씩 걸려 오는 그의 전화를 받아 본 적이 있어서 내용을 대충 짐작하고만 있었는데 이튿날 아침에 다시 걸려 온 친구의 전화를 받아 보니 모임에 있는 두 사람이 좀 다퉜다는 내용이었습니다.

누구의 편을 들어 줄 수도 없고, 가운데서 서로를 화해시킬 방법도 없는 터라 가슴이 답답해져 왔습니다. 그 어떤 해결이나 위로의 이야기를 하지 못하는 저는 그들과 많이 동떨어져 있음이 느껴졌습니다. 시간이 지나면 해결이 되리라 여기며 그 문제를 마음 한쪽 구석에 저만치 물려 놓았습니다.

사람은 만나야만 사람입니다. 만나지 않는 사람은 저 멀리 홀로 떨어져 있는 무인도와 같습니다. 바라보고 생각하면 좋고 한 번쯤은 가고 싶지만 막상 가게 되면 오래 머물 수 없는 무인도 말입니다.

한 번씩 제가 무인도 같다는 생각을 해 봅니다. 만나는 사람들은 절 그렇게 싫어하지 않습니다만 절 아주 편하게 대하는 사람도 별로 없는 것을 보면 전 다른 사람을 오랫동안 편히 쉬게 해 주지 못하는 무인도가 틀림없습니다. 그렇게 남을 불편하게 만드는 제가 그래도 좋아하는 친구는 몇 명 있어 옆에 두고 싶어 합니다만 그들에게 불편함을 주고 있는 것은 아닌지도 모를 일입니다.

만화가 한 분이 20여 년 만에 자기 고향을 찾았습니다. 거문도였습니다. 거문도를 구석구석을 둘러본 그는 등대를 찾아갑니다. 등대에는 벌써 20년을 일해 온 그의 오래된 친구가 있습니다. 섬에 온 게 20년 만이니 친구를 만나는 것도 20년 만인 셈입니다. 등대 초입에 도착한 그는 유채꽃을 카메라에 담느라 시간 가는 줄 모릅니다. 20년을 기다린 친구는 등대 속에 잘 있을 테니 걱정 없고 흐드러지게 핀 유채꽃의 아름다움을 더 만끽하고 싶다고 생각합니다. 그는 친구를 만나 옛 시절로 잠시 되돌아갑니다. 그리고 바로 구수한 전라도 사투리를 토해 내기 시작합니다.

20년 만에 만나도 친구는 친구입니다. 무인도처럼 바라보고 살지만 그래도 만나면 친구입니다. 잠시 만나 이야기하고 하룻밤을 같이 보내고 친구와 작별을 하고 섬을 떠납니다. 또 20년이 지나야 다시 섬을 볼지, 다시 친구를 만날지 모르는 이별을 하고 떠납니다. 섬은 항상 그 자리에 있고, 섬이 있고 등대가 있으면 좋아하는 친구도 있습니다.

시간은 흐르는 물과 같다고 했습니다. 높은 곳에서 낮은 곳으로 흐르는 물의 정직성, 한 번 흘러가 버리면 다시 만날 수 없는 물의 순간성을 두고 한 말입니다. 시간이 물처럼 흘러가 버리면 서로 간의 언짢았던 일도 아무 일도 없었던 것처럼 좋아집니다. 이는 색을 띤 물에 물을 계속 부으면 농도가 연해져 처음 색깔과 맛을 잃어버리는 것과 같은 이치입니다. 시간은 때때로 이렇게 좋은 처방이 되기도 합니다.

무인도가 무인도인 데에는 여러 가지 이유가 있겠지만 가장 중요한 이유는 그렇게 생겨 버렸기 때문입니다. 그냥 무인도밖에는 다른 것이 될 도리가 없습니다. 그래서 자신이 무인도라는 것을 받아들여야 합니다.

전, 제가 무인도라는 것을 압니다. 여러 사람 속에 있어도 늘 외롭습니다. 그리고 다른 사람이 저에게 들어와도 그를 외롭게 만들어 버리는 몹쓸 무인도입니다. 하지만 그 무인도에 등대가 하나 있어 그 등대를 지킬 등대지기가 필요하다면 제가 맡아서 하고 싶습니다. 그저 멀찍이 바라보기 좋은 무인도보다는 등대가 있는 무인도가 되고 싶고, 그 등대지기가 되고 싶습니다. 그러다 혹시 압니까? 친구가 20년, 30년 만에 찾아와서 등대 초입에서 예쁘게 피어 있는 꽃들을 보고 카메라에 담고 그날 저녁 친구와 담백하게 술 한잔 기울일 수 있고 그다음 날 손 흔들며 떠

나가는 친구를 아쉬움에 배웅할 수 있는 행복이 있을지 말입니다.

무인도를 떠날 수는 없는 노릇입니다. 매일 저녁이면 등대를 켜야 하기 때문입니다. 그리고 아침 해가 뜨면 등대를 꺼야 합니다. 꽃을 가 꿉니다. 무인도지만 사람들이 마음속에서 기대하는 아름다운 무인도가 되고 싶습니다. 그리고 언젠가 친구가 다시 찾을 날을 생각하며 오늘을 열심히 삽니다.

서해, 남해 바다가 아름다운 것은 아름다운 무인도가 있기 때문입니다. 세상의 중심에 들어가 있지는 못하지만 그래도 사람들이 한 번씩 고개 들어 하늘을 바라볼 때면 서해, 남해 바다에 아름답게 떠 있는 무인도를 생각하겠죠. 아름다운 사람이 되고 싶습니다.

무인도는 늘 그 자리에 있습니다.

등대도 그 자리에 있습니다.

2

맑은 눈으로 하루를 봅니다

지난밤 꿈자리가 뒤숭숭해서 잠을 설쳤더니 아침 내내 머리가 무겁습니다. 감옥살이를 오래 한 사람들은 꿈속에서도 감옥살이를 한다는데 매일 긴장된 생활을 하다 보니 꿈자리에서도 긴장하나 봅니다.

밤사이 살짝 꿈을 꾸었습니다. 영화 시나리오를 쓰는 꿈이었는데, 기승전결에 맞추어 시나리오를 작성하고 결론 부분에서는 극적인 반전이 일어나는 영화 시나리오였습니다. 설핏 잠에서 깨어 '내일 아침 일어나면 영화 콘티를 작성해 봐야지.' 하고 생각했습니다. 그리고 밤새 혹시 꿈을 잃어버릴까 봐 노심초사하면서 보냈습니다. 그런데 아침에 일어나 보니 지난밤 꿈속에서 써 내려갔던 영화 시나리오가 전혀 생각이 나질 않았습니다. 어차피 이렇게 될 것을 괜한 긴장으로 잠을 설친 것입니다. 덕분에 아침 내내 머리가 아팠습니다.

주말 예배를 드리는 내내 목사님 얼굴이 잘 보이질 않고, 눈은 자꾸 감기는데, 눈을 감고 있으면 무섭게 졸음이 밀려왔습니다. 졸음에 움찔 놀라서 다시 눈을 떠 봅니다만 눈은 여전히 침침하고 목사님 얼굴이 가깝다 멀었다 했습니다. 눈에 힘을 주고 설교를 들어 보니 잠은 그럭저럭 밀려가는데 눈은 불편하고 자꾸 깜박이게 되었습니다. 눈이 불편하니 머리도 묵직해지는 것이 흡사 몸살 같습니다.

오후에는 고2 아들과 함께 학원에 갔습니다. 학원 선생님께 여러 가지 주의 사항을 듣고 학원비를 결제하고 나서는데 학원에 들어오는 아이들 얼굴을 보니 웃음기 없이 표정이 사뭇 진지했습니다. 학생에겐 주말도 쉬는 날이 아니었습니다.

저녁에는 여동생 식구들이 와서 아버지를 모시고 저녁을 먹으러 나갔습니다. 괜찮은 식당에 예약해서 들어갔는데 사람이 너무 많았습니다. 식당에선 많은 사람들이 다들 바쁘게 음식을 먹고 있었고, 우리 가족도 그 사이에서 저녁을 먹었습니다.

집에 돌아와 책상에 앉아 컴퓨터를 보는데 아침에 아프던 머리가 아직도 묵직합니다. 눈은 계속 침침하고, 자꾸 감깁니다. 아직 잠잘 시간도 아닌데 눈이 자꾸 감기네요.

안경을 벗어 봤습니다. 집 안이 좀 더 환해졌습니다. 눈이 나빠 컴퓨터 글씨가 잘 보이지 않지만 방은 더 환해지고 눈이 상쾌해졌습니다. 모니터 쪽으로 눈을 더 가까이하니 두통도 한결 덜했습니다.

안경을 보니 안경알이 뿌옇습니다. 안경알을 제대로 닦지 않아 닦은 자국이 그대로 보입니다. 왼쪽 안경알에는 지문도 찍혀 있습니다. 결국, 두통의 원인은 밤잠을 설친 탓도, 토요일 텃밭에서 힘들에 일한 탓도 있겠지만 뿌연 안경이 중요한 원인이었습니다. 안경을 벗으니 눈이 금방 시원해지고 머리도 맑아졌으니까요.

나쁜 시력을 보완하기 위해 안경을 쓰는 것인데, 간혹 안경을 제대로 닦지 않고 쓰게 되면 머리가 아프고, 눈이 침침해지고, 자꾸 깜박이게 됩니다. 눈에 힘을 주면 그럭저럭 볼 수 있고 해야 할 일도 처리할 순 있지만 몸의 자연스러움을 잃어버리게 됩니다. 그리고 두통과 눈의 불편함 그리고 졸음이 찾아옵니다.

그럴 땐 다른 처방은 없습니다. 뿌연 안경을 벗어 버리면 됩니다. 금방 눈이 시원해지면서 두통도 옅어집니다. 그리고 안경을 살펴보고 더러운 곳을 깨끗이 닦아 주는 것입니다.

지금 하는 일이, 지금 만나는 사람과의 관계가, 지금 하는 생각들이 한 번씩 내 몸을, 마음을 힘들게 할 때가 있습니다. 여러 가지 원인을 찾아보지만 알아내기 어렵다면 내가 지금 쓰고 있는 안경을 살필 일입니다. 내가 하는 일을 더 잘하기 위해 쓴 일의 안경을, 내가 만나는 사람과의 더 좋은 관계를 위해 써 왔던 관계의 안경을, 내 머릿속의 생각을 좀 더 효율적으로 만들기 위해 썼던 생각의 안경을 벗고 맑고 투명한 눈으로 세상을 보는 것입니다. 아마 금방 눈이 시원해지고 두통이 사라질 것입니다. 그리고 안경을 고운 천으로 깨끗이 닦으면 됩니다. 이왕 안경을 벗었으니 편안하게 좀 쉬었다 쓰는 것도 괜찮을 것입니다.

세상에는 항상 열심히 공부하는 사람이 있고, 먹거리 골목의 식당에는 사람들이 많습니다. 슬픈 사람들이 있고, 기쁜 사람들이 있으며, 내일의 시험을 위해 긴장한 학생들이 있고, 평화로운 휴양지에서 달콤한 휴식을 취하는 사람들도 있습니다. 사람들은 다들 자기 계획 속에서 움직이니까요. 그리고 다들 어깨에 자기 짐을 지고 열심히 살아 내고 있습니다. 열심히 살다가 한 번씩 너무 힘들 때면 잠시 뿌연 안경을 벗고 쉬어 가는 것도 좋을 것 같습니다.

맑은 눈으로 하루를 봅니다.

3

워밍업으로 하루를 시작합니다

오늘 아침은 출근하는 시간이 조금 더 걸렸습니다. 어제 저녁 과음의 영향입니다. 일어나는 시각도 평소보다 늦었고, 소박하게 먹는 아침 식사도 오늘은 좀 달랐습니다. 평소와 같은 시각에 집에서 출발했지만 불편한 속 때문에 자전거 페달에 힘이 덜 들어갔고, 시간에 맞춰 통과해야 하는 신호등 몇 개를 통과하지 못했습니다. 덕분에 신호등 앞에서 멍하니 기다리는 시간이 생겼습니다. 지나가는 차를 보면서 이런저런 생각을 하는데 어젯밤의 일들이 다시 떠올랐습니다.

어제는 교장 선생님이 고생한 교감, 교무, 연구부장 선생님을 격려하기 위해 만드신 저녁 식사 자리가 있었습니다. 예약한 장소에 가서 음식을 기다리는데 옆 테이블에 좋아하는 친구가 들어왔습니다. 친구도 학교 모임이었는데 같은 장소로 예약을 잡았나 봅니다. 기막힌 우연입니다. 오랜만에 갖는 식사 자리에 좋아하는 친구도 덤으로 같이 보게 되었습니다. 두 테이블을 오가며 이야기를 나누다 보니 시간이 많이 흘렀습니다. 술을 많이 마셨고, 이야기도 많이 했고, 또 많이 웃었습니다. 오랜만에 가진 회식이라 그랬나 봅니다.

다행히 다음 날 학교에 지각은 하지 않았습니다. 체육관 문을 열고, 수업을 위한 준비물을 꺼내 체육관에 세팅을 했습니다. 아직은 조금 어지럽고, 속도 좀 불편했습니다. 텀블러에 미지근한 물을 넣어 조금씩 마시면서 속을 달랬습니다.

오늘 수업은 3, 4교시에 있으니 아이들이 오기 전까지 체육관에서 쉴 수 있습니다. 아이들을 기다리면서 미지근한 물로 몇 번 더 속을 달래면 속도 좀 편안해질 것입니다. 일단 오전은 지나야 몸이 정상으로 돌아올 것 같습니다. 책상에 가만히 앉아 속을 달래고 있는데 다시 머릿속은 어젯밤의 장면들로 채워지기 시작했습니다.

루틴은 오랜 시간에 걸쳐 몸 밖으로 향하는 몸속 기호입니다. 친구는 매일 새벽 5시에 일어나서 운동으로 하루를 시작합니다. 오랫동안 반복해 오는 일상입니다. 운동 프로그램을 완성하는 데 꽤 시간이 걸렸다고 했습니다. 덕분에 친구는 늘 부지런하고 군살 없는 몸을 유지하고 있습니다.

부산에 사는 대학 선배는 매일 아침을 미지근한 물을 한 잔 마시는 걸로 시작합니다. 차갑지도 뜨겁지도 않은 미지근한 물을 마시면 몸과 마음이 편안해집니다. 아직 가정을 꾸리지 않은 선배가 혼자 아침을 여는 방법입니다. 덕분에 선배는 늘 한결같고, 평안한 모습으로 살고 있습니다.

TV를 통해 비치는 야구팀 선수들 중에는 반복적인 모습을 보이는 선수들이 있습니다. 타석에 들어서기 전에 헬멧을 만지는 선수, 헬멧을 가볍게 때리는 선수, 배트를 여러 번 휘둘러 보는 선수, 배트를 한 번도 휘두르지 않는 선수, 오른쪽 어깨를 움츠리면서 손을 들어 보는 선수, 장갑의 조임줄을 조였다 푸는 선수, 배트를 반대 방향으로 휘둘러 보는 선수……. 다들 자기만의 독특한 버릇이 있습니다. 꼭 해야만 안심이 되는 동작들입니다. 오랜 선수 생활 동안 몸에 익은 버릇입니다. 선수들의 루틴입니다.

소박한 아침을 먹고, 설거지를 하고, 물고기의 밥을 줍니다. 물고기가 움직이는 것을 물끄러미 쳐다보다가 몸을 씻고 자전거 복장으로 갈아입습니다. 핸드폰으로 라디오를 켜고, 자전거에 단단히 고정한 후 집을 나섭니다. 신호등에 맞춰 적당한 속도로 페달을 밟습니다. 체육관 문을 열고, 블루투스를 켜고 컴퓨터를 켜서 업무를 시작합니다. 그리고 텀블러에는 미지근한 물을 한가득 담아 옵니다.

점심을 먹은 후에는 외발자전거를 타고 체육관을 돕니다. 알람이 울리면 의자에 앉아서 저글링 연습을 하고, 독서 메모를 공책에 옮겨 적습니다. 오후 업무를 보고 시간이 좀 남으면 아이들 영상을 하나 편집해서 유튜브에 올립니다.

퇴근하는 길은 핸드폰에 있는 음악을 듣습니다. 차례대로 음악을 듣다 보면 출근길보다 훨씬 수월하게 집에 도착합니다.

저녁에는 막내를 필라테스 학원에 데려다주고, 운동이 끝나길 기다리는 동안 근처에 있는 슈퍼에서 쥬스와 빵을 삽니다. 막내의 필라테스 수업이 없는 날에는 아내와 통복천을 걷습니다. 산책에서 돌아오면 저녁 식탁을 깔끔하게 정리합니다. 음식물 쓰레기도 치우고, 싱크대와 식탁 주변을 깔끔하게 정리합니다. 그리고 식탁 가운데 초를 켜 두고 책을 읽습니다.

나만의 특별한 루틴이 없다고 생각했는데 하루를 되돌아보니 늘 반복적으로 하는 일들이 있습니다. 그리고 아무렇지도 않게 반복적으로 그 일을 해낼 때 마음이 충만해지고 행복합니다. 특별한 일이 일어나지 않고 일상이 반복적인 일로 채워지는 것, 누구나 누리고픈 삶입니다.

오늘 아침처럼 과음으로 인해 하루의 시작이 꼬이게 되면, 반복적인 일상을 시작하지 못하게 되고 그다음의 일들도 조금씩 어긋나게 됩니다. 옷의 단추는 위에서부터 차례차례 채워야 하는 것처럼 하루의 일들도 하나씩 차례대로 해야 합니다.

가끔 특별한 모임에서 누군가를 만나는 것은 맘을 설레게 하는 일입니다. 너무 반가워 오랫동안 만나고 많은 이야기를 나눕니다만 하루가 지고 나면 특별한 어제로 인해 오늘이 망가질 때가 있습니다. 거기다가 속까지 쓰리고 아프다면 몇 배는 더 힘든 오늘이 됩니다. 반가운 사람을 만나도 너무 과하지 않게 만나야겠습니다. 반가운 마음에 잔을 부딪혀도 너무 과하지 않게, 조금 부족한 듯 만나야겠습니다. 그래서 다음 날 나만의 루틴을 첫 단추부터 잘 채울 수 있도록 해야겠습니다. 나의 루틴이 깨어져 버리면 아마 함께 만난 사람의 루틴도 그럴 수 있기 때문입니다.

　날 지켜 나가는 것이 다른 사람을 지키는 일이 될 수 있습니다. 어제를 염려하지 않고 온전히 오늘을 살아 내는 일은 나의 루틴을 지켜 나가야 가능해 보입니다. 늘 반복적으로 해내는 나의 일상은 오랜 시간을 걸쳐 몸 밖으로 향하는 몸속 기호입니다. 그리고 평안을 바라는 나의 기도문입니다. 나만의 워밍업으로 하루를 시작해 보세요.

4

멋진 얼굴을 보이고 싶습니다

"선생님, 선생님 얼굴은 잉어 닮았어요."

"응? 잉어?"

예진이가 앞으로 나와 제 얼굴을 한동안 지긋이 바라보다 말합니다.

'잉어'라니.

선생님은 '잉어'를 닮았다는 말에 머리를 이리저리 굴려 보지만 무
슨 의미인지 알 수가 없습니다.

"예진아, 왜 내 얼굴이 잉어를 닮았니?"

"선생님의 양쪽 볼 가운데에 털이 길게 한 가닥씩 나 있어서 잉어랑
많이 닮았어요."

"⋯⋯."

쉬는 시간에 교실을 살짝 나와 복도에 있는 큰 거울 앞으로 갔습니다. 멀찍이서 보면 모르겠는데 거울 가까이 다가가 보니 정말 볼 가운데 털에 삐죽이 나와 있습니다. 면도를 깔끔하게 하지 않아서 수염이 한 가닥씩 보였습니다.

꽃반 아이들은 오직 선생님만 바라보고 지냅니다. 온종일 한 선생님을 바라보고 지내니 지루하기도 하겠고 재미도 없을 텐데, 변화를 싫어하는 선생님은 늘 같은 옷을 입고 학교에 옵니다. 그리고 면도도 깔끔하게 하지 않을 때가 많고, 얼굴에 로션도 잘 바르지 않습니다. 그러다 오늘 꼼꼼한 아이들의 눈에 볼에 난 잉어 수염이 딱 걸린 것입니다.

딱 한 선생님만 보고 사는 아이들에게 선생님의 얼굴은 깔끔해야 합니다. 복장도 단정하고 멋지게 입어야 합니다. 괜히 어중간하게 자란 '잉어 수염'이 꽃반 친구들의 마음을 어지럽히면 안 되니까요.

내일부터 아침에 출근하기 전에 아내의 화장대 앞에 앉아 얼굴을 꼼꼼하게 살펴보고, 옷도 가장 좋은 걸로 골라 입고 다녀야겠습니다. '잉어'를 닮았다고 말했던 친구는 얼마 지나면 전학을 가게 되는데 전학 가기 전에 얼른 '잉어' 선생님으로부터 탈출해야 합니다.

선생님의 얼굴을 바라보는 아이들의 투명한 눈동자가, 따뜻한 마음이 참 고맙습니다. 아이들에게 멋진 얼굴을 보이고 싶습니다.

5

모든 일에는 연습이 필요합니다

4월은 학교마다 과학 행사로 분주합니다. 행사의 목적은 우리나라 과학 기술의 발전과 과학에 대한 학생들의 관심을 높이는 것이겠지만 학교 현장에 있는 선생님과 학생들에게는 1년마다 늘 있어 온 반복적인 학교의 행사로 다가옵니다. 학교의 일은 어느 정도는 예상되는 반복적 인 일들이 많습니다.

작년에 글라이더를 만들었던 학생은 올해도 글라이더를 만들고, 작 년에 고무 동력기를 만들었던 학생은 또 한 번 고무 동력기를 만듭니다. 선생님의 경우도 크게 다르지 않아서 작년에 모형 항공기를 지도했던 선생님은 올해도 모형 항공기를 지도하고, 물로켓을 지도했던 선생님 은 또 한 번 물로켓을 지도합니다.

며칠 있으면 교육청 대회가 열리기 때문에 지금 각 학교에서는 학교 대표 학생들과 선생님들이 구슬땀을 흘리며 연습하고 있습니다. 저는 모형 항공기를 지도하고 있습니다. 모형 항공기와 인연을 맺은 지는 4년이 다 되어 갑니다. 학교를 옮기면서 업무로 받게 된 모형 항공기 지도가 4년 동안 이런저런 끈으로 이어지고 있습니다.

모형 항공기는 글라이더와 고무 동력기로 나뉘는데 우리 학교 대표로 뽑힌 6학년 아이들은 2명입니다. 글라이더가 1명, 고무 동력기가 1명입니다. 글라이더를 만드는 아이는 6학년이 되어 처음으로 글라이더를 만들게 된 아이고, 고무 동력기를 만드는 아이는 벌써 3년째 모형 항공기와 인연이 있는 아이입니다.

고무 동력기를 만드는 아이는 말이 별로 없습니다. 교실에 와서는 자기가 만들어야 할 고무 동력기만 생각합니다. 그리고 순서에 맞게 차근차근 만듭니다. 댓살의 각도를 설계도와 똑같이 하기 위해 촛불을 이용할 줄 아는 아이입니다. 풀칠도 얼마나 깔끔하게 하는지 만들어 놓은 고무 동력기는 완벽해 보입니다. 하나를 만드는 데 2시간 남짓 걸립니다.

반면에 글라이더를 만드는 아이는 벌써 3개째를 만들어 보았는데도 아직 순서를 잘 알지 못합니다. 선생님이 옆에서 봐주도록 되어 있기는 합니다만 늘 절 의지하려고 합니다. 후크의 위치, 후크를 단단히 고정시키는 방법, 날개의 각을 정확히 잡는 방법 등을 몇 번을 이야기해 주었는데 아직 완전히 이해하지 못하고 있습니다. 완성된 글라이더를 날리러 운동장에 나가면 옆에 축구부 아이들이 하는 이야기에 더 귀를 기울이는 아이입니다. 관심사가 좀 다른 쪽에 있는 아이입니다.

고무 동력기를 만드는 아이는 2시간이면 완성하기 때문에 나머지 1시간을 글라이더 만드는 아이에게 봉사합니다. 그러면 글라이더 만드는 아이는 제 것을 전부 넘겨주고 옆에 앉아 거드는 일을 합니다. 가만히 보고 있으면 참 우습습니다. 고무 동력기 만드는 아이가 일러 주는 말을 지금 막 처음 듣는 양 신기해합니다. 그렇게 우리는 3시간 30분을 만들고 운동장으로 날리러 나갑니다.

이틀간 잘 날았던 고무 동력기가 오늘은 날지 않습니다. 하늘로 떠오르다 금방 땅으로 떨어져 버립니다. 그 아이의 고무 동력기는 중심을 잘 잡았기 때문에 지난번 두 번은 시험 비행을 하지 않고도 잘 날았습니다. 한 번은 40초를 날았고, 두 번째는 2분을 날다 하늘로 사라져 버렸습니다. 그런데 오늘은 10초도 날리지 못하고 애꿎은 고무줄만 3개 끊어 먹었습니다. 그 아이는 작년, 그리고 올해 학교 대회에서도 불운하게도 만든 모형 항공기가 완성도에 비해 잘 뜨지 않았습니다. 부속품이 깨진 경우가 있었고, 규격에 맞지 않는 경우도 있었습니다. 그래서인지 그 아이는 많이 불안해하고 있습니다.

글라이더 만드는 아이는 좀 다릅니다. 학교 대표로 뽑힌 것도 참 대단한 일입니다. 6학년에서는 한 번 만들어서는 잘 뽑히기 어렵거든요. 그런데 한 번 만든 것이 다행히 잘 날아 학교 대표로 뽑힌 아이입니다. 학교에서 두 번의 비행을 해 보았는데 그리 잘 날지는 않았습니다. 저도 별로 기대를 하고 있진 않습니다만 그 아이는 늘 밝아 보입니다.

오늘 밤이 지나면 내일은 교육청 대회입니다. 무엇보다도 열심히 준비한 고무 동력기 만든 아이가 좋은 성적을 냈으면 좋겠습니다. 만약 그렇게 된다면, 그 아이는 '정상 경험'을 하게 됩니다. '정상 경험'은 자신이 노력한 만큼의 정직한 결과를 얻는 것입니다. 5만큼의 노력을 했을 때 5만큼의 결과를 얻는 아이가 1만큼의 노력을 했을 때 10의 결과를 얻는 아이보다, 10만큼의 노력을 했는데 1만큼의 결과를 얻는 아이보다 보다 풍부한 '정상 경험'을 하게 될 것입니다. 그리고 이러한 정상 경험은 다른 학습으로도 자연스럽게 이어지게 됩니다.

그런데 만약 별로 노력하지 않은 글라이더를 만든 아이가 좋은 성적을 낸다면 그것은 그 아이에게 일시적인 기쁨이 될 수 있지만 '정상 경험'을 갖지 못합니다. 오히려 '난 운이 좋아!', 또는 '이건 별거 아냐!' 식의 나쁜 경험만 갖게 될 수도 있습니다.

교육 기관에서 이루어지는 모든 교육적인 활동들이 노력하는 아이에게 상이 돌아가도록 이루어지는 것은 잘 알고 있습니다. 하지만 때에 따라서는 운이 더 크게 작용하는 경우가 적지 않아서 아이들에게 좋지 못한 영향을 끼치게 되는 경우가 생기게 됩니다. 어떤 일에도 변수가 있기 마련이고 완벽하지 않아서 모든 것을 만족시킬 수는 없다는 것도 알고 있습니다. 하지만 행사를 기획하는 기획자는 모든 것을 제쳐 두고서라도 그 문제를 깊이 생각해 볼 필요가 있습니다. 왜냐하면 그 한 번의 경험이 그 아이의 인생에서는 매우 중요한 경험이 될 수도 있기 때문입니다.

모든 일에는 연습이 필요합니다. 누군가는 지금도 연습을 하고 있습니다. 많은 연습을 통해 최고가 되고 싶어 합니다. 그 일에 자신의 모든 열정을 쏟아붓습니다. 그렇다면 당연히 그 사람은 좋은 결과를 얻어야만 합니다.

세상일엔 변수가 많다고요? 그렇지만 적어도 교육 현장에서 벌어지는 일 속에서는 변수가 많아서는 안 됩니다. 그런 변수를 줄여 나가는 것이 교육 기획을 하는 사람들의 일입니다.

학급에서도 다르지 않습니다. 어떤 일이든지 최선의 노력을 다하는 학생에게 그에 걸맞은 보상이 주어져야 합니다. 5의 노력에는 5의 보상이 주어져야 합니다. 10이 아닌, 1이 아닌 5의 노력에는 5의 보상입니다. 이는 그 아이에게 '정상 경험'을 갖게 할 것입니다. 그리고 이 '정상 경험'은 지속적이고 넓은 파생력을 가지게 됩니다. 나중에 어른으로 성장해서도 자신의 능력에 대한 신뢰를 갖게 합니다.

내일은 교육청 대회입니다. 어떤 결과를 얻을지 모르겠습니다. 노력한 아이에게 좋은 일이 생기길 기도합니다.

'모든 일에는 연습이 필요합니다.'

실제 대회는 너무 짧고 허무하게 끝나 버리기 마련입니다. 어떨 땐 허탈하기까지 합니다. 그러나 기억해야 합니다. 가장 중요한 것은 결과를 기대하며 준비하고 기다리는 연습입니다. 기다림의 자세가 필요합니다. 오늘도 많은 아이들이 정직한 결과를 기대하며 노력하고 연습하고 있습니다.

6

아름답고 고운 마음으로 채웁니다

"선생님, '넌 미워 고구마' 이대로 둬도 되나요?"

교사 책상 앞에 앉아 있는 다현이가 창가에 있는 고구마를 살펴더니 앞쪽으로 나와서 걱정 반 투정 반 섞어 가며 이야기했습니다. 저는 하던 일이 있어서 적당히 대답하고 계속 다른 일을 했습니다. 다현이는 다시 '넌 미워 고구마' 쪽으로 돌아가더니 고구마에게 속삭이듯 살짝 이야기하고는 복도로 나가 버립니다. '넌 미워 고구마'가 걱정되는 것입니다. 다현이를 쳐다보다가 창가에 있는 고구마를 바라보았습니다.

꽃반 교실에는 '널 사랑해 고구마'와 '넌 미워 고구마'가 있습니다. 고구마 자신의 의지와는 상관없이 꽃반 아이들의 '말의 힘' 실험을 위해 이름이 생긴 고구마입니다. 실험의 성공을 위해서 반듯하고 예쁜 고구마를 '널 사랑해 고구마'로 이름 지었고, 딱 보기에도 조금 삐뚤어지고 약해 보이는 고구마는 '넌 미워 고구마'로 이름 지었습니다.

한동안 아이들에게 아침에 고구마를 만날 때마다 '사랑해'와 '미워'로 인사하게 했습니다. 그리고 며칠간 고구마를 지켜보았는데 별다른 변화가 없었습니다. 아이들에게 '말의 힘'을 알 수 있게 해 주어야 했기에 아이들의 집에 있는 양파를 가져와서 추가로 실험을 했습니다. 양파는 고구마와는 달리 상태가 좋지 않을 경우에는 썩어 버리는 경우가 많아서 아침에 출근하면 교실에 온통 썩은 양파 냄새가 진동하기도 했습니다. 그렇게 '말의 힘' 실험을 계속 더 이어 나갔습니다.

며칠 전 창가로 가서 고구마를 살펴보니 '널 사랑해 고구마'에서 싹이 나오기 시작했습니다. 그리고 '넌 미워 고구마'는 여전히 큰 변화가 없었습니다. 어찌나 반가웠던지 사진을 찍어 지인들에게 보내고, 아이들에게도 실험이 성공하고 있다고 자랑했습니다. 아이들은 고구마를 바라보고 기뻐하면서 신기해했습니다. 옆 반 선생님에게 고구마 사진을 보내니 신기해하시면서 꽃반 아이들 중 몇 명이 '넌 미워 고구마'를 때리는 것도 보았다 하셨습니다. 아이들은 그렇게 '말의 힘' 실험에 적극적으로 참여했습니다.

그런데 며칠 전부터 다현이가 이 실험에 제동을 걸기 시작한 것입니다.

"선생님, '넌 미워 고구마'는 아무 잘못도 없는데 왜 미워하는 겁니까? 지금 시들시들 죽어 가고 있는데 미워하더라도 살려는 줘야 하는 것 아닌가요?"

"……."

아무 잘못도 없는 고구마에게 나쁜 이름을 붙여 주고, 아이들에게 나쁘게 대하라고 말했던 것이 부끄러웠습니다. 당연히 해야 하는 실험의 한 부분으로 생각했는데 이렇게 큰 고민을 하고 마음 아파하는 아이가 있다는 것을 미처 생각하지 못했습니다.

"선생님, 내일도 '넌 미워 고구마' 도와주지 않으면 화낼 거예요."

저는 그 말을 듣자마자 얼른 일어나 '넌 미워 고구마'에게 다가갔습니다. 그리고 이름표를 뜯어내고 다른 예쁜 이름을 출력해 붙여 주었습니다.

"널 사랑해. 힘내, 고구마야."

꽃반의 2번째 '말의 힘' 실험이 시작되고 있습니다. 사랑을 받지 못해 다 시들어 가던 '넌 미워 고구마'에게 예쁜 이름을 지어 주고 이제껏 주지 못한 사랑까지 2배로 더해서 사랑해 줄까 합니다. 내일 아침 아이들이 학교에 오면 고구마에 대해서 다시 이야기해 주어야 겠습니다. '모두 다 사랑한다 말해 주라.'고 말입니다. 아파하는 고구마는 더 많이 사랑해 주라고.

이제 꽃반에는 나쁜 말이 완전히 없어졌습니다. 꽃반은 모든 방향을 향해 맘껏 '고맙다고, 사랑한다고, 노력하겠다고, 힘내라고' 이야기할 수 있습니다. 뭔가 찜찜했는데 이것으로 온전한 실험이 완성될 것 같습니다.

꽃반 아이들을, 집에 있는 나의 아이들을, 나의 가족을 생각합니다. 그리고 내가 알고 지냈던 사람들을 생각합니다. 혹시 조금이라도 미움의 마음을 가졌던 적이 있었는지 생각해 봅니다. 그들을 향한 마음을 온전히 아름답고 고운 마음으로 채우고 싶습니다.

꽃반에서 아이들이, 물고기가, 고구마가, 작은 씨앗들이 행복했으면 좋겠습니다. 그리고 내가 알고 있는 모든 사람들이 행복하고 좋은 일들이 가득했으면 좋겠습니다.

7

선함을 생각합니다

우리 학교에서 인기가 많은 곳 중 하나는 보건실입니다. 2,000명 가까이 되는 많은 아이들이 생활하는 곳이라 특별실이 많이 있는데 그중에 보건실이 인기가 많은 데는 특별한 이유가 있습니다.

언제나 친절하신 선생님 때문에 몸에 상처가 난 아이는 물론 마음이 아픈 아이까지 보건실에 들락거리니 보건실은 늘 붐빕니다. 몸과 마음의 위로를 받을 수 있는 곳이 한 곳 더 있다는 생각은 아이들이 학교로 가는 발걸음을 좀 더 가뿐하게 만들 것이 분명합니다. 보건실이 있어서 참 다행입니다.

요즘 보건 선생님이 한 번씩 꽃반으로 메시지를 보내시는데 학생들 건강 검진 때문입니다. 꽃반은 숙제, 일기, 준비물, 각종 안내장 회신이 잘 안 되는데 건강 검진을 하지 않은 친구들도 4학년에서 가장 많습니다.

보건 선생님의 건강 검진에 대한 부탁의 메시지가 올 때마다 저는 아이들에게 바로 이야기하지만 사실 완벽하게 다 끝낼 날이 언제일지는 선생님도 잘 모릅니다. 다른 반보다 건강 검진을 받지 않은 수가 2배가 많은 꽃반 아이들의 숫자가 선생님 마음을 부끄럽게 만듭니다.

오늘 보내온 보건 선생님의 메시지는 좀 다릅니다. 다음 주에 건강 검진을 마감해야 하기 때문에 4학년 2반 아이들 중에서 아직 건강 검진을 완료하지 못한 아이들을 직접 데리고 병원에 다녀오겠다는 내용입니다. 한두 명도 아닌 아이들을 데리고 직접 병원에 가시겠다는 선생님의 마음이 놀랍습니다. 그 많은 아이들을 어떻게 다 데리고 가실지.

선한 마음에도 차이가 있습니다. 평소에 스스로를 선한 마음을 가진 사람이라고 생각하고 있었는데 전 아직 한 번도 우리 반 아이들 손을 잡고 건강 검진을 받으러 간 적이 없습니다. 보건 선생님은 자기 반도 아닌 꽃반 아이들 여러 명을 데리고 병원에 직접 가시려 하는데 말입니다. 전, 거기에 미치지 못하는 것입니다. 분명 선함에도 차이가 있습니다.

보건실이 왜 아이들로 북적거리는지 이젠 더 확실히 알겠습니다. 왜 아이들은 몸이 아프거나 마음이 불안해지면 보건실에 가는지 이유를 알겠습니다.

내일 오후에 꽃반 아이들의 건강 검진이 무사히 잘 끝났으면 좋겠습니다. 우리 반 아이들과 보건 선생님을 위해서도 병원이 복잡하지 않아서 빨리 끝날 수 있으면 좋겠습니다. 보건 선생님의 선한 마음을 배우고 싶습니다. 선함을 생각합니다.

8

멋진 학부모의 마음을 믿습니다

오늘 아침은 올해 들어 가장 추운 날입니다.

"누나, 지금 밖에 빗방울이 조금씩 떨어져. 우산 갖고 가!"

동생의 말에 누나 생각하는 마음이 소복하게 담겨 있습니다.

서둘러 설거지를 마치고 외투를 단단히 입고 후다닥 집을 나섰습니다. 밖을 보니 빗방울이 하나씩 떨어지네요. 이 정도면 우산을 쓰지 않아도 되겠습니다. 아버지가 집에 쓸 만한 우산이 몇 개 없다고 말씀하셨는데, 오늘은 집에 있는 우산을 챙겨 봐야겠습니다.

학교에 도착했습니다. 학부모 한 분이 교문에 아이를 내려 주셨습니다. 아이를 생각하는 마음은 알지만 다른 아이들이 등교하는데 위험할 수 있어서 문을 내리고 잠시 말씀을 드렸습니다.

"어머니, 학교 교문 바로 앞에서는 주정차를 하시면 안 됩니다."

알았다고 하시는 학부모님 표정이 좋지 않습니다. 하지만 어찌합니까! 그게 우리 일입니다.

몇 분 더 말씀드리고 그냥 우두커니 교문 앞에 버티고 서서 차에서 내리는 아이들을 지켜봤습니다. 옆 낯이 간지럽습니다. 그래서 살짝 돌아보니 꽃반 아이들입니다.

"선생님, 안녕하세요!"

반가운 얼굴로 인사하는 꽃반 아이들을 보니 아까 날 불편한 눈으로 바라보시던 학부모님의 얼굴이 말끔히 씻겨 내려갔습니다. 다시 기분이 좋아졌습니다.

아이들을 안전하게 지키려는 마음은 한 가지인데 학부모와 교사의 입장이 다릅니다. 모두 생각은 똑같은데 말입니다.

천천히 교실로 들어오면서 생각해 봤습니다. 우리 집의 아이들을 학교에 바래다준다면 나는 어떻게 할까?

스스로 교사이면서 교사답지 않았던 적은 없었는지 돌이켜 봅니다. 목사님의 설교는 자신을 향한 외침이라 했는데 교사의 그것도 다르지 않을 것입니다. 교사로 살면서 지켜야 할 것을 지켰는지, 놓치면 안 되는 것을 잘 잡아 왔는지 따져 봅니다.

살아가다 보면 서로 입장이 달라서 불편한 관계들이 많습니다. 역지사지란 말도 그런 처지가 많이 생겨서 생겨난 말이란 것도 알고 있습니다. 하지만 가만히 생각해 보면 우리가 가고자 하는 방향은 다르지 않습니다. 이야기하면 통할 수 있습니다. 일방적인 외침이 아니라 눈과 마음을 나누는 이야기라면 말입니다.

날 불편하게 바라보셨던 학부모님 마음이 온종일 불편하시지는 않았는지 모르겠습니다.

우리 학교가 가장 좋은 학교인 것은 건물 때문도, 교사 때문도 아닙니다. 바로 좋은 학생들이 있기 때문입니다. 그 좋은 학생들에겐 누구보다 멋진 부모님이 계심을 알고 있습니다. 우리 모두 다 행복했으면 좋겠습니다. 멋진 학부모의 마음을 믿습니다.

9

변하지 않는 제 마음을 간직합니다

다른 사람의 마음은 잘 몰라도 제 마음은 잘 알고 있습니다. 제 마음이 절대 변하지 않는다는 말은 아닙니다. 여러 가지 상황에 따라 변하는 것이 사람 마음이겠죠. 그래서 더 인간적입니다. 저 또한 예외일 수는 없습니다.

절 믿고, 제 마음을 믿고 살아가고 있습니다. 조금씩 변하고 싶을 때가 있어도 전 변하지 않을 거라 다른 사람에게 말했기 때문에 변하지 않아야 합니다. 스스로를 옭아매는 겁니다. 제가 그렇게라도 해서 붙잡아야 할 중요한 무엇이 있다면 제 마음을 묶어 둡니다.

어머니와 많은 이야기를 했고, 많은 약속을 했습니다. 힘들게 사시는 어머니에게 힘이 되는 좋은 아들이고 싶었습니다. 이제 좀 괜찮아졌는데, 어둡고 긴 터널을 거의 다 지나오는 것 같은데, 어머니는 기다리지 않으시고 하늘나라로 가셨습니다. 어머니와 했던 무수한 이야기들, 많은 약속들만 제 가슴 속에 남아 있습니다.

'어머니'란 말을 잘 못 합니다. 아이들과 교과서를 읽다가 '어머니'라는 말이 나와도 힘이 듭니다. 그러다 어머니와의 추억이 떠오르면 어김없이 눈물이 쏟아집니다. 너무 짧게 살다 가신 어머니가 그립고 안타까워 눈물이 흐릅니다.

혼자 있을 땐 괜찮습니다. 그런데 누가 옆에 있으면 힘이 듭니다. 눈물을 멈추고 싶은데 자꾸 눈물이 흐르니까요. 눈물이 흐르면 눈이 감기는데 눈이 감기면 어머니가 보입니다. 어머니가 하신 일이, 어머니가 하신 말씀이 생각납니다. 말을 하지 않고 생각을 하지 않으려 합니다. 그래도 좀처럼 어머니의 느낌이 사라지지 않지만 시간이 조금 지나면 눈물은 멈춥니다.

제 마음을 믿습니다. 그리고 다른 사람에게 말한 것은 꼭 지켜 왔습니다. 혹시 지키지 못한 적이 있었는지는 모르겠습니다만 지키려고 열심히 노력해 왔습니다. 전 변하지 않는 제 마음을 믿고 삽니다.

혹시 제가 하는 이야기를 들어 보셨나요? 제가 하는 어떤 약속을 들으신 적이 있나요? 당신이 그 약속을 잊어버려도 전 잊지 않습니다. 그리 지켜보지 않아도, 약속을 잊어도 됩니다. 전 잘 지키려고 노력하고 있습니다. 변하지 않는 제 마음을 간직하고 삽니다.

10

아이들에게 미소를 선물합니다

《어린 왕자》의 작가 생텍쥐페리는 전쟁 중에 비행기 조종사였다고 합니다. 그의 짧은 이야기 중에 '미소'라는 제목의 알려지지 않은 소설이 있습니다. 소설이라기보다는 자신의 자전적인 이야기를 그대로 옮겨 적은 느낌입니다.

전쟁 포로가 되어 감옥에 갇힌 한 남자가 있었습니다. 내일이면 끌려 나와 죽게 되는 운명이었습니다. 감옥 쇠창살 앞에는 포로를 도망가지 못하게 지키는 간수가 있었는데 감옥에 갇힌 포로와는 절대 눈을 맞추지 않는다고 합니다. 내일 죽을 운명을 가진 사람들을 보면 마음이 편치 않기 때문이겠죠. 감옥을 지키는 간수들은 스스로 정한 그 원칙을 잘 지키고 있었습니다.

그런데 문제의 그날 밤. 간수가 감옥에 갇힌 그 남자를 쳐다보게 되었습니다. 서로 잠시 눈이 마주치자 감옥에 갇힌 그 남자는 밖에 있는 간수를 향해 살짝 미소를 지어 보였습니다. 아주 짧은 미소를 말입니다. 그 순간 간수의 마음이 봄눈 녹듯이 따뜻하게 녹아 버린 것입니다. 간수가 다가와서 말을 걸었습니다.

"당신도 아이가 있나요?"

감옥에 갇힌 남자는 바짝 다가가서 아이의 사진을 보여 주며 이야기했습니다. 아이의 꿈을, 아이를 위한 미래의 계획을 이야기했습니다. 그러다 말문이 막혔습니다. 내일 일을 생각한 것이겠지요.

간수는 감옥의 남자와 잠시 이야기를 한 뒤 갑자기 열쇠를 가져와 감옥의 문을 열어 줬습니다. 그리고 몰래 데리고 나가 마을까지 안전하게 바래다줬습니다.

한 번의 미소가 내일 죽을 수밖에 없는 운명의 남자를 살렸습니다.

오늘 몇 번 미소를 지으셨나요? 한번 헤아려 보세요. 크게 소리 내어 웃지 않아도 내 마음속의 보물을 생각하며, 보고 싶은 사람을 생각하며 살짝 미소 짓지 않으셨는지요?

한 번의 미소가 나의 생명을 살릴 수 있습니다. 특히 내가 힘들 때 짓는 미소는 나의 상황을 변화시키지 못한다고 해도 옆에 있는 사람에게는 큰 용기를 줍니다.

오늘 미소를 많이 짓지 못하셨다고요? 그럼, 지금 가만히 생각해 보세요. 내 가슴속의 보물을, 내가 사랑하는 사람을, 나의 꿈을, 나의 행복을 말입니다. 보세요. 전 지금 미소를 짓고 있습니다. 미소를 지으니 제 마음속의 보물이 살아 움직입니다.

당신도 지금 당장 멋진 미소를 지어 보세요.

오늘 막내가 많이 심심했나 봅니다. 혼자서 이 방 저 방을 돌아다니다가 나중에는 베란다로 나갔습니다. 둘째가 막내에게 추우니까 거실로 들어오라고 말하는 소리가 들렸습니다.

잠시 뒤 둘째가 소리를 지르며 베란다로 뛰어나갔습니다. 혼자 유모차에 올라가려던 막내가 바닥으로 떨어졌습니다. 머리가 무거운 아이는 이마부터 떨어졌습니다. 놀란 둘째가 막내를 안고 거실로 들어왔습니다. 설거지하던 장갑을 낀 채로 아이에게 가 봤습니다. 이마에 큰 혹이 났습니다. 이렇게 큰 혹은 어떻게 해야 하는지 모릅니다. 아이 셋을 키우지만 아직 빵점짜리 아빠입니다.

서둘러 설거지를 끝내고 컴퓨터방으로 건너와 검색을 했습니다. 아이 이마의 혹에 대한 가벼운 이야기부터 무서운 이야기까지 참 많습니다.

큰방과 작은방을 급하게 오가던 터라 거실에서 둘째가 울고 있는 것을 늦게 발견했습니다. 자기가 잘 돌보지 않아서 동생에게 큰일이 생겼다고 생각하는지 둘째는 계속 울었습니다. 아이에게 냉찜질을 해야 한다는 것을 알아냈지만 도통 아이는 냉찜질을 하려 하지 않습니다.

기말고사 공부를 하던 둘째는 공부가 되지 않는지 자기 방에 가서 꼭꼭 숨어 버렸습니다. 꼭꼭 숨어서 귀는 온통 큰방에서 들리는 소리에 집중하고 있었습니다. 막내가 아픈 바람에 벌은 온통 둘째가 받았습니다.

미소.

내일 아이들이 일어나면 가장 먼저 미소를 보여 줄 생각입니다. 별다르게 할 이야기는 없지만 살짝 미소를 지어 볼까 합니다. 아빠 미소에 오빠와 동생이 행복한 하루를 시작할 수 있게 말입니다.

학교에 가서도 선생님들에게, 아이들에게 많이 웃어 보여야겠습니다. 미소 말입니다. 아이들에게 미소를 선물해야겠습니다.

11

설렘으로 하루를 시작합니다

이번 주는 교통 당번 교사입니다. 월, 화, 수요일을 담당하는 우리 반 학부모님께서 직장에 나가야 해서 녹색어머니 활동을 못 하신다고 전해 왔습니다. 다른 학부모님들도 바쁘신 것을 알기에 그냥 제가 교통 당번을 하기로 마음먹었습니다.

매주 월요일은 학교 부장회의가 있습니다. 일주일간 추진해야 할 내용들을 먼저 살펴보는 시간입니다. 그런데 이번 주는 교통 도우미라 회의에 참석할 수 없습니다. 바로 밖으로 나갔습니다.

이번 월요일은 좀 추웠습니다. 아이들이 조금씩 모여들었습니다. 학교 안에서는 잘 보지 못하는 다양한 얼굴들입니다. 참 반갑습니다. 우리 반 아이들은 자기 아빠를 만난 것처럼 정겹게 인사했습니다. 저도 웃으며 손을 흔들었습니다. 정말 아빠가 된 기분이었습니다.

교실에 들어오니 우리 반 아이들이 오늘은 녹색아버지가 교통 당번을 했다고 웃으며 이야기합니다. 제가 아빠처럼 느낀 것을 우리 반 아이들도 이심전심으로 같이 느꼈나 봅니다.

화요일이 되었습니다. 교통 당번을 같이 서는 아이들이 바뀌었습니다. 어제 아이들이 참 잘했는데 오늘 아이들은 어떨지. 하긴 하루의 교통 봉사인데 아이들의 성실성은 그리 중요하지 않을 겁니다. 화요일 아이들도 잘했습니다. 괜한 걱정을 했습니다. 아이들은 자기의 역할에 최선을 다합니다.

그 때였습니다. 누가 갑자기 뒤에서 "워이!" 하고 크게 소리를 쳤습니다.

뒤를 돌아보니 아무도 보이지 않았습니다. 고개를 조금 내려 보니 우리 반 새침데기 성민이가 절 올려다보며 낄낄거리고 있었습니다. 교실에서 말도 잘 하지 않는 아이가 아침에 만난 선생님에게 용기를 내어 장난을 걸어 본 모양입니다. 흠칫 놀라기는 했지만 조금 더 놀라 줄 걸 하는 생각도 들었습니다. 아이가 손을 흔들며 횡단보도를 지나갔습니다.

교실에서 보는 선생님과 교실 밖에서 보는 선생님은 확연히 다른가 봅니다. 아이들에게 아빠 같은, 친구 같은 사람이 되나 봅니다. 서로가 마음을 활짝 열고 바라보게 되고 잊어버렸던 미소도, 용기도 한번 내어 보게 됩니다. 참 신기한 일입니다. 손을 내밀면 바로 잡을 것 같습니다.

학교가 이런 아이들의 미소를 뺏어가는 것은 아닌지, 아이들의 날아갈 듯 가볍고 경쾌한 목소리를 숨겨 버리는 것은 아닌지 모르겠습니다.

아침에 많은 사람들이 횡단보도를 건너갑니다. 어제 본 얼굴도 많습니다. 횡단보도까지 밝은 표정으로 와선 경쾌한 발걸음으로 저쪽으로 건너갑니다. 학교로 들어가는데 왠지 어깨가 좀 무거워 보입니다.

내일은 교통 당번 마지막 날입니다. 혹시 우리 반 아이들이 지나간다면 좀 더 반갑게 인사해야겠습니다. 먼저 인사해야겠습니다. 그리고 혹시 성민이가 한 번 더 장난을 걸어온다면 한 10배는 오버해서 놀라 줄 계획입니다. 하하하. 내일 그런 행운이 올까요?

참, 장갑이 생겼습니다. 절 유심히 보는 사람이 있나 봅니다. 손이 추워 보였는지 화요일 따뜻한 장갑을 선물 받았으니 말입니다. 덕분에 손도 마음도 따뜻해졌습니다.

이번 주 교통 당번은 저에게 행운이었습니다. 이번 주에 나오지 못하신 현민이 어머님께 깊은 감사의 말씀을 드립니다. 교통 당번을 하면서 본 우리 반 아이들의 밝은 표정을 지켜 주고 싶습니다. 다음에도 교통 당번의 기회가 온다면 마다하지 않겠습니다. 아직 만나지 못한 인연들이 많기 때문입니다. 길가에서 만난 아이들은 즐거웠습니다. 절 바라보는 표정에는 살아 있는 미소가 있었습니다.

전, 절 만나러 오는 사람에게 기쁨이고 싶습니다. 그냥 한 번의 미소를 짓게 만들어 버리는 그런 사람이고 싶습니다. 조금만 더 욕심내 볼까요? 지나가는 사람들이 날 보면 그들 가슴에 작은 설렘이 생겼으면 좋겠습니다. 좀 과한 욕심이죠. 그래도 혹시 압니까? 진짜 그런 사람이 될 수 있을지. 서로 설렘으로 하루를 시작하고 싶습니다.

12

습관은 당신의 모습을 비추는 거울입니다

밥을 먹을 때 물부터 먼저 마십니다. 핸드폰 문자를 보낼 때 엄지손가락만 사용합니다. 운전은 주로 왼쪽 손으로만 합니다. 습관에 대한 이야기입니다. 어떤 습관을 갖고 계시나요? 그 습관에 대해서 어떻게 생각하시나요?

내가 의식하지 않아도 나의 일부가 되어 버린 습관입니다. 인정하기 싫지만 내 모습이 그러하다는 것에 고개를 끄덕일 수밖에 없는 습관입니다.

다른 사람을 위한 봉사 활동의 마음도 사랑으로 시작하지만 궁극적으로 습관으로 몸에 익혀야 한다는 어떤 목사님의 말씀을 생각해 봅니다.

꽃이 아름다운 건, 청춘이 아름다운 건 얼마 지나지 않아 시들어 버리는 때가 오기 때문이라고 합니다. 사람의 감정도 그와 같아서 애틋한 감정도, 어찌할 수 없는 안타까운 감정도 아무렇지도 않게 식을 날이 저만치 앞에 있음을 알고 있습니다. 내 삶이 앞으로 한 발씩 나아가는 것이라면 결국에 어떤 자리에 서고 말겠죠. 그때에는 책임감과 의무로 남은 시간을 이겨 나간다고 합니다. 하지만 책임을 질 수 없는 상황이라면 누군가에 대한 어떠한 의무도 없는 상황이라면 이야기는 좀 달라지겠지요.

도착하기 싫은 감정의 종착역을 바라보면서 차라리 습관이 되어 버렸으면 좋겠다 생각합니다. 내 몸의 일부가 되어 생각하지 않아도 의식하지 않아도 저절로 움직이게 되는 습관이 되어 버린다면 차라리 낫겠습니다.

첫사랑의 열정과 애틋함을 기억하고, 오래 간직하고 싶지만 만약 식을 수밖에 없는 운명이라면 머리가 아니라 가슴이 아니라 내 몸으로 기억하는 습관이 되었으면 합니다. 습관이 되어 평생을 나와 함께할 수 있다면 그래도 좋겠습니다.

생각이 변하는 것, 사랑이 변하는 것, 사람이 변하는 것 때문에 세상이 아름다운가요? 맞습니다. 그래서 찬란히 빛나는 시절이 있습니다. 하지만 습관으로라도 내 몸속에 익혀 일부가 되어 버리게 하고 싶은 그 무엇이 있습니다. 오래 같이할 수 없다면 차라리 감정 그대로 머리에서 가슴으로, 가슴에서 몸으로 옮겨 내 삶의 끝자락까지 함께이고 싶은 마음입니다.

어떤 습관을 가지고 계십니까? 그 습관을 사랑하십니까?

당신에게 있는 습관은 당신의 모습을 비춰 주는 거울임을 기억하세요.

13

젊고 건강하기를 바랍니다

"한나야, 아빠랑 외발자전거 타러 갈래?"

"음……."

막내 한나는 쉽게 대답하는 적이 별로 없습니다.

"아빠가 농구 같이해 줬잖아. 이번엔 외발 같이 타자!"

막내에게 살짝 졸랐습니다.

"음……. 좋아요."

저는 10여 년 전에 다친 허리와 또 몇 년 후 수술한 무릎 때문에 제대로 된 운동을 하지 못하고 있습니다. 한 번씩 있는 학교 대항 친선 배구 경기에 참여해도 승패보다 다치지 않고 경기가 끝나는 것을 가장 중요하게 생각하면서 경기를 했습니다. 아픈 부위를 다시 다치면 한두 달은 또 병원 신세를 져야 합니다.

몇 년째 숨 가쁜 운동은 하지 않고 있는데 먹성이 좋고 나잇살도 붙으면서 통통하던 배는 올챙이처럼 볼록 튀어나왔습니다. 체중이 늘고 배가 나오기 시작하니 원래 아픈 허리와 무릎도 많이 안 좋아지고 있습니다. 학교에서 교무부장을 하던 4년 동안은 혹시라도 아픈 허리와 무릎 때문에 병가를 내게 될까 봐 걱정을 많이 했는데 올해는 교무부장을 내려놓고 연구부장을 하고 있으니 병가에 대한 부담은 적습니다. 아프면 그냥 입원해서 치료하면 됩니다. 그런데 문제는 배가 점점 많이 나오고, 몸의 관절도 덩달아 안 좋아지고 있는 것입니다.

살고 있는 집 옆이 초등학교입니다. 한 번씩 캄캄한 밤에 혼자서 외발자전거를 탔는데 오늘은 막내와 같이 조금 일찍 나왔습니다. 캄캄한 운동장에서 혼자 타다가 막내랑 둘이 타게 되니 외롭지도 않고 재미도 훨씬 좋습니다. 그리고 좀 더 오래 탈 수 있습니다.

한나는 수직타기를 연습하고, 저는 뒤로 내리기를 집중적으로 연습했습니다. 학교 운동장에서 충분히 연습해서 나중에 막내와 함께 집 앞에 있는 산책로에 나가서 라이딩을 해 보고 싶습니다. 아직 속도가 빠르지 않아 자전거 도로에 나가기는 힘들지만 운동장에서 계속 속도를 붙이고 있으니 좀 지나면 나갈 만하겠죠. 모처럼 막내와 즐겁게 자전거를 타고 돌아왔습니다.

하루가 지났습니다. 또 나가자고 막내에게 슬쩍 이야기를 꺼내는 중입니다.

"엄마, 어제 아빠랑 자전거 타는 걸 우리 반 남자 친구들이 봤나 봐.

학교에서 '오빠'랑 외발자전거 타는 것을 애들이 봤다네."

"오빠?"

'오빠' 소리에 아내와 큰아이가 소리 내어 웃습니다. 특히 아내는 웃음보가 터져 버렸습니다. 자꾸 '오빠, 오빠'라고 놀립니다.

'오빠라니……'

'아빠'가 '오빠'가 되었습니다. 오늘도 막내랑 자전거를 타러 나가야 하는데 '어떤 옷을 입고 가야 할지!' 어제의 '오빠'가 오늘은 배만 엄청 나온 아저씨가 되면 안 되니 말입니다.

"오늘은 또 어떤 옷을 입고 가야 하나?"

슬쩍 농담을 던지고 현관을 빠져나가는데 아내의 웃음소리가 참 경쾌하게 들렸습니다.

오빠처럼 옷을 입고 오늘도 한나랑 외발자전거를 타고 왔습니다. 드디어 한나는 수직타기를 세 번 성공했고, 저도 뒤로 내리기를 좀 어색하긴 하지만 성공했습니다.

오늘 숙제가 하나 더 생겼습니다. 한나의 '오빠'답게 좀 더 날렵한 몸매를 만드는 일입니다. 허리와 무릎이 아프니 과격한 운동은 못 하겠지만 아침에 좀 일찍 일어나서 걷기 운동 정도는 시작해 볼 수 있습니다. 몇 달 꾸준히 걸으면 지금보다 살짝 날렵한 몸을 가지게 되리라 믿고 싶습니다. '오빠'니까요.

안성에 살고 있는 하나뿐인 여동생에게 전해야겠습니다. '여동생'이 한 명 더 생겼다고 말입니다.

모두 건강하셨으면 좋겠습니다. 관절이 건강할 때 멋진 몸매도 잘 유지하시길 바랍니다. 다들 '언니', '오빠'로 재탄생하셨으면 합니다.
젊고 건강하기를 바랍니다.

14

가족은 힘이 됩니다

어제는 올해 동학년, 작년 동학년 선생님들과 저녁을 먹었습니다. 함께 시장까지 걸어갔습니다. 시장의 친절하신 사장님이 계시는 단골 칼국수 집에서 칼국수와 보리밥을 맛있게 먹었습니다. 그리고 길 건너에 있는 육회 집에서 육회도 먹었습니다. 재미있게 이야기를 하고 집으로 돌아가는 길에 시장 작은 골목에 있는 도넛, 공갈빵 파는 곳에서 빵도 조금씩 사서 서로 나눠 담아 헤어졌습니다.

두 분 선생님과 헤어지고 집 근처 버스 정류장 나무데크를 지나 걸어오는데 어둑한 저녁 가로등 아래에서 은은하게 보이는 짧은 벚꽃 터널이 잠시 동안이지만 마음을 참 행복하게 했습니다.

집에 오니 아내가 아까 전화했었다고 말했습니다.

"같이 예쁜 벚꽃 길을 산책하고 싶어서요. 그래서 혼자지만 잠시 나갔다 왔어요."

집 앞에 나가면 바로 예쁜 꽃들이 흐드러지게 피어 있는데, 요즘 매일 저녁 회식이 있어서 함께 다닐 수가 없었습니다. 교장 선생님과 간담회 자리가 있기도 했습니다.

아내와 산책로에 다시 나갔습니다. 모처럼 팔짱도 끼고 사람이 별로 없는 나무데크를 걸어 보았습니다. 행복감이 잔잔히 차올라 충만해졌습니다.

"아까, 가만히 혼자 걸으면서 생각했어요. 만약 당신 없이 늘 혼자 벚꽃 길을 걷는다면 얼마나 쓸쓸할까! 함께 걸어서 정말 행복해요."

아내와 팔짱을 끼고 함께 걷는 벚꽃 길이 참 좋습니다.

이번 주가 벚꽃이 절정이라고 합니다. 저녁에 세교동 버스 정류장 앞 나무데크를 사랑하는 사람과 함께 걸어 보시면 제법 괜찮을 것 같습니다. 옆으로 지나가는 차는 좀 시끄럽지만 그래도 잠깐 동안의 벚꽃 터널은 마음을 행복감으로 충만하게 만들어 줍니다. 가족은 힘이 됩니다.

15

기대가 있다면 이루어진다고 믿습니다

"시온아, 이 차가 좋으니?"

"예, 할머니."

"그래? 그럼, 우리 기도하자. 그럼, 우리 차가 될 거야."

6년 전 추석 귀향 렌털 이벤트로 기아자동차 카니발2 행사에 참여해서 차를 5일간 공짜로 빌리게 되었습니다. 부모님을 모시고 살았던 저는 명절에 딱히 갈 데도 없었지만 가장 먼저 식구들이 다 태우고 동네를 한 바퀴 돌았습니다. 하얀색 카니발은 힘도 좋고 실내 공간도 넓어서 부모님도 흡족해하시고 아이들도 참 좋아했습니다.

제 차도 아니지만 차를 몰고 평택까지 나와서 은행아파트로 갔습니다. 친구 가족을 태우고 같이 드라이브를 했습니다. 친구의 좋은 차를 늘 타 보면서 저도 언젠가 좋은 차가 생기면 가장 먼저 태워 주고 싶었습니다.

제 차가 아닌 차에 기름을 가득 넣고 가 본 데라곤 30분이면 가는 처가에 다녀온 게 전부입니다. 차를 돌려주러 가면서 기름이 많이 남아 있었던 기억이 아직도 또렷합니다.

기아자동차에서 몇 번 연락을 받았습니다. 렌털했던 차를 사라는 전화와 엽서가 왔습니다. 아내와 이야기를 해 보았지만 지금 형편에선 그 차를 살 수 없다고 했습니다.

어머니, 아버지, 시온이, 요한이, 그리고 우리 부부 이렇게 6명인 식구에게는 3열이 나오는 차가 꼭 필요했습니다. 몇 달 뒤 친척이 타고 다녔던 중고 카스타를 사게 되었고 몇 년을 잘 타고 다녔습니다. 어머니께서 좋아하셨던 카니발만큼은 아니지만 그래도 우리 식구들이 타기에는 부족함이 없었습니다. 어머니는 2년 뒤 돌아가셨습니다. 지금 카스타는 여동생네 식구들이 타고 다닙니다.

2주 전에 중고차를 샀습니다. 카니발2입니다. 차를 사려고 마음을 정하고 이틀 만에 제 손에 들어왔습니다. 중고차 매장에 트라제를 구입하려고 부탁했는데 카니발을 만나게 되었습니다. 중고차 매장에 가서 차를 보니 따뜻한 느낌이 왔습니다. 마음에 들었습니다. 어머니가 좋아하셨던 바로 그 차입니다. 6년 전에 갖고 싶었던 그 차.

차를 사고 식구들을 태우고 여동생 집에 다녀왔습니다. 아버지도 좋아하시고 아이들도 좋아합니다. 제 마음도 좋습니다.

큰 차를 타고 다니게 되면 세금에, 연료비에, 보험료에 생각지 못한 비용이 더 들어감을 압니다. 하지만 차를 보고 사지 않을 수 없었습니다. 바로 어머니가 6년 전에 시온이에게 기도하자고 하셨던 차였기 때문입니다. 어머니가 시온이에게 그렇게 말씀하셨으면 기도하셨음이 분명합니다. 그러니 제 앞에 다시 나타난 하얀색의 카니발을 사지 않을 수가 없었습니다.

전 카니발이 좋습니다. 그랜드가 아닌 카니발2가 좋습니다. 차에 앉으면, 핸들을 잡으면 마치 뒤에 어머니가 앉으셔서 시온이에게 말씀하시는 것 같습니다.

"시온아, 할머니가 기도하니까 정말 우리 차 되지!"

어머니가 생각나는 제 차가 너무 좋습니다.

매일 아침 차를 만나러 가는 제 발걸음이 어머니를 만나러 가는 것처럼 너무 설레고 그립습니다.

언젠가 기대한 적이 있다면 언젠가는 이루어짐을 믿습니다.

행복하고 속상합니다.

16

월급 받는 날은 누구나 행복합니다

통복시장 옆에 있는 자수정 찜질방에 다녀왔습니다.

매달 한 번씩 받는 월급날은 마음도 푸근해지고 왠지 가족들과 함께 외식도 해야 할 것 같은 넉넉한 생각이 듭니다.

"우리, 찜질방 갈까?"

지난달에는 비전동에 있는 하늘공원 찜질방을 갔는데 혹시 우리 반 친구들도 올지 몰라서 통복시장에 있는 자수정 찜질방으로 바꿨습니다.

사람 없는 널따란 냉탕에 들어가서 아들과 둘이 10분 정도 수영을 하고 나왔습니다. 모처럼 수영장 기분을 내는 아들과 더 있고 싶지만 식구들이 기다릴까 싶어 그만하기로 했습니다. 둘이 앉아서 서로 등도 밀어 주면서 목욕을 마무리했습니다.

찜질방으로 올라와 아내와 첫째, 그리고 막내를 기다리는 시간입니다. 따로 할 일이 없어서 벌러덩 드러누워 멍하니 천장만 쳐다봤습니다. 아들은 옆에서 심심하다고 이야기하지만 같이 놀 것도 없고, 먹을 것을 사 줄 수도 없습니다. 지금 주머니에는 카드밖에 없거든요. 그냥 여탕에 들어간 식구들을 기다리는 도리밖에 없습니다.

드디어 식구들이 다 모이고 맛있는 짱구를 사 먹고 이런저런 이야기를 나눕니다. 잠시도 쉬지 않는 막내 한나를 따라다니느라 쉬러 왔는데 쉴 틈이 없습니다. 그래도 찜질방에 들어가 땀을 몇 번 흘렸습니다.

목욕탕으로 내려와 다시 샤워를 하고 서둘러 집으로 출발했습니다. 혼자 계시는 아버지 저녁 시간에 늦으면 안 됩니다. 빨리 집으로 가야 합니다.

매달 한 번씩 있는 월급날은 내 마음도, 아내의 마음도, 아이들 마음도 더 넉넉해집니다. 오늘은 어느 누구도 짜증을 내지 않고 지나갑니다. 매달 받는 월급을 두 번으로 나눠 받는다면 2배는 더 행복해질까요? 월급 받는 날은 누구나 행복합니다.

라디오 주파수를 조용한 클래식 방송에 맞추고 하루를 마무리합니다. 차분히 내일을 기다립니다. 오늘의 행복에 감사합니다.

17

음식에서 마음이 오롯이 전해집니다

오늘도 밤에 퇴근합니다. 일은 해도 해도 끝이 나지 않고 벌써 시계는 9시를 향해 달려가고 있습니다. 하루는 왜 이렇게 빨리 가는지요.

새해의 일기장을 펼쳐 보면 연초와 3월 초에 바쁜 적이 많은 편이지만 이렇게 끝이 보이지 않게 일이 밀려 있는 경우는 올해가 처음입니다. 일이 많기도 하지만 제가 일 눈이 어두워 그런 것 같아 마음 한구석이 쓸쓸하고 허전합니다. 하다 보면 일도 손에 잡히고 조금씩 끝이 보이겠지요. 어떤 산도 오르막만 있지는 않으니까요.

원래 7시를 넘기지 않기로 마음속으로 다짐했는데 벌써 8시도 한참이 넘었습니다. 갑자기 속상한 마음이 밀려왔습니다. 서둘러 컴퓨터를 끄고 일어섰습니다. 집으로 가야 합니다.

'라면을 하나 사 먹고 갈까?'

늦게 집에 들어가면 늦은 저녁을 차리느라 고생할 아내의 모습이 떠올랐습니다. 아내도 힘들기는 마찬가진데 늦게 오는 남편 덕에 내색 한 번 못 하고 지내고 있습니다. 아내에게 고맙고도 미안합니다.

식당에 들르지 않고 그냥 집으로 가기로 결정했습니다. 한시라도 빨리 집으로 가고 싶습니다. 따뜻한 집에서 귀여운 아이들을 바라보면서 편안히 밥을 먹고 싶습니다. 요즘은 점심도 먹는 둥 마는 둥입니다.

오늘 식탁에 오른 반찬은 톳나물입니다. 밀양에 계신 이모가 올려 보내신 밑반찬입니다. 밥 한 숟가락에 톳나물을 얹어 먹어 봅니다. 맛있습니다. 어린 시절 어머니가 해 주시던 그 맛입니다. 잊은 지 이미 오래되어 버린 줄 알았던 어머니의 손맛이 지금도 남아 있다니 신기합니다. 다른 반찬 내 올 것 없이 톳나물과 밥 한 그릇이 금방 비워집니다. 물론 반찬 그릇도 깨끗이 비웠습니다.

몇 주 전입니다. 근처 고깃집에서 회식을 하는데 반찬으로 톳나물이 나왔습니다. 예전에 고향에서 먹던 식으로 조리하진 않았지만 톳나물 모습이 마냥 신기해 자꾸 집어 먹었습니다. 2주 전에 이모가 조카 결혼식 때문에 우리 집에 오셔서 하룻밤 주무시고 가셨는데 고깃집에서 보았던 톳나물 이야기를 했습니다. 이모님은 고향에 내려가셔서 톳나물을 보시곤 제 생각을 하신 것 같습니다. 그리고 오늘 맛있는 톳나물이 올라온 것입니다.

톳나물은 아버지와 저만 먹습니다. 아내와 아이들은 먹을 줄 모릅니다. 이럴 때 보면 참 다릅니다.

톳나물을 먹으면서 봄을 느낍니다. 봄의 기운이 담겨 있는 톳나물로 입안에서 향긋한 냄새가 지워지질 않습니다. 그 진한 냄새 속에는 사랑하는 어머니의 향기도 남아 있습니다. 톳나물을 먹으면서 어머니가 해 주셨던 그 많은 음식들을 다시 생각해 봅니다. 맛있는 줄 모르고 무던히 먹기만 했는데 이제는 톳나물 하나에도 어머니의 맛이 남아 제 가슴을 흔들어 놓습니다.

밤이 깊습니다. 계속 늦는 요즘입니다. 일은 언제 끝날지 모르겠습니다. 몸도 마음도 지친 아들에게 톳나물은 어머니가 하늘로부터 보내신 응원 같습니다.

이제 자야겠습니다. 내일 아침 맛있는 톳나물을 먹고 이모와 어머니의 응원을 가슴 가득 담아 출근해야 하니까요. 음식에서 응원의 마음이 오롯이 전해집니다.

세상엔 감사할 일이 많습니다.

18

생신에는 사랑하는 사람을 생각합니다

잠이 오지 않습니다. 왜인지 모르겠습니다. 그냥 우두커니 앉아서 컴퓨터를 켭니다. 아무 생각 없이 걷는 걸음이 제가 그리워하는 길로 가는 것처럼 저는 오늘도 자주 가는 곳으로 와서 제 이야기를 풀어놓으려 합니다.

지난주 목요일에는 장인 제사가 있었습니다. 하루를 끝내고 식구들을 데리고 처가에 다녀왔습니다. 장인 제사가 끝나 갈 무렵 큰 처형이 이야기했습니다. 이번 장모님 생신에는 평택에서 모이자고 말입니다. 21일 장모님 생신에는 평택에서 모입니다.

아내에게 수요일에 다 같이 밖에서 저녁을 먹자고 이야기해 버렸습니다. "왜 먹어야 되냐?"고 묻는 아내에게 "그냥 먹고 싶다."고 말했습니다.

오늘 아침 아버지께 여쭈었습니다.

"아버지, 오늘 저녁 삼겹살 드실래요?"

속이 좋지 않으신 아버지는 요즘 고기를 잘 드시지 않습니다. 아버지는 그냥 그렇게 하자고 말씀하셨습니다. 아내에게도 한 번 더 이야기했습니다.

학교에 와서 동생에게 전화를 했습니다.

"상희야, 오늘 평택으로 넘어와."

"응. 오빠. 왜 무슨 일 있어?"

제가 전화할 때는 집에 무슨 일이 있는 적이 많아서 동생은 그렇게 늘 물어봅니다.

"아니, 그냥. 같이 밥 먹자고."

우리 집에 다 같이 모이면 정말 좋습니다. 오래된 집이지만 넉넉해서 좋습니다. 동생네가 오더라도 좀 편안한 마음으로 지내다 갈 수 있습니다.

학원에서 돌아오는 아이들을 데리고 동네 식당 황소골로 갔습니다. 황소골에는 우리 식구밖에 없습니다. 아이들 6명을 포함해 모두 11명입니다. 두 식구가 참 많습니다.

테이블 3개에 앉아서 고기는 넉넉하게 시켰습니다. 월요일 왔던 곳이라 사장님은 더 잘해 주셨습니다. 식구들과 맛있게 먹는 저녁 식사 시간이 세상에서 가장 행복한 시간입니다.

밥을 남기려는 동생네 둘째 딸 예인이에게 밥 다 먹으면 아이스크림

사 준다고 말해 두 숟가락 더 먹었습니다. 그렇게 저녁 시간은 끝이 났습니다. 여동생네 식구는 한때 제 애마였던 로시난테를 타고 집으로 돌아갔습니다.

장인 제사와 장모님 생신 사이에는 사랑하는 어머니 생신이 있습니다. 장인 제사에 잘 참석하고 장모님 생신을 잘 준비해 왔기 때문에 가운데 있는 어머니 생신에도 기쁜 마음으로 잘 준비해서 식사를 하곤 했습니다.

어머니는 돌아가셨지만 마음속에는 아직 어머니 생신이 남아 있습니다. 어머니는 하늘에 계시지만 어머니를 그리워하는 전 어머니 생신에 제가 챙겨야 할 사람들과 저녁을 먹습니다. 저녁을 먹는 내내 어머니 생각을 했습니다.

동생은 알고 있습니다. 왜 오늘 저녁을 먹자고 오빠가 이야기하는지. 아내도 지금쯤엔 눈치챘을 겁니다. 왜 갑자기 주말도 아닌데 여동생네까지 불러 가며 저녁을 먹으려 하는지 말입니다.

너무 행복한 오늘, 너무 어머니가 그리운 오늘 말해 버렸습니다. 황소골 사장님에게 말입니다.

"사장님, 우리 가족이 오면 남는 게 없으시겠습니다."

"왜요? 맛있게 드셔서 정말 기분 좋습니다. 감사합니다."

"사장님, 우리 가족, 동생 가족 다 아이들이 셋이랍니다."

"그래요? 참 많으시네요."

"사장님, 잘 먹었습니다. 오늘 돌아가신 어머니 생신이라 우리끼리 저녁 먹었습니다."

비밀로 하려고 했지만 사장님에게 말해 버렸네요.

오늘은 세상에서 제일 사랑하는 어머니 생신입니다. 제 마음속에서 많이 축하해 드립니다. 어머니, 정직하고 담백하게 살겠습니다. 사랑합니다.

19

리폼, 고쳐서 사용합니다

지난밤에는 잠을 못 주무시는 아버지와 이런저런 이야기를 했습니다. 아버지는 잠을 더 주무시고 싶으신데 지금 병원에서 주는 잠자는 약은 좀 약한 것 같다는 이야기입니다. 수면제의 양이 많아지면 여러 가지 부작용이 생기기 때문에 약을 조금씩 줄여 나가는 중이신데 요즘 체중이 많이 줄었다고 걱정하셨습니다. 체중이 준 이유가 밤에 잠을 자지 못하기 때문이라고 진단하신 아버지는 "병원에 가서 약을 좀 올리는 것이 어떤가." 하고 말씀하셨습니다.

좀 이따 아버지는 들어가시고 혼자 거실에 앉아 일하면서 내일 아버지가 드실 고구마를 굽기 시작했습니다. 부엌에선 고구마가 구워지고, 전, 노트북으로 일하면서, 귀는 TV에서 흘러나오는 소리를 듣고 있었습니다.

TV에선 피로사회에 대한 이야기가 나왔습니다. 선진국에선 근로 시간을 단축하고 있는데 아직 한국은 선진국에 비해서 근로 시간이 너무 길다는 내용입니다. 주 4일 근무제를 준비해야 한다는 이야기도 나왔습니다.

'이제는 야근하지 말고 학교에서 퇴근 시간까지만 능률적으로 일을 해야겠다!'

TV를 보면서 다시 마음을 다잡았습니다.

거실에 앉아 정면에 있는 소파를 보았습니다. 소파에는 방석이 없이 등받이만 덩그러니 있습니다. 2013년에 구입한 소파는 방석 부분이 많이 낡고 찢어져서 '리폼'을 맡겼습니다. 어제 가죽을 입히는 분이 오셔서 견적을 뽑으신 다음에 방석 부분을 떼 내어 가지고 가셨기 때문에 소파는 방석이 있어야 하는 부분에 나무 받침만 남아 있는 상태입니다. 며칠 기다리면 수리한 소파 방석이 오겠지만 리폼을 한 것이라 등받이와는 색깔이 달라서 수리한 표가 날 것입니다.

오래된 집에 낡은 소파가 있습니다. 그마저도 방석 부분이 없어진 소파입니다. 오래전 첫 집을 분양받을 때 산 소파라서 정도 많이 들었고, 앉으면 참 푹신해서 편했던 소파입니다. 디자인이 오래되었고, 새로 리폼하려 해도 워낙 오래된 가죽이라 비슷한 모양과 무늬를 찾기도 힘든 소파지만 그래도 15년 동안 피곤한 몸에게 쉼을 주었던 소중한 친구 같은 소파입니다. 그리고 사랑하는 어머니도 함께 앉으셨던 소파입니다.

리폼 가격이 새로 사는 것에 비해 싸지도 않습니다. 그리고 전체를

다 리폼하면 가격이 너무 비싸서 방석 부분만 하는 것이라 리폼을 하고 나면 보기에 더 이상할지도 모르겠습니다. 하지만 지금 거실에 휑하니 나무 받침만 보이는 소파는 빨리 방석이 돌아오기를 기다리고 있습니다. 다시 리폼을 하면 앞으로도 한동안 잘 사용할 수 있을 것입니다.

오래된 아파트에 살면서도 큰 불편함은 못 느끼면서 살고 있습니다. 신도시 쪽에 경쟁하듯 들어서는 멋진 아파트는 아니지만 그냥 오래된 익숙한 아파트에 사는 것이 좋습니다. 오래된 아파트도 살다가 너무 낡으면 살짝 고쳐서 살면 됩니다.

연세가 많으신 아버지는 잠을 못 주무셔서 수면제를 한 알씩 늘려 가고 계십니다. 한 알씩 늘려 가는 수면제는 시간이 지나면 내성이 생기게 되고 더 이상 듣지 않게 됩니다. 그렇게 되면 의사 선생님은 약을 올리거나 약을 바꾸게 되는데, 다행히도 약을 올리지 않고 바꿔서 다시 잠이 온다면 좋은 일이고 한동안 또 그렇게 버틸 수가 있습니다. 완전히 새롭게 바뀔 수 없는 아버지의 몸은 조금씩 약을 조절해 가며 견뎌 가는 중입니다.

아버지의 몸을 보면서 저의 몸을 돌아보게 됩니다. 어느새 나이는 50이 다 되어 가고 몸의 여러 곳이 하나씩 고장이 나고 있습니다. 허리가 아프면 허리를 좀 달래고, 목이 거북하면 목을 좀 달래 가며, 무릎이 흔들거리면 걸음걸이를 좀 고치며 지내고 있습니다. 근육을 키워 몸을 다시 만들 수 있는 것이 아니라 여기저기 터지지 않게 조금씩 고치며 살아가는 중입니다. 서글프긴 하지만 그래도 고치면 그럭저럭 크게 표 나지 않게 지낼 수 있기에 다행입니다.

가만히 소파를 바라보니 사라진 방석이, 리폼하러 간 방석이, 저의 고장 난 허리 같고, 목 같고, 무릎 같아 보입니다. 소파를 보면 지나간 15년의 시간이 떠올라 색이 바래고 낡아 버려도 쉽게 버릴 수가 없나 봅니다.

이제는 새것보다 낡고 색이 바랜 것이 더 편안하게 느껴집니다. 친구도 오래된 친구가 훨씬 편하고 좋습니다. 생각해 보면 몇 년 동안 새로운 친구를 사귄 적이 없습니다.

신도시 새 아파트에 많은 사람들이 살고 있고, 새로 형성된 상가를 많은 사람들이 이용하고 살아가지만, 반대편 구도시에 있는 오래된 아파트에도 여전히 행복하고 정감 있게 살아가는 사람들의 소리가 들립니다. 그건, 앞으로도 그럴 것입니다. 그렇게 믿고 싶습니다.

몸을 조절하는 방식 중 하나는 일의 양을 줄이는 것입니다. 저에게 주어진 남은 시간을 알뜰하게 살아 내는 일은 절 위해서, 가족을 위해서, 학교를 위해서 할 수 있는 최선입니다. 아프지 말고 건강하게 잘 지내길 소망합니다.

리폼한 소파 방석이 돌아오길 기다리고 있습니다. 돌아오면 소파가 어색하지 않게 편하게 잘 대해 주려 합니다. 편안하게 앉아서 책도 보고, 누워서 단잠을 자고 싶습니다. 외롭다 생각했는데 가만 생각해 보니 제 주위에는 오래된 친구들이 참 많기도 합니다.

아직도 아버지 방에선 아버지의 말소리가 들립니다. 아버지가 오늘도 못 주무시면 내일은 병원에 가서 약을 좀 조절해야겠습니다. 평안한 밤이 되길 기도합니다.

20

좋은 아빠가 되고 싶습니다

"선생님, 혹시 교실에 딸기우유가 남는 반이 있으면 6학년 2반 교실로 올려 주세요. 우리 반에 우유를 먹기 싫어서 신청 안 한 학생이 있는데 그 학생이 오늘 딸기우유를 먹어 버려서 우유가 1개 모자랍니다."

고학년 선생님이 보내신 메시지입니다. 오늘은 우유를 먹기 싫어하는 아이도 맛있게 먹는 '딸기우유'가 나오는 날입니다. 원래 지난주 금요일에도 나올 예정이었는데 사정이 생겨 한 주 연기되어 오늘 나온 것입니다.

아이들이 딸기우유를 먹는 모습이 참 행복해 보입니다. 오늘은 우리 반 아이들이 어느 날보다 빨리 우유를 마셨습니다. 우리 학교는 매주 금요일 딸기우유와 초코우유를 번갈아 가며 먹을 수 있는 행복한 학교입니다.

책상 앞에 있는 딸기우유를 보니 저도 먹고 싶습니다. 노래를 많이 불렀더니 오늘따라 목도 컬컬하면서 따갑기도 합니다. 달콤한 딸기우유를 마시면 맛도 있겠고, 목도 시원해질 것입니다. 몇 번을 눈독 들이다가 집에 있는 막내에게 양보할 생각으로 참았습니다. 저녁에 집에 가면 막내에게 미지근한 딸기우유를 살포시 건네주어야겠습니다.

회식이 있어서 집에 늦게 들어가는 날에는 빈손이 부끄러워집니다. 가까운 가게에 들러 뭐라도 사 들고 가게 됩니다. 따끈한 피자집에 들러서 피자가 구워지는 동안 사장님과 이야기를 나누다가 피자가 다 구워지면 집에 가져가기도 하고, 시원한 아이스크림을 잔뜩 사 가기도 합니다. 그리고 어떤 날은 집 앞 편의점으로 들어가서 노란 바나나우유나, 분홍색 딸기우유를 사서 들어갑니다. 편의점 사장님은 잘 아는 분이라 막내 이야기도, 아버지 이야기도 물어보십니다. 역시 맛있는 우유를 보면 바로 입안에선 군침이 돌지만 서둘러 집에 들어가 훌쩍 커 버린 첫째와 둘째, 그리고 몸이 약한 막내에게 우유를 건넵니다. 좋은 아빠는 아니지만 맛있는 걸 보면 자꾸 집에 있는 아이들이 생각납니다. 그래도 아빠인가 봅니다.

아버지 핸드폰을 해지하려고 학교에 가지고 왔습니다. 아버지의 핸드폰은 하얀색 폴더폰입니다. 얼마 전까지 아버지께서 사용하셨던 핸드폰. 아직 아버지와의 이별이 실감 나지 않습니다. 아버지의 체온이 남아 있는 것 같습니다.

핸드폰의 전원을 켜 보니 아버지가 병원에 가시던 날 아버지의 마지막 통화기록이 있습니다. 그리고 며칠 전 기록에도 찍혀 있는 낯익은 여동생의 전화번호가 보입니다. 여동생은 하늘나라에 가신 아버지께 전화를 걸고 있었습니다. 한참을 그 번호를 보다가 눈물을 흘렸습니다.

아버지 핸드폰을 해지하기 위해 통신사에 걸던 전화를 서둘러 끊었습니다. 그리고 아버지 폰 속에 있은 앨범을 살펴보았습니다. 핸드폰의 기능을 잘 사용하지 못하시는 아버지셨지만 그래도 앨범 속에는 몇 장의 사진이 남아 있었습니다. 아버지 사진, 동생 사진, 그리고 예뻐하셨던 우리 집 막내 사진. 아버지는 쓸쓸한 시간에 앨범을 보시면서 가족을 생각하셨던 것 같습니다.

아버지 핸드폰 앨범의 마지막 사진들을 제 폰으로 문자메시지로 보냈습니다. 금방 문자가 들어왔습니다. '아버지'가 보내시는 메시지입니다. 아버지가 보내신 사진들을 제 핸드폰 앨범에 다운받아 두었습니다. 그리고 저녁에는 아버지 사진을 동생에게도 보냈습니다. 제 폰에는 선명하게 '아버지'가 보내신 문자가 남았습니다.

제가 왜 빈손으로 집에 들어가지 못하는지 생각해 보면 아버지가 그러셨기 때문입니다. 가난했던 집이지만 아버지는 퇴근하실 때 군고구마, 생강과자, 도넛을 자주 사서 오셨습니다. 가난했지만 동생과 전, 맛있는 간식을 자주 먹었던 기억이 있습니다.

아버지는 회를 참 좋아하셨는데 맘껏 사 드리지 못한 것이 후회가 됩니다. 늘 좋은 것으로 주셨는데 돌려 드리지 못한 것이 많습니다.

아버지의 핸드폰은 제 가방 속에 있습니다. 한 번씩 벨소리가 납니다. 그리고 제 핸드폰 속에는 아버지가 보내신 문자가 있습니다.

딸기우유를 보면서 집에 있는 막내를 생각했습니다. 그리고 아버지를 생각했습니다. 지금 생각해 보니 우리 아버지는 참 좋으신 분이셨습니다. 저도 아버지처럼 좋은 아빠가 되고 싶습니다. 아버지, 감사합니다.

21

힘들지만 조금씩 나아갑니다

몇 주 전에 목디스크 시술을 받았습니다. 오십견처럼 느껴졌던 통증은 팔꿈치로 내려오더니 팔을 타고 손등으로 올라와 손을 저리게 만들었습니다. 내 몸에 달려 있는 팔인데 마치 무거운 쇳덩이를 달고 있는 것처럼 무겁게 느껴졌습니다. 이제 통증은 가만히 있어도 느낄 수 있게 되었습니다.

오른쪽 팔이 아픈 것을 참아 가며 지내다 얼마 전에는 며칠간 통증으로 밤잠을 설쳤습니다. 밤에 잠을 못 자게 되니 정상적인 학교생활이 어려워서 다니던 병원을 옮겨 다시 여러 가지 검사를 받아 보니 5, 6, 7번 목뼈 사이에 있는 디스크 2개가 심하게 터져 밖으로 삐져나왔다고 했습니다. 삐져나온 디스크는 팔로 내려가는 신경을 많이 누르고 있었고 덕분에 어깨, 팔꿈치, 손등이 아프고 저린 것이라 했습니다. 근원적인 치료를 위해선 디스크 2개를 깨끗이 걷어 내고 새 인공 디스크를 삽입해야 하는 수술을 해야 한다고 했습니다. 보통 다른 사람들의 디스크 색깔은 하얀색인데 전, 검은색이라고 했습니다. 디스크에 수분이 적어서 디스크 질이 좋지 않은 것입니다. 덕분에 목, 허리, 무릎의 연골이 다 좋지 않을 것이라고 의사가 말했습니다. 연골은 어머니를 닮은 것 같습니다. 일이 너무 커져 적잖이 당황했습니다.

수술이 비용이 만만찮고 겁이 나기도 해서 수술은 하지 않기로 했습니다. 대신 목에 작은 관을 삽입해서 신경을 정리하고, 아픈 신경에 주사를 놓는 시술을 받았습니다. 신경성형 시술은 20분 내외의 시간이 걸리는 간단한 시술입니다. 4일간의 병가를 내고 시술을 받았습니다. 시술 후에는 병원에서 도수 치료와 견인 치료도 받았습니다.

하지만 시술 후에도 통증이 많이 나아지지 않았습니다. 시술 후 일주일이 지난 후에 신경 주사를 한 대 더 맞았습니다. 그리고 또 일주일이 지났고 다시 신경 주사를 한 대 더 맞았습니다. 총 세 번의 신경 주사를 맞았는데도 아직 어깨의 통증은 남아 있고, 손등도 바늘로 콕콕 찌르는 느낌이 있습니다. 학교에서 컴퓨터 앞에 앉으면 몇 분에 한 번씩은 일어나야 합니다. 목도 아프고, 손도 많이 저립니다. 그렇게 일하고 집으로 돌아가선 목에다 베개를 받쳐 놓고 드러눕습니다. 그렇게 매일매일 통증을 견뎌 가며 지내고 있습니다. 의사는 통증은 참을 수 있지만 혹시 통증이 신경 손상의 신호일 수도 있어 예민하게 살펴보아야 한다고 합니다. 아픈 것은 괜찮은데 만약 오른쪽 손가락에 힘이 빠지면 근육이 빠져나가는 신호니 얼른 병원으로 다시 와야 한다고 말입니다. 다른 처리를 해야 한다고 하네요.

배구도 잘하고 싶고, 후배들과 만나면 농구도 옛날처럼 신나게 하고 싶었습니다. 체육관에서 배드민턴을 치는 선생님들을 보면 잘 치진 못하지만 함께하고 싶었고, 또 할 수 있을 것 같았습니다. 다들 한다는 골프도 한 번 배워 보면 어떨까 생각도 했습니다. 하지만 이제는 그런 것이 욕심이란 것을 알고 있습니다. 다른 것은 못 해도 되니 아내와 함께 걷는 통복천 산책길을 아무 통증 없이 걸을 수만 있다면 좋겠다는 바람만 남았습니다.

그래도 시술을 받은 후에는 밤에 잠이 들 때 통증은 많이 줄었습니다. 정말 좋아진 것인지, 진통제 복용으로 인한 일시적인 것인지는 모르겠지만 밤에는 깨지 않고 잠이 들 수 있어 다음 날 학교에서 정상적인 근무를 할 수 있습니다. 아직 걸어 다닐 때 팔의 진통과 손의 저림은 여전하지만 조금씩 좋아질 것이라 믿고 있습니다.

몸을 예민하게 살피고 있습니다. 그리고 조금씩의 변화를 정확히 알아내고 있습니다. 통증을 느끼면서 아버지를 생각해 보았습니다. 아버지는 항상 아프다고 하셨는데 그 말을, 아버지의 느낌을 그대로 예민하게 받지 않았습니다.

'나이가 들면 몸은 이곳저곳이 조금씩 다 아픈 것이라고' 아버지를 설득 아닌 설득을 했습니다.

아버지는 아픈 것을 미안해하셨고, 병원 비용을 부담스러워하셨습니다. 아버지는 가난했고, 저도 넉넉하지 않았습니다. 아버지를 모시고 사는 동안 한 번도 아버지 마음 편하게 병원에 모시지 못했습니다.

아버지는 조금씩 더해지는 통증의 예민함을 아들에게 바로 이야기하지 않았습니다. 견디다 너무 심해지면, 그래도 아들이 모르고 있으면 겨우 말씀을 하셨습니다. 아버지는 몸의 통증을 지금의 저처럼 정확히 느끼고 계셨을 텐데 말입니다. 아버지는 저보다 더 예민한 분이십니다.

몇 년 뒤 나이가 더 들어 제 아들이 저에게 이렇게 대한다면 얼마나 슬플까 생각해 보았습니다. 아들의 눈치를 보며 아파야 한다는 사실에 제대로 아프다고 말할 수 있을까요? 그때가 되면 몸의 변화를 예민하게 느끼는 제가 얼마나 슬플까요?

통증을 느끼면서 아버지를 생각합니다. 사진 속의 아버지를 보면 이제 아버지의 통증이 고스란히 다 느껴집니다. 그리고 아버지의 그 마지막 며칠 간의 숨을 조여 왔던 통증이 고스란히 느껴집니다. 너무 속상한 일입니다.

아버지, 어머니를 생각하니 통증이 더 심해집니다. 그러나 견뎌야 합니다. 뒤로는 되돌아갈 수가 없습니다. 통증을 안고 조금씩 앞으로 나아가야 합니다. 잘못한 일들은 통증과 함께 가슴에 남아 있습니다. 앞으로 남은 길은 조금씩이라도 나아가야 합니다.

통증은 아버지와 어머니를 부르는 저의 목소리입니다. 통증이 올라오면 어머니, 아버지를 생각합니다. 그리고 반듯하게 앉아서 목을 돌리고 어깨와 팔을 돌려 봅니다. 통증은 매일 조금씩 나아질 것입니다. 아니, 어쩌면 조금씩 더 심해질 수도 있습니다. 통증이 있어도 조금씩 앞으로 나아가야 합니다.

22

아이들의 아픔을 보듬어 줍니다

유대인들에게 전해 오는 이야기입니다.

천국에 가면 이상한 나무가 한 그루 있는데 사람들은 그 나무를 "슬픔의 나무"라고 부릅니다. 사람들이 자신의 슬픔을 그 나뭇가지에 걸어 놓았기에 그렇게 이름 지어졌습니다.

세상을 살면서 당하는 자신의 불행 때문에 도저히 견딜 수 없다고 울부짖는 사람들이 있으면 천사는 그를 데리고 슬픔의 나무 앞으로 갑니다. 그리고 그 사람에게 자기가 가지고 있는 모든 슬픔을 벗어서 그 나무에 걸어 놓게 한 다음, 천사는 그 사람에게 이 나무 주변을 한 바퀴 돌아보면서 다른 사람이 벗어 놓은 슬픔을 하나 골라서 대신 가져가도록 합니다.

그는 천사의 안내를 받으면서 다른 사람들이 걸어 놓은 슬픔들을 자세히 살펴보고 대신할 만한 것을 살펴봅니만 최종적으로 선택한 것은 자기가 벗어 놓은 슬픔이라고 합니다. 그는 지금까지 세상을 살아오면서 자신이 가장 불행한 사람인 줄 알았는데 알고 보니 다른 사람들은 자기보다 더 무거운 짐을 짊어지고 살아간다는 사실을 깨닫게 된 것입니다. 그런 연유로 누구든지 슬픔의 나무에 다녀온 사람은 그 후로 불평하지 않는다고 합니다.

대전 현충원에 다녀왔습니다. 결혼하기 1년 전부터 다니기 시작했으니 어느새 20년째 다니고 있습니다. 그동안 꼬마였던 조카는 대학을 졸업했고, 세상에 없었던 아이들은 벌써 고등학생, 초등학생이 되었습니다. 시간은 쏜 화살같이 빠르게 흘렀고, 흘러간 시간 속에 여러 가지 일들이 있었지만 우리는 매년 현충일에 이곳 현충원에 옵니다. 그리고 변함없는 장소에서 그리운 한 사람을 추억합니다.

늘 많이 우셨던 장모님도 몇 년 전부터는 눈물을 보이지 않으십니다. 장모님의 눈물에 마음이 아파 일부러 좀 천천히 걸어 장모님의 눈물이 그치고 나면 도착하기도 했었는데 이제는 울지 않으십니다.

비석들이 줄지어 촘촘히 들어서 있는 작은 공간이지만 조심스레 돗자리를 깔았습니다. 함께 앉아 도란도란 이야기를 하며 차오르는 슬픔을 꼭꼭 누릅니다. 아이들은 깔깔대며 재미있는 이야기를 하지만 이곳에 누워 있는 사람이 누군지, 할머니의 마음은 어떤지, 엄마의 마음은 어떤지 말하지 않아도 알 것입니다.

멀리서 전동 휠체어를 타신 어르신이 불편한 몸으로 비석 사이를 한 줄씩 이동하고 계셨습니다. 불편한 자세로 고개를 숙여 이름을 확인하고 또 옆으로 옮기고, 고개를 숙여 이름을 확인하고 또 옆으로 옮기고…… 한참의 시간이 그렇게 흘렀습니다. 어느새 어르신은 우리 자리 바로 앞으로 오셨습니다. 그리고 우리를 보고 손짓을 하셨습니다. 어르신의 무릎에는 예쁜 장미꽃이 한 다발 올려져 있었습니다. 꽃을 화병에 꽂아 달라는 부탁이셨습니다. 작은 목소리지만 어르신의 의도를 분명히 알았기에 딸아이가 가서 얼른 꽃을 받아 비석 앞에 있는 화병에 꽂았습니다.

비가 내리기 시작했습니다. 많은 양은 아니지만 빗물은 촉촉이 땅을 적셨습니다. 어르신은 굽혀지지 않는 불편한 손을 모아 성호를 그으셨고 눈을 감고 기도를 하셨습니다. 딸아이는 어르신의 곁으로 가서 조심스레 우산을 받쳐 들었습니다. 그렇게 얼마간의 시간이 지나고 어르신은 기도를 끝내셨습니다.

"어르신, 누구의 묘인가요?

"아들입니다."

"……."

"아들이 군대 간 지 보름 만에 죽었습니다. 훈련 중이었는데 힘들어서 쓰러진 것을 다시 일어나 뛰게 해서 다시 훈련하다가 그만……."

"……."

"아들 죽었다는 소식에 제가 바로 뇌졸중이 와서 몸이 이렇게 되었습니다."

어르신은 대화를 끝내고 전동 휠체어를 돌려 바로 묘지를 빠져나가셨습니다.

이야기를 듣는 내내 우리 가족은 아무 말도 할 수가 없었습니다. 말하지 않아도 슬픔은 온몸으로 먹먹히 느껴졌습니다. 장모님은 아들을, 아내는 동생을 생각했을 것입니다.

살다 보면 많은 슬픔이 있습니다. 슬픔을 벗어나 행복하고 재미있게 살고 싶지만 누구에게나 어떤 모양으로든지 슬픔이 곁에 있습니다. 그리고 그 슬픔과 우리는 함께 친구가 되어 같이 살아갑니다. 슬픔에 너무 함몰되어서는 안 되겠지만 그렇다고 외면하고 살 수는 없습니다. 슬픔과 친구가 되어 함께 살아 내는 것이 인생이란 생각을 합니다.

슬픔의 나무에 걸려 있는 다른 사람들의 많은 슬픔들. 정작 나의 슬픔과 바꾸지 못하는 것은 나의 슬픔의 무게가 다른 사람의 슬픔에 비해서 상대적으로 가볍게 느껴져서일 수도 있지만 나의 슬픔은 내가 함께 안고 가야 할 친구이기 때문에 바꾸지 못하는 것이라는 생각도 해 봅니다.

또 한 번의 현충일을 보냅니다. 장모님과 어르신, 아내, 그리고 슬픔을 간직한 이 땅의 모든 사람들의 마음에 평화가 깃들기를 기도합니다.

"태희야, 엄마, 아빠는 언제 만나니?"

꽃반에는 중국 국적의 학생이 있습니다. 부모님은 서울에 사시는데 중국분이 우리나라에서 직업을 갖는다는 것이 쉬운 일이 아닙니다. 그리고 일 자체도 어렵고 힘들어 아이를 돌보기가 힘듭니다. 그래서 평택에 있는 할머니, 할아버지 집에 아이를 보냈습니다. 아이는 할머니, 할

아버지와 살고 있습니다. 다행히 할머니, 할아버지가 좋으신 분이라 큰 걱정은 없습니다만 태희는 얼마나 엄마, 아빠가 보고 싶을까요!

오늘 미래의 꿈을 그리는 조용한 시간에 태희에게 슬쩍 다가가 보았습니다.

"선생님, 아빠는 4월에 볼 수 있을 것 같아요. 아빠가 4월에는 우리를 보러 온대요. 그런데 엄마는 일하다가 발목을 다쳤어요. 그래서 엄마는 우리를 보러 오지 못하세요."

선생님을 바라보며 웃으며 이야기하는 아이를 보는데 맘이 아픕니다. 1학년 담임인 제가 해 줄 수 있는 것은 아무것도 없습니다.

멍하니 아이를 바라보고 있는데 태희가 갑자기 앞으로 나옵니다. 참, 태희는 꿈이 화가입니다. 그림을 정말 잘 그리는 아이입니다. 태희는 이미 1학년 선생님들도 다 아는 착한 아이이기도 합니다.

"선생님, 그런데 지금 제가 한 이야기는 우리 할머니한테는 비밀로 해 주세요. 꼭 부탁드립니다."

태희가 그 모든 이야기를 웃으며 담담하게 이야기했습니다.

또 다른 아이 이야깁니다.

"선생님, 우리 엄마는 하늘나라에 있어요."

"진짜? 엄마가 왜 하늘나라에 있니?"

수업 시간에 무심코 한 이야기에 다른 친구들이 물어봅니다. 이래서는 안 되겠다 싶어서 이야기에 끼어듭니다.

"지현아, 선생님 엄마도 하늘나라 계신다. 우리는 똑같다."

"와, 그럼 선생님, 우리 엄마랑, 선생님 엄마랑 지금 만나고 있겠네요."

'아!'

"지현아, 우리 할아버지도 하늘나라 계시는데."

"지현아, 우리 외할머니도 하늘나라 계셔."

"와, 그럼 우리 엄마, 선생님 엄마, 철수 할아버지, 영희 외할머니 네 분이 하늘나라에서 같이 만나고 계시겠다."

아이들끼리 하는 이야기에 마음이 아픕니다.

오후에 1학년 학교생활기록부를 정리하다가 지현이 가족관계 증명서를 봤습니다. 거기에 적혀 있는 글을 보고 말았습니다. 지현이 어머니 성함 옆에 '사망'이라는 두 글자가 선명히 적혀 있었습니다. 지현이는 학교생활을 열심히 하고 있습니다.

삶은 녹록지 않습니다. 어른이라고 더 슬프고, 아이라고 덜 슬픈 건 아닙니다. 그리고 어른이라고 더 잘 견디고, 아이라고 못 견디는 것은 아닙니다. 삶은 누구나 견딜 만한 무게를 가지고 있습니다. 그리고 견뎌 냅니다. 그 대상이 작은 1학년 아이라 할지라도 그 무게를 꿋꿋이 견딥니다.

1년간 보아야 할 아이들인데, 쳐다보면 벌써 슬퍼서 남은 기간을 어떻게 보내야 할지 모르겠습니다.

그 슬픔의 나무는 작은 아이들도 가지고 있습니다. 그리고 그걸 넉넉히 이기는 아이들이 있습니다. 아이들의 아픔을 보듬어 주는 따뜻한 선생님이 되고 싶습니다.

1부

봄, 만나다

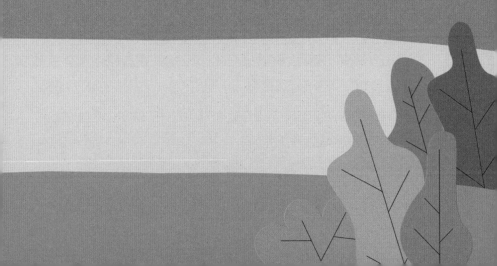

1

벌써 5일째: 아이들과 만난 5일째 풍경

새로운 꽃송이들과 함께한 지 5일째입니다. 교실 환경도 조금씩 완성되어 가고 학교 일도 조금씩 손에 잡혀 가는 중입니다.

꽃반의 아침은 독서와 함께 시작됩니다. 늘 바쁜 선생님은 일찍 학교에 와서 컴퓨터를 뚫어지게 쳐다보며 일을 하고 있습니다. 그사이 아이들은 하나둘씩 와서 선생님께 인사하고 자기 자리로 들어갑니다. 그리고 바로 독서를 시작합니다. 아이들은 차분하게 책을 읽습니다.

아이들이 기다리고 좋아하는 쉬는 시간에도 선생님은 넉넉한 휴식을 주지 않고 과제를 주기도 합니다. 아이들은 얼마나 착한지 선생님이 하라면 곧바로 하고 아무도 불평을 하지 않습니다. 수업 시간이 쉬는 시간까지 밀리는 때도 가끔 있습니다.

수업 시간에 집중하지 못하는 아이들이 몇 명 있습니다. 거의 수업에 참여하지 않는 아이도 있습니다. 발표하기를 부끄러워하는 아이들도 있고, 생각하지 않고 손을 먼저 드는 아이들도 있습니다. 이제 같이 지내면서 조금씩 좋아지리라 생각합니다.

어느새 4교시가 흘러가고 아이들은 맛있는 급식을 먹고 간단히 자리를 정리한 후 집으로 돌아갑니다. 아이들은 밥을 참 맛있게 잘 먹습니다. 참 좋은 일입니다.

벌써 5일째입니다. 시간은 참 빠르게 흘러갑니다. 늘 정신없는 신학기에 아버지 생신이 있습니다. 그래서일까요. 아버지 생신을 넉넉하고 여유로운 마음으로 잘 준비해 드리지 못했습니다. 바쁜 일도 조금씩 나눠서 하고 이번 아버지 생신은 더 잘 준비하고 싶습니다.

요즘은 밤에 학교 생각하느라 잠이 오지 않는 때가 많은데 오늘은 푹 잤으면 좋겠습니다. 내일 꽃송이들과 더 재미있게 지내고 싶습니다. 내일은 더 멋진 날이 펼쳐지리라 기대해 봅니다. 오늘 하루도 감사합니다.

2

1인 1역: 학급 일을 나누는 재미

밤에 잠을 설치다 아침에 좀 늦게 일어났습니다. 후다닥 샤워를 하고 방을 정리한 후 아이들을 깨워서 밥을 먹습니다. 아이들이 다 먹을 때까지 기다린 후에 간단히 설거지를 하고 집을 나섭니다. 벌써 8시입니다.

학교에 도착하니 꽃반 아이들이 벌써 많이 와 있습니다. 아이들은 책을 읽고 선생님은 아침 업무를 하나씩 확인해 봅니다. 오늘도 하루가 바쁘게 흘러갈 것 같습니다.

꽃반의 환경 정리도 거의 마무리되어 가고 있습니다. 매년 하는 교실 환경 정리지만 옆 반들처럼 예쁘게 되지 않습니다. 그래도 매년 흉내라도 좀 내어 보는 중입니다. 매년 조금씩이라도 나아졌다면 지금쯤엔 아주 잘할 텐데 꽃반의 교실 환경은 큰 발전이 없습니다. 그래도 깔끔하게 정리하고 있습니다.

아이들에게 1인 1역을 정해 주었습니다. 우리 반을 위한 열다섯 가지 일을 정한 후 차례대로 나와서 골라 보았습니다. 물론 하기 싫은 것을 맡은 아이들도 있지만 1인 1역은 돌아가면서 골고루 할 것이기 때문에 나중을 생각해 보면 다 공평한 일이 될 것입니다. 꽃반 아이들은 학급을 위해 스스로 수고로움을 더하면서 꽃반의 일원이 되어 갈 것입니다.

아이들은 1인 1역에 많은 관심을 보이고 있습니다. 아마 내일부터 당분간 우리 꽃반은 전교에서 가장 깨끗한 반이 될 것입니다.

호기심이 많고, 사랑이 많고, 선생님을 많이 좋아하는 꽃반 아이들이 점점 좋아지고 있습니다. 많이 눈 맞추고 이야기하고 싶어집니다.

하루가 끝나 갑니다. 내일 꽃반을 만나고 나면 이제 또 2일간의 휴일이 주어집니다. 휴일 속에는 아버지 생신이 있습니다. 많이 축하해 드려야겠습니다. 그리고 생신 속에는 한 가지 비밀이 있답니다. 그 비밀은 나중에 살짝 고백할지도 모르겠습니다.

고요하고 평안한 밤입니다. 늘 기쁨이 가득하셨으면 좋겠습니다.

3

슈퍼맨: 선생님의 놀라운 능력

금요일 수업 시간입니다. 교과서를 넘기다 너무 힘을 준 건지 교과서 한쪽의 반이 찢어져 버렸습니다. 선생님도 아이들도 찢어진 교과서를 바라보고 있습니다. 킥킥대는 소리도 살짝 들려옵니다.

"너희들, 사실 선생님은 슈퍼맨인데!"

아이들의 눈동자가 갑자기 커집니다.

"진짜예요? 거짓말이죠!"

아이들의 반응을 살펴본 선생님은 다시 이야기합니다.

"음. 사실, 선생님은 슈퍼맨처럼 초능력을 가진 사람이야. 만약 선생님이 옷을 벗는다면 안에서 날개 달린 옷이 나올지도 몰라요."

아이들은 신기하다는 듯이 웃음기를 담은 눈동자로 바라봅니다. 어떤 아이가 말합니다.

"선생님, 옷 벗어 보세요."

"킥킥킥."

여기저기서 아이들의 웃는 소리가 들립니다.

"너, 자꾸 선생님 보고 옷 벗으라고 하면 우리 엄마한테 다 이른다."

협박 아닌 협박을 살짝 해 봅니다.

본의 아니게 선생님은 슈퍼맨이 되어 버렸고 반신반의하는 아이들에게 능력을 보여 줘야겠기에 고리 마술 한 가지를 보여 줍니다.

아이들이 놀라워합니다. 아마 꽃반 30명 중에서 5명은 선생님을 슈퍼맨으로 믿는 것 같습니다. 그리고 나머지 25명 중에서 5명은 선생님을 조금씩 좋아하기 시작한 것 같습니다.

아직 청소 당번을 정하지 않아서 교실 정리는 선생님이 혼자 하고 있습니다. 몇 명 되지 않는 아이들이 어지른 것이 별로 없어서 교실 청소는 간단히 끝낼 수 있습니다.

오늘 아이들이 가져온 화분 5개에 교실이 더 환해졌습니다. 꽃은 사람의 마음을 더 착하게 만드는 것 같습니다. 꽃 가게를 하는 아내를 둔 친구의 마음은 얼마나 더 착해졌을지 생각해 봅니다.

주말입니다. 꽃반 친구, 부모님들 모두 무탈하시길 기도합니다.

4

운동 신경: 보통 사람의 행복감

"운동 신경이 보통 정도는 되지!"

아내는 둘째가 운동을 좋아하고 잘한다고 이야기합니다. 그럴 때마다 제가 늘 하는 이야기입니다.

아내는 그 말이 참 웃긴가 봅니다. 앞에서 자주 흉내 내어 말하곤 합니다.

아들이 그런 것은 절 닮아서입니다. 사실 저도 운동 신경이 보통 정도는 됩니다. 누구랑 어떤 운동을 해도 재미있게 시작할 수 있는 정도입니다.

요즘 수영을 자주 하는데 제가 어설픈 멘토가 되어 친구에게 수영을 알려 주고 있습니다. 수영을 잘하진 못하지만 앞서 배운 방법들을 그대로 친구에게 전해 주고 있습니다. 얼마쯤 지나니 이제 한 번에 1,000m씩은 갈 수 있는 실력이 되었습니다. 친구에게 수영을 알려 주면서 제 실력도 많이 늘었습니다.

늘 앞에서 수영을 이끌다 이번에는 친구를 앞서라 하고 제가 뒤따라 수영을 했는데 도저히 친구를 따라갈 수가 없었습니다. 친구와의 간격은 점점 벌어지고 있었습니다. 수영을 하다 멈추고 수영장 가운데 서서 친구의 수영하는 모습을 보다가 그 말이 생각났습니다.

"사실 저도 운동 신경이 보통 정도는 됩니다."

딱 그 정도인가 봅니다. 그래서 더 즐겁습니다.

세상에 보통 사람이 제일 많은 이유는 보통 사람이 제일 좋기 때문임을 알고 있습니다. 가정에서도 학교에서도 보통 사람으로 행복하고 싶습니다. 보통 아빠에게 보통 아들이 있는 것이 당연합니다. 아들의 행복을 위해 기도합니다.

무탈하세요.

5

넥타이: 학부모와의 첫 만남

"선생님이 아빠보다 더 잘생겼다고 하도 그래서요."

"아, 아닙니다."

"우리 아이가 생선을 먹지 않는데 급식 시간이 많이 힘들지 않았으면 좋겠습니다."

"예. 어머니. 많이 부담 주지는 않겠습니다."

오늘은 평택에 있는 많은 학교에서 학부모총회를 합니다. 공식적으로 학부모님들이 학급에서 오셔서 새로운 담임 선생님을 만날 수 있는 첫날입니다.

학교는 어제 대청소를 한다고 바빴습니다. 아까 보니 교장 선생님의 경영자료 발표 시간은 며칠을 두고 고생하신 흔적이 역력했습니다. 그

외에 많은 선생님들도 오늘을 위해 힘을 모으셨음을 알 수 있었습니다.

그게 다는 아니겠죠! 아마 어쩌면 오늘 제일 설레고 떨리는 마음을 가진 사람은 학부모님이 분명합니다. 옷도 좀 더 예쁜 옷으로 입어야 하고, 액세서리도 좀 더 자연스럽게 보여야 하고, 선생님에게 우리 아이에 대해서 살짝 물어보기도 해야 할 것이고, 여러 학부모님들이 있을 테니 할 수 있는 말에 제약도 있을 것이고……. 참 많은 생각을 가지고 학교로 오셨을 학부모님입니다.

담임 교사의 첫인상이 괜찮으셨는지 모르겠습니다. 학부모님을 만나서 반가웠습니다.

오늘은 1년에 몇 번 입지 않는 양복을 입고 출근했습니다. 교장 선생님을 처음 만났을 때도 그냥 코트 하나 걸쳤는데 오늘은 넥타이를 매지 않을 수 없었습니다. 제 소중한 고객은 저희 꽃반 아이들과 학부모님이시니까요.

아침에 혜린이가 살짝 와서 귀에다 대고 이야기했습니다.

"선생님, 양복 입은 모습이 너무 멋있어요!"

"응? 고마워!"

사실 머리에 살짝 기름을 바른다는 것을 까먹고 그러지 못했습니다. 머리에 반들반들 기름을 바르고 왔으면 우리 아이들이 더 재미있어했을 텐데 말입니다.

머리에 기름을 바르는 것은 오래전 임시 교사가 되어 처음 출근하던 날 아버지가 알려 주신 방법입니다. 스킨과 기름을 반씩 섞어서 머리에 바릅니다. 그럼 지저분하던 머리가 착 달라붙고 윤기가 납니다. 전, 중요한 날에는 넥타이를 매고 머리에 기름을 바릅니다. 그리고 나에게 주문을 걸어 봅니다.

잘 흐르는 게 세월인가 봅니다. 제가 처음 발령을 받았을 때 한없이 높아만 보이던 학부모님의 나이가 어느새 조금씩 비슷해지더니 급기야는 동갑이 되고 오늘 보니 어떤 분에게는 제가 더 연상이 되어 버렸습니다. 학교에 오래 다니다 보면 학부모님은 그대로고 선생님만 자꾸 늙어 간다는 선배님의 이야기를 실감하는 날이었습니다.

잘 흐르는 세월에 못난 사람이 되지 않도록 열심히 살아야겠습니다. 오늘 하루 나와 시간을 나누는 소중한 인연들에게 기쁨과 행복을 줄 수 있는 사람이고 싶습니다.

오늘 여러 가지 생각으로 고생하셨을 꽃반 학부모님, 감사합니다. 너무 걱정하지 않으셔도 됩니다. 무난하게 꽃반의 1년을 지킬 자신이 있습니다.

꽃반이 되신 것을 축하드립니다.

찐빵: 학급신문의 첫 배달

어떤 음식을 좋아하세요? 가만히 앉아서 생각만 해도 기분이 좋아지는 행복한 음식이 있으신가요? 전, 있습니다. 찐빵입니다.

따끈따끈한 찐빵, 막 쪄낸 찐빵을 손에 들고 있으면 손이 뜨끈뜨끈합니다. 이쪽저쪽으로 번갈아 가면서 들어야 합니다. 그 뜨거운 찐빵을 한입 베어 물면 너무 뜨거워 입도 허~ 벌리고 이쪽저쪽으로 옮겨 가며 먹어야 합니다. 그 상황에선 제대로 맛을 느끼지 못합니다. 입천장이 온전한 것이 우선입니다. 하지만 그래도 따끈따끈한 찐빵을 한입 먹지 않고 집까지 가져가긴 너무 힘든 일입니다. 정말 맛있거든요. 달콤한 찐빵의 맛과 뜨거운 찐빵의 느낌이 반씩 더해져 100점입니다. 생각만 해도 침이 고입니다.

사람은 누구나 자기의 이야기가 있습니다. 아무도 다른 사람의 이야기를 함부로 말할 수 없습니다. 가끔 그런 용기가 있는 사람을 보기는 하지만 정말 대단한 용기가 아니면 그렇게 할 수 없습니다. 모두 다 자기 이야기 속의 주인공이 되어 열심히 살아갑니다.

'막 쪄낸 찐빵.'

오늘은 제가 만든 찐빵을 아이들 집으로 보내 드렸습니다. 혹시 놓치고 가는 아이들이 있을까 싶어 L자 파일에 잘 넣어 주었는데 잘 받아 보셨는지 모르겠습니다. 격주로 배달되는 '막 쪄낸 찐빵' 속에는 꽃반의 이야기가 따끈따끈하게 담겨 있습니다. 식기 전에 꼭 드셔야 합니다. 식구들끼리 나눠 드셔도 양이 줄어들지 않는 신비한 찐빵입니다. '오병이어'는 아닐지라도 말입니다.

일주일을 너무 정신없이 살았는지 그동안 읽지 않았던 메일을 확인해 보니 반가운 편지가 두 통 있습니다. 작년 꽃반 친구와 꽃반 학부모님의 편지입니다.

멋진 꽃반 친구는 선생님이 보고 싶다고 썼고 학부모님은 올해 꽃반 학급 홈페이지에 오셔서 꽃반도 구경하셨다고 합니다. 감사한 일입니다.

살다가 힘든 일이 있을 때면 가만히 생각해 봅니다. 나를 사랑하는 사람과 내가 사랑하는 사람들을 말입니다. 그리고 나를 기억하고 있는 사람도 있습니다. 나를 사랑하는 사람을 생각하고 그 사랑을 내가 사랑해야 할 사람들에게 고스란히 옮겨 줍니다. 그리고 기억하는 그 사랑으로 내 사랑을 지키고자 다짐합니다.

나를 기억하는 사람들에게는 기억 속에 있는 저의 모습이 많이 달라지지 않게 살고자 노력합니다. 욕심이 생기려고 하면 절 다시 바로 앉힙니다. 날 비추는 거울 같은 사람들이 날 기억하는 사람들입니다.

　누런 바람이 올해 처음으로 불어왔습니다. 꽃반 아이들과 가족의 건강에 아무 탈이 없으면 좋겠습니다. 그래도 주말입니다. 밖으로 소풍은 가지 못하더라도 소중한 사람들과 정다운 이야기를 나누는 시간이 되셨으면 합니다. 맛있는 것도 만들어 먹고 많이 웃으셨으면 좋겠습니다.

　전, 오늘 잘 가는 찐빵 집에 가 봐야겠습니다. 학기 초라 마음이 바빠서였는지 아직 한 번도 못 갔습니다. 제 꿈은 찐빵 가게 주인이 되는 것입니다. 나중에 꼭 놀러 오세요.

7

결석: 아픈 아이를 대하는 자세

월요일입니다. 다들 월요병 때문에 힘든 하루는 아니셨나요?

바쁜 하루를 보내고 저녁이 되어 자리에 앉으면 급했던 마음이 조금 안정되면서 한 주를 살 힘을 다시 얻게 됩니다. 이제 제자리로 온 것 같습니다. 지금 막 단원평가 채점을 끝냈습니다. 이번 주도 열심히 살아야지요.

월요일 예고된 아이들의 받아쓰기 때문에 꽃반 아이들과 가족이 모두 바쁜 주말을 보낸 것은 아닌지 조금 걱정스럽습니다. 부모님의 월요병이 아이들에게까지 가진 않았겠죠! 모두 평안하셨으면 좋겠습니다.

바쁜 아침 이야깁니다. 교실에서 이것저것 챙기고 있는데 학부모님 한 분이 오셨습니다. 일어서서 학부모님을 맞았습니다. 꽃반 친구 한 명이 다리를 다쳤다는 소식입니다. 자동차의 바퀴에 발등을 살짝 밟혔다고 했습니다.

'얼마나 아팠을까요! 나라면 학교에 오지 않을 텐데.'

그 아이는 학교에 와서 불편한 다리를 온종일 의자에 올려놓고 생활했습니다. 오늘은 '즐거운 생활' 색칠하기 수업이 있어서 그 아이는 불편한 다리로 이리저리 많이 다녔습니다. 온종일 그 아이만 보였습니다.

그 아이는 1교시가 끝나면 매일 하는 심부름이 있습니다. 그런데 이제 그것도 못 하게 되었습니다. 다른 아이에게 심부름시키면서 이것저것 가르쳐 주었습니다.

아이는 전혀 아픈 내색을 하지 않고 하루를 잘 보냈습니다. 오후에는 어머니가 오셔서 아이를 데리고 집으로 가셨습니다. 나중에 받은 전화로는 그리 큰 상처는 아니라고 합니다. 참 다행입니다.

꽃반 친구들, 아프지 마세요. 그리고 다치지도 마세요. 선생님은 꽃반 친구들과 교실에서 많은 이야기를 하고 운동장에서 신나게 뛰어다니고 싶답니다. 그러니 제발 아프지 말고 다치지 마세요.

너무 아파서 많이 힘든 날은 선생님에게 문자를 보내고 학교에 오지 않아도 됩니다. 대신 그다음 날 더 건강한 모습으로 등교하면 되니까요!

조심하세요. 우리 꽃반.

8

소중한 우리 몸: 안전한 학교생활

'창의적 체험 활동' 시간이 3시간입니다. 아이들은 '창체 시간엔 뭘 하느냐고?' 계속 물어봅니다. 매번 설명해 줍니다만 아이들은 들을 때뿐입니다. 늘 새롭게 설명해야 합니다.

첫 번째 시간은 소중한 우리 몸에 대해서 공부하고 두 번째 시간은 녹색성장교육에 대해서 공부했습니다. 내 몸이 건강해야 하고 내가 살고 있는 지구가 건강해야 하니 세 번째 시간인 오늘은 서로 잘 맞는 퍼즐입니다.

수업 내용 중에 안전사고 예방을 위한 내용도 있었습니다. 수업 내용에서 보듯이 우리 주위에는 안전사고의 위험을 가진 물건을 많이 있습니다.

오늘 본 것은 아이들의 옷과 각종 용기에 대한 안전사고입니다.. 모자가 달린 옷과 날카로운 캔 뚜껑 때문에 당하는 큰 사고가 있습니다. 아이들이 입는 모자 달린 옷은 놀이 기구나 학원 차량을 타고 내릴 때 아주 위험합니다. 캔 뚜껑은 날 선 칼보다 더 날카롭고 면의 거칠기가 더해서 상처가 나면 더 깊고 넓게 납니다. 어쩌면 끔찍할 수도 있는 동영상 내용이었는데 꽃반 아이들은 집중해서 열심히 봤습니다. 많이 놀라기도 했고 조심하려는 마음도 가졌습니다. 부디 우리 아이들에게 그런 사고가 일어나지 않기를 기도합니다.

동영상 시청을 끝내고 아이들의 옷을 살펴보니 모자 달린 옷이 많습니다. 멋지고 따뜻한 옷이지만 한 번이라도 위험한 상황에 노출될 수 있다면 다시 한 번 생각해 볼 일입니다.

집의 아이들도 한두 번씩은 아주 위험한 순간들이 있었습니다. 다친 것이 속상하기도 했지만 그만한 것에 또 많이 감사했던 기억이 있습니다. 참 위험한 세상입니다.

아침에 등교해서 공부하고 학원 들렀다 집으로 돌아가는 어쩌면 평범한 일상에 위험한 순간이 많이 있음을 보게 됩니다. 저녁에 반가운 얼굴로 만나는 식구들의 모습에 감사해야겠습니다. 가만히 앉아서 내가 가진 것을 헤아려 봅니다. 참 많다는 생각이 듭니다. 더 많이 감사하고 기뻐해야겠습니다.

내일부터 학부모 상담이 시작됩니다. 매년 있는 상담이지만 상담이 끝나고 나면 후회가 되는 일이 많습니다. 내일은 부디 교사의 말과 행동에서 상처받으시는 학부모님이 안 계시도록 더욱더 조심해야겠습니다.

시작이 반입니다. 내일 첫 단추를 잘 꿰면 남은 상담도 순탄하게 진행되리라 믿고 싶습니다. 며칠 만나지 않은 아이들이지만 학부모님을 만나 풀어놓을 이야기보따리는 없는지 작은 보따리 여기저기 살펴보고 있습니다.

밤이 깊어 갑니다. 내일은 날씨가 따뜻해져 학교 오시는 학부모님과 제 마음이 덩달아 따뜻해지면 좋겠습니다.

9

상담 주간: 아이들을 이해하는 소중한 시간

네 분의 학부모님과 상담을 시작했습니다. 아이들 알림장에 쪽지를 붙여 주었는데 잘 전달되지 않아서 학부모님 오시는 시각이 제가 준비한 시각과 조금 차이가 있었습니다. 마침 그 시간대에 다른 분의 상담이 없었기에 혼란 없이 무난히 시작할 수 있었습니다. 내일부터는 아이들이 가지고 간 시간표에 맞게 오시면 좋겠습니다. 혹시 한 분이라도 오셨다 기다리시면 고생스러우실 것 같습니다.

상담이 시작되었습니다. 이번에 시작된 상담은 다음 주 토요일이 되어야 모두 끝이 납니다. 조금은 벅차고 힘든 시간이겠지만 다음 주까지 제일 중요한 일은 뭐니 뭐니 해도 학부모 상담입니다.

아이들이 가고 없는 빈 교실을 간단히 청소하고 학부모님을 맞았습니다. 교사가 알아 두어야 할 이야기를 먼저 듣고, 교사에게 물어보고 싶은 일이나 부탁하고 싶은 이야기를 듣고 답해 드렸습니다. 한 분에 30분 정도의 시간이 걸리는 짧은 상담이었습니다.

아이의 공부를 걱정하시는 분, 아이의 교우관계를 걱정하시는 분, 아이의 소심한 성격을 걱정하시는 분……. 학부모님들이 안고 오시는 문제는 조금씩 차이가 있었습니다.

교사의 이야기를 많이 듣고 싶어 하시는 분, 교사에게 이야기를 많이 풀어놓으시는 분, 교사에게 아이의 특성을 자세히 알려 주고 가시는 분……. 말씀하시고 싶으신 내용에도 차이가 있었습니다.

상담이 끝나고 퇴근 시간이 되니 친구가 찾아왔습니다. 함께 시내로 나가 저녁을 먹었습니다. 친구와 이야기하는 중간에 오늘 학부모님과 했던 상담이 자꾸 떠오릅니다.

'내가 했던 말이 필요한 말이었을까? 나의 태도가 학부모님께는 도전적으로 비치지는 않았을까? 내가 했던 이야기를 학부모님은 받아들이실 수가 있었을까? 따뜻한 상담이었을까?'

친구와 헤어져 집으로 돌아오는 버스에 올랐습니다. 옛날에 즐겨 듣던 팝송이 제법 큼지막하게 흘러나왔습니다. 가사도 모르는 팝송인데 멜로디에 실려 오는 그 느낌으로 마음이 따뜻해졌습니다. 팝송에서 전해 주고자 하는 내용의 전부는 아닐지라도 많이 느끼고 있다고 생각했습니다. 흘러나오는 팝송에 마음이 깊이 빠져들었습니다.

학부모님에게 전해야 할 이야기에 무슨 내용이 필요했을까요? 아마 아이를 맡겨 놓은 선생님을 느끼기 위해서 오셨을 텐데 말입니다. 그저 따뜻한 공기와 편안한 호흡으로 교사의 모습을 보여 드리면 다 느끼고 가셨을 텐데. 쓸데없는 언어의 유희만 부린 것은 아닌지 돌아봅니다. 전 그저 소박한 초등학교 교사입니다. 오래된 팝송과 같으면 됩니다.

어젯밤 잘하고자 다짐했건만 오늘의 상담은 조금 다른 방향으로 흘러가 버렸습니다. 첫날이라 그렇다고 생각해 봅니다. 학교도 옮겼기 때문에 적응이 안 되어 그렇다고 생각해 봅니다. 내일은 더 나은 상담을 할 수 있기를 기대합니다. 오늘의 상담은 차가운 날씨 탓으로 돌리고 싶습니다.

오늘 꽃반 상담에 참여해 주신 학부모님께 깊은 감사의 말씀을 드립니다. 본의 아니게 날카롭고 부드럽지 못한 언어가 있었다면 죄송합니다. 절 만나기 전보다 만난 후에 더 행복하셔야 하는데 혹시 고민만 한가득 안고 돌아가셨다면 너무 죄송한 일입니다.

참, 그리고 아직 상담을 안 하신 학부모님께서는 내일부터 하얀 손만 가지고 오시면 좋겠습니다. 주신 간식과 음료수 때문에 많이 당황했습니다. 총회 때도 말씀드렸는데 그냥 오시면 됩니다. 좋은 밤 되셨으면 합니다.

10

커피 한 잔: 교사가 바리스타가 되는 순간

'즐거운 생활' 시간에 물감을 사용하는 내용이 있으면 1시간짜리 수업은 어김없이 2시간짜리가 되어 버립니다. 준비물을 준비하는 시간, 선생님의 설명을 듣는 시간, 색칠하는 시간, 다시 정리하는 시간으로 이어지다 보면 2시간도 그리 긴 시간은 아닙니다. 예전에는 아이들에게 집에서 밑그림을 그려 오라고 시키기도 했습니다. 밑그림을 집에서 그려 온 아이들은 미술 시간이 시작되면 선생님의 설명도 필요 없이 바로 색칠을 했습니다.

길어진 즐생 시간 덕분에 다른 수업 시간이 조금씩 밀렸습니다. 하지만 아무리 수업이 길어져도 점심시간은 정확하게 지킵니다. 어느덧 12시가 넘어가자 꽃반 똘똘이는 크게 이야기했습니다.

"선생님, 지금 12시가 넘었어요!"

아이 한 번 쳐다보고 시계 한 번 쳐다봅니다. 더 오래 해도 아이들 머릿속에 들어갈 리 없습니다. 수업을 서둘러 마무리하고 급식차를 교실 안으로 밀고 들어왔습니다. 맛있는 점심시간이 시작됩니다.

급식을 나눠 주는 도우미들이 성실해서 꽃반의 점심시간은 늘 넉넉하고 여유롭습니다. 더 먹겠다고 싸우는 경우도 없습니다. 양껏 받아 편안한 속도로 먹습니다. 급식을 많이 남기는 아이는 한두 명 정도입니다. 하지만 그 아이들도 시간이 지나면 친구들 따라서 더 잘 먹게 될 것입니다. 학교 급식은 참 맛있습니다. 오늘도 아이들은 많이 먹었습니다.

하교 지도를 하지 않았습니다. 1시에 오시는 학부모님이 계시기 때문입니다. 서둘러 교실을 환기시키고 화장실에 가서 양치질도 하고 거울도 한 번 봅니다. 옛날에는 거울 보는 게 나쁘지 않았는데 한 살 한 살 더 먹으면서 늘어진 얼굴 살과 하루가 다르게 빠져 가는 머리카락을 보는 것이 좋지만은 않습니다. 그래도 옷을 바르게 입었는지 이에 음식 찌꺼기가 낀 것은 없는지 꼼꼼하게 살펴봅니다. 이제 잠시 뒤면 학부모님이 오십니다. 준비 완료!

어제의 반성 때문이었을까요? 오늘의 상담은 훨씬 수월했습니다. 오신 학부모님도 많이 웃으셨고 저도 학부모님의 이야기를 편안하게 들었습니다. 드릴 수 있는 이야기도 조금씩 가려 가면서 했습니다. 마음을 열고 자세히 들으려고 하니 잘 들렸습니다. 들은 후에는 조금씩 내 생각을 보탰습니다. 컴퓨터만 없다면 부모님과 눈을 더 잘 맞추며 공감할 수 있었을 텐데 하는 아쉬움도 남았습니다. 그래도 틈틈이 공감하려고 노력했습니다. 교실을 나가시는 학부모님도 마음이 편하신 듯 보였습니다.

커피 한 잔!

꽃반 교실을 방문하신 학부모님께 드리고 싶은 것입니다. 오늘 커피포트를 가져온다는 걸 깜빡했습니다. 그래서 학부모님께서 가져오신 음료수를 한 병씩 드렸습니다. 어제는 학부모님께서 가져오신 케이크를 드렸고, 오늘은 또 학부모님이 가져오신 음료수를 드렸습니다. 오늘 가져오신 음료수는 내일 학부모님께 드리면 됩니다.

하얀 손만 가지고 오시라고 말씀을 드렸는데 자꾸 무엇인가 들고 오시는 학부모님이 계십니다. 아직 학교와 교사에게 많은 부담을 갖고 계신 것 같습니다. 갖고 오신 것을 다시 돌려보내기 어려워 교실 TV 밑에 있는 꽃반 냉장고에 보관해 둡니다. 보관된 음료수는 교실에 손님이 오실 때마다 드리고 있습니다. 냉장고에는 음료수도 있고 과자도 있습니다.

커피 한 잔! 제가 얼른 커피포트를 가져와 따뜻하고 향이 좋은 커피를 준비하겠습니다. 요즘같이 추운 날씨에 교사가 드리는 따뜻한 커피 한 잔에 학부모님께서 잠시라도 행복하셨으면 좋겠습니다.

아이들에게 선생님은 공부 잘하는 학생보다 청소를 열심히 하는 학생을 더 사랑한다고 말했습니다. 세상에는 머리가 똑똑한 사람들보다 마음이 따뜻한 사람이 점점 더 많아졌으면 좋겠습니다. 그리고 그 사람들 속에 제가 가르친 꽃반 아이들이 가득했으면 좋겠습니다.

비가 와서 교실에 있는 우산을 하나 들고 나갔는데 빗발이 굵어지더니 눈이 되어 내립니다. 눈을 보면서 하늘에 계신 사랑하는 어머니를 생각했습니다. 어머니는 하늘에서 내리는 것은 축복이라고 말씀하셨습니다. 어머니는 잘 계시겠죠.

감기 조심하세요. 그리고 내일은 더 행복하세요.

11

발가락: 곳곳에서 나타나는 교사의 얼굴

어젯밤은 너무 힘들었습니다. 저녁에 막내 간식을 사러 나갔다가 3월에 내리는 눈을 맞으며 많이 놀랐습니다. 살다 보면 생각지 않는 일들이 많이 벌어짐을 볼 수 있습니다. 새로운 학교에 옮기면서 이 업무만은 내게 오지 않으면 좋겠다고 생각했는데 딱 그 업무가 내 업무가 됩니다. 녹록지 않네요. 그런 일은 자주 일어납니다.

힘든 밤이라 오늘따라 막내의 보채는 소리가 너무 듣기 싫었습니다. 11시 30분이 넘어서 자라고 불을 끄는데 막내가 불을 다시 켜라고 소리를 질렀습니다.

참고 참았다 엉덩이를 톡톡 때렸습니다. 때리기 전보다 더 웁니다. 이제 이 일을 어떻게 수습해야 할지 모르겠습니다. 덕분에 불면증에 시

달리시는 아버지께서 일어나실지도 모르겠습니다. 왜 좀 더 슬기롭게 일을 처리하지 못하는지 모르겠습니다.

그럭저럭 밤을 넘기고 피곤한 아침을 맞습니다. 가만히 앉아서 잠들어 있는 아내와 막내를 바라봅니다. 어제 제가 했던 행동이 미안해집니다. 아침을 준비하는 아내를 볼 낯이 없겠습니다.

하루를 보내고 다시 맞는 저녁입니다. 오늘은 만나야 할 사람이 있어서 좀 늦게 들어왔습니다. 10시가 다 되어 갑니다. 아내가 컴퓨터 방으로 들어옵니다.

"저기, 혹시 어린이집 하시는 학부모님 계세요?"

"음……. 응. 있어!"

"아, 그랬군요. 오늘 한나 어린이집에서 팽성으로 체험 학습을 갔는데 체험 학습을 간 곳에 다른 어린이집도 왔는데 한나를 보더니 혹시 아빠가 선생님인지 묻더래요!"

학부모총회 하던 날 교실에 오셨던 '어린이집'을 운영하신다던 학부모님이 생각납니다. 그런데 너무 이상한 일입니다. 예고하고 간 것도 아니고 서로 우연찮게 만난 체험 학습장에서 그 많은 어린이집 아이들 중에서 막내를 보고 절 떠올렸다는 게 너무 신기합니다. 아내가 웃습니다. 닮아도 어떻게 그렇게 닮을 수 있느냐고 말합니다.

며칠 전에는 아내가 근무하는 학교에서 선생님들이 다 모여 있는데 큰아이가 아내에게 와서 이야기를 하는 모습을 보고 아빠랑 똑같다고 이구동성으로 이야기했다고 합니다.

참, 이런, 어떻게 딸들이 이 못난 아빠를 닮았을까요? 그것도 찐빵처럼 똑같이 말입니다. 속일 순 없습니다.

발가락이 닮았다는 소설은 닮은 게 없어서 가족의 끈을 찾으려고 했던 말인데, 우리는 닮았습니다. 발가락까지 닮았습니다. 딸들이 못난 아빠를 말입니다. 못나도 절 닮았다니 신나는 일입니다.

선생님의 얼굴은 연예인은 아닐지라도 아는 사람은 금방 알아보는 공개된 얼굴입니다. 많은 사람 속에 섞여 있어도 우리 아이 선생님은 금방 알아볼 수 있습니다. 도서관이든, 마트든, 시장이든……. 곳곳에서 만나는 선생님의 얼굴이 학부모님의 마음에 반가움이 되면 좋겠습니다. 좋은 주말 보내세요.

12

춘곤증: 평화로운 주말의 단상

이틀 연속 수영을 했더니 지금도 많이 졸립니다. 봄이라 더하겠지요.

매주 일요일 새벽 6시 30분에 공설운동장 수영장에서 수영을 합니다. 좋아하는 친구 1명과 함께하는 수영은 달콤한 휴일 아침잠과 바꿔도 전혀 싫지 않습니다.

이번 주는 하루 앞당겨 토요일 새벽에 했습니다. 그런데 수영을 끝내고 돌아오는 길에 생각해 보니 동네에 사는 후배와도 같이 수영을 하기로 했는데 연락을 깜박했지 뭡니까!

하루가 지나고 일요일 새벽에 후배와 단둘이 수영을 또 다녀왔습니다. 1시간 정도 수영을 할 계획이었는데 후배가 힘들어하길래 30분 만에 나와서 아침을 먹었습니다. 다음에는 후배를 봐 가며 속도를 맞춰야겠습니다.

집으로 돌아와 아직 자고 있는 식구들을 깨워 아침을 먹고 교회에 가서 예배를 드렸습니다. 예배 후에는 원곡에 있는 하늘자생식물원에서 작은 화분에 야생화를 몇 개 담았습니다. 화분에 담은 야생화 덕분에 우리 집은 이제 제대로 된 봄입니다.

화분 중에 예쁜 것을 몇 개 골라서 처가로 출발했습니다. 1시간을 달려 도착한 처가에서 처가 식구들과 한담을 나눴습니다. 오늘 따스한 날씨 같은 이야기들입니다. 그중에서 유니스트에 합격한 처조카 이야기가 제일 재밌습니다. 우리 집 개구쟁이들도 열심히 공부해서 원하는 학교에 갈 수 있으면 좋겠습니다. 잘되겠지요.

아내는 냉이를 캔다고 즐거워합니다. 사실 오늘 처가에 온 가장 큰 목적은 바로 냉이 캐기입니다. 쪼그려 앉아 한참 동안 캐야 하는 냉이 캐기가 왜 그렇게 재미있는지 아무리 생각을 해 봐도 통 모르겠습니다. 아내는 참 신기한 사람입니다. 아내는 오히려 그런 제가 더 신기하다고 하네요.

일요일 오후가 저물어 갑니다. 집에 계신 아버지가 기다리시니 저녁 시간이 되기 전에 서둘러 처가를 나섭니다. 이틀 동안 새벽 수영을 해서였을까요? 많이 졸립니다. 정신을 더 집중해 가며 조심하며 돌아왔습니다. 그래도 깜박깜박 졸았습니다. 봄인가 봅니다.

이제 막 도착했습니다. 저만 졸리는 게 아닌가 봅니다. 식구들은 바로 방으로 들어가서 이불을 깔고 누워 버렸습니다. 저녁 준비는 일단 뒷전입니다. 평화로운 일요일 오후가 저물어 갑니다.

내일부터 시작되는 한 주는 3월의 마지막과 4월의 처음이 있습니다. 좋은 마무리와 새로운 시작을 준비해야 합니다. 학부모 상담도 마무리됩니다.

주말을 잘 보내셨습니까? 무탈하시길 기원합니다.

13

컴퓨터실: 친구가 제일 좋은 선생님

2학년 올라와서 처음으로 컴퓨터실에 갔습니다. 컴퓨터 시간은 제가 가지고 있는 몇 가지 안 되는 무기 중 하나입니다. 아이들이 말을 안 듣는 날은 컴퓨터실을 가지 않거든요.

컴퓨터실에 간다고 아이들은 너무 좋아하지만 밀려 넘어온 즐생 시간을 마저 다하고 오는 길이라 몇 분 남지 않았습니다. 학교의 컴퓨터는 느리고 아이들의 마음은 바빠 컴퓨터 시간은 더 빠르게 흘러갑니다.

천장에 매달린 프로젝터를 켜야 하고 칠판 앞에 있는 스크린도 내려야 하는데 처음 사용하는 컴퓨터실이라 안 그래도 부족한 시간을 이리저리 헤매다 아깝게 흘려보내고 맙니다.

"선생님, 리모컨을 이용해야 해요."

답답했던지 채경이와 승현이, 수빈이가 나섭니다. 모두 학교 컴퓨터 특기적성을 하는 아이들입니다. 누가 만졌는지 어느새 스크린은 소리를 내며 내려오고 있습니다.

오늘은 교실 뒷판에 있는 '나의 타자 속도'에 스티커를 붙이기 위해 타자 프로그램에 들어갑니다. 여기저기서 프로그램이 안 된다고 이야기하는 아이들이 있습니다. 제가 가까이 가 보지만 또 속절없이 시간만 흘러갑니다. 덕분에 컴퓨터 시간이 거의 다 끝나 갑니다.

채경이가 이야기합니다.

"한자키를 눌러 보세요. 아니 한영키요."

정말 그렇게 될까 생각하면서 눌러 보니 바로 됩니다. 놀랍습니다.

그렇게 프로그램을 조정해 가며 아이들의 타자 검증을 마무리할 무렵 점심시간을 알리는 벨이 울립니다. 아쉽지만 컴퓨터실을 나섭니다. 바로 줄을 서서 우리는 교실로 돌아갑니다.

교실에서 개구쟁이인 아이들이 컴퓨터실에서는 나의 선생님이 되었습니다. 컴퓨터실에서 먼저 배웠다고 친구들과 선생님에게 아낌없이 가르쳐 주는 아이들입니다. 컴퓨터 시간에 꽤 열중하나 봅니다. 매일 지켜보면서 아직은 어리다고 생각하고 있는데 오늘 보니 많이 컸습니다. 선생님보다 나은 부분이 많습니다. 아이들은 자기가 가진 것을 친구들과 나누고 싶어 합니다.

오늘 처음 들어간 컴퓨터실은 프로젝터가 흐리고, 컴퓨터는 느렸지만 우리 꽃반 아이들의 눈동자와 머리는 그 어떤 최신형 컴퓨터보다 빠르고 쌩쌩하게 돌아가고 있었습니다. 다음 주 컴퓨터 시간이 벌써 기대

됩니다. 또 아이들에게 무엇을 배우게 될지. 전 학교 홈페이지 최고 관리자인데 아이들에게 아직 배울 것이 많습니다. 기대됩니다.

14

착한 아들: 학부모 상담 후 아이의 변화

꽃반 교실에서는 상담이 한창 진행 중입니다. 매일 두세 분의 학부모님이 오셔서 교사와 30분 내외의 상담을 하고 가십니다. 주로 어머니가 오시지만 오늘은 아버지도 한 분 오셨습니다. 꽃반 학부모님의 관심은 실로 대단합니다.

어제의 상담은 절 많이 돌아보게 했습니다. 교사의 이야기는 여전히 날카로웠습니다. 상담 오신 어머니는 결국 눈물을 보이셨습니다. 어머니가 오시기 전에는 하지 않기로 다짐했던 이야긴데 어머니가 풀어놓으시는 이야기에 그만 날카로운 제 이야기를 보태고 말았습니다. 죄송했습니다.

눈물은 아이의 앞날을 생각하는 어머니의 희망의 눈물로 기억됩니다. 그 시각 이후로 어머니도 저도 그 아이를 위해 더 좋은 사람이 되고자 다짐했습니다.

하루가 지나고 새날이 밝았습니다. 어제 상담의 주인공이었던 그 아이가 오늘 아침 자꾸 제 책상을 맴돕니다. 그리고 기회가 나자 머뭇거리며 저에게 말을 겁니다.

"선생님, 어제 우리 엄마 오셨죠?"

"응. 어머니 오셨어."

"우리 엄마 우셨죠!"

"……."

"다 알아요. 엄마가 말씀하셨어요."

오늘 그 아이는 칭찬을 많이 받았습니다. 어제 어머니 상담 때문에 오늘 그 아이를 더 자세히 살펴보기도 했지만 사실 그 아이의 태도가 많이 달라졌습니다.

"선생님, 이제 착한 아들이 되려구요!"

"우와. 정말 멋진데."

그랬습니다. 철부지 아들은 엄마의 눈물을 아무렇지도 않게 이야기했지만 가슴속에 담아 두고 있었습니다. 그리고 엄마에게 더 착한 아들이 되고자 다짐했습니다. 그래 봐야 이제 2학년입니다. 기특합니다. 그 아이의 변화가 놀랍습니다.

하루가 지나면 또 예전의 아이로 돌아갈지 모르지만 그래도 오늘 그 아이의 행동에서 희망을 발견했습니다. 큰 변화입니다.

사람이 산다는 것은 스스로 커 가는 아이를 바라보는 마음입니다.

어른이 가르쳐 준 것은 별로 없지만 아이들은 스스로 잘 성장해 오고 있습니다. 그것에는 우수아와 부진아의 차이가 없습니다.

걱정하지 않아도 됩니다. 열심히 산다면, 그리고 기대하고 있다면 아이는 변하기 때문입니다. 보이지 않는 손이 지켜 주심을 믿습니다. 우리의 아이들은 착한 아들과 딸이 분명합니다. 착한 아들의 결심이 며칠 더 지속되기를 소망합니다.

이제 정말 봄입니다. 제 마음도 덩달아 포근합니다. 같은 마음이 꽃반 식구들에게도 함께했으면 좋겠습니다.

15

꽃밭: 화분과 어항의 심쿵 로맨스

꽃반의 아침은 촉촉합니다. 가습기를 틀지 않아도 늘 촉촉한 공기가 아침을 상쾌하게 만듭니다.

아이들은 자기가 가져온 화분을 얼마나 소중하게 생각하는지 매일 물을 넉넉히 주면서 돌봐 주고 있습니다. 화분 하나에 분무기가 하나씩입니다. 각 화분별로 전담 피부관리사가 있는 셈입니다. 오늘은 보니 분무기들이 사물함 손잡이 고리에 딱 걸려 있습니다. 재밌는 풍경입니다.

어떤 아이들은 아침이 지나고 점심시간이 다 되어 가는데도 분무기를 가지고 있는 경우가 있습니다. 반은 장난치는 중이고 반은 아직 물을 주고 있습니다. 물은 하루에 한 번만 주면 되는 거라고 이야기를 했습니다. 잎이나 꽃보다는 화분의 흙에 주면 좋다는 이야기도 했습니다. 하지만 별 소용이 없을 것 같습니다. 꽃반에서 피부관리나 잘 받는 수밖에 없습니다. 화분 덕에 제 피부가 호강합니다.

기다리던 어항이 왔습니다. 생각했던 것보다 훨씬 예쁘고 아담합니다. 이제 마트에 가서 흙과 수초, 어항등, 먹이를 사 오면 됩니다. 어항에 살게 될 식구는 구피입니다. 구피는 집에서 몇 마리, 꽃반 친구네 집에서도 몇 마리 분양해 올 계획입니다. 그리고 구피 식구가 늘어나면 겨울방학이 되기 전에 아이들에게 몇 마리씩 선물하고 싶습니다. 예쁜 구피가 꽃반에서 행복했으면 좋겠습니다.

꽃반에 있는 구피를 생각하니 벌써 기분이 좋아집니다. 아내에게 아이들보다 물고기를 더 좋아한다는 핀잔을 듣기도 했습니다. 억울한 감은 있지만 전혀 틀린 말은 아니라 웃어넘겼습니다. 이제는 교실에서도 구피를 볼 수 있으니 학부모님에게도 미안해야 할까요.

꽃반의 꽃밭에는 화분에 담긴 촉촉한 꽃들이 있습니다. 싱싱하게 걸어 다니는 활기찬 꽃들도 있습니다. 그리고 작은 어항 속에서 우리 아이들의 공부하는 모습을 예쁘게 지켜볼 구피가 있을 겁니다. 꽃반에서 우리 꽃송이들이 여러 식구들과 더 예쁘고 행복하게 자랐으면 좋겠습니다. 화분도, 구피도, 우리 귀여운 아이들도 건강하게 무럭무럭 자랐으면 좋겠습니다.

주말입니다. 평안한 주말이 되셨으면 합니다. 꽃들아, 니 맘대로 피어라.

16

맛있는 급식: 학교에 가는 이유

아침에는 입맛이 없기도 하지만 서둘러 학교에 와야 해서 얼렁뚱땅한 그릇 해치우는 편입니다. 그래서인지 3교시가 지나면 배에서 신호가 오기 시작합니다. 꼬르륵 소리가 앞에 앉아 있는 아이들에게 들릴지도 모르겠습니다. 언제나 기다려지는 점심시간입니다.

잠시 아이들이 공책에 필기를 하고 있는 사이에 살짝 책상 서랍을 열어 봅니다. 아, 마침 아침에 채연이가 준 초콜릿이 있습니다. 개구리가 파리 잡아먹듯 얼른 입속에 넣습니다. 본 아이들이 아무도 없습니다. 만약 누가 봤다면 키득키득 웃고 난리가 날 텐데 말입니다.

신나는 점심시간이 돌아왔습니다. 오늘의 메뉴는 맛있는 떡국과 밥, 오징어 야채무침과 김치, 두부전입니다. 다 맛있습니다. 고봉으로 한 그

룻 퍼서 담았는데 벌써 다 먹어 갑니다.

아이들에게 두부를 더 먹으라고 말하고 저도 살짝 몇 개 더 가져갑니다. 배는 불러 오지만 아직 머리에서 '멈춤' 신호가 내려오지 않습니다.

오늘 온종일 누워서 잠을 자던 아이가 있습니다. 깨우기도 했지만 많이 졸려 보여서 그냥 좀 더 자게 했습니다. 그 아이는 급식 시간을 좋아하는데 밥을 맛있게 먹고 있는 모습이 참 귀엽습니다. 조금씩 담아서 그렇겠지만 벌써 두세 번은 가져갔습니다. 볼은 통통하고 볼록한 배는 더 빵빵해집니다. 행복해 보입니다.

아이들이 모두 배부르게 먹은 급식이 그래도 많이 남았습니다. 옆나라와 멀리 아프리카에 사는 아이들에게 미안해집니다. 이렇게 배부르고 맛있게 먹고 남겨도 되는 건지.

아이들이 학교 오는 것이 즐거웠으면 좋겠습니다. 선생님의 얼굴을 보는 것이, 친구와 이야기하는 것이, 맛있는 점심을 먹는 것이 즐거웠으면 합니다.

학교에 있으면서 가장 속상할 때는 아이가 학교에 가기 싫어한다는 학부모님의 말씀을 들을 때입니다. 오늘도 상담 오신 학부모님이 그런 말씀을 하셨습니다. 제가 얼마 전 아이를 조금 혼낸 적이 있는데 혹시 그래서인 것은 아닌지 생각해 봅니다.

꽃반의 아이들이 신나게 학교에 왔으면 좋겠습니다. 그리고 올 때보다 더 신나게 집으로 돌아갔으면 좋겠습니다.

오늘 우리 집 저녁은 자장면입니다. 설거지에서 해방되는 날입니다. 평안한 저녁 보내세요.

17

구피: 개척자의 마음

교실에 어항이 왔습니다. 지난 주말에 마트에서 사온 황토흙을 넣었습니다. 황토흙은 황토가 가루처럼 물에 뜨는데 물을 갈고 한 번 더 부어서 사용하면 됩니다.

하루가 지난 황토물은 깨끗해졌습니다. 맑은 황토물에 수초를 몇 개 심었습니다. 마트에 가니 수초가 한 줄기에 1,000원씩 팔았습니다. 수초 값도 만만치 않아 이제 집에 있는 구멍 난 수초를 조금씩 옮겨 심어야겠습니다.

수초가 조금 심어진 어항은 왠지 더 허전해 보입니다. 히터도 틀어놓고 여과기도 힘차게 돌리고 있습니다. 여과기 때문에 가늘게 흔들리는 수초가 보입니다. 정말 어항이 되어 갑니다.

꽃반 아이 집에 구피가 있습니다. 그 아이 어머니가 학부모 상담 오실 때 구피를 몇 마리 주겠다고 하셨습니다. 그래서 오늘 학부모님에게 문자를 드렸습니다.

'어머님, 오늘 학교 오시면 구피 한 마리만 갖다주세요. 감사합니다. 담임 교사 올림.'

잠시 뒤 어머니 답장이 왔습니다.

'네, 개척 구피 데리고 갈게요.'

'개척 구피.'

아직 꽃반의 어항은 물잡이가 되지 않았습니다. 구피가 살 수 있는 환경이 아닐지도 모릅니다. 그래서 어항의 환경을 살피는 구피가 한 마리 필요한데 꽃반 어머니가 개척 구피라고 이름을 정해 주셨습니다. 딱 어울리는 이름입니다.

'개척 구피'가 교실에 두 마리 있습니다. 지금 이 글을 쓰는 밤에도 교실에서 잘 지내는지 모르겠습니다. 여과기도 싱싱 돌아가고 히터도 따뜻하게 켜 놓고 왔으니 제법 아늑하겠지요.

저는 지금 어떤 삶을 살고 있는지 생각해 봅니다. 누군가 가지 않은 길을 씩씩하게 가고 있는지, 아니면 다른 사람이 다 간 길을 아무 생각 없이 터벅터벅 걸어가고 있는 것인지. 나는 '개척 구피'가 될 수 있는지.

깨어 있어야겠습니다. 맑은 정신으로 절 더 깊고 투명하게 바라봐야겠습니다.

꽃반의 개척 구피가 내일 아침이면 '마지막 잎새'가 되지 않기를 기도합니다. 이미 개척 구피는 꽃반의 식구가 되어 버렸습니다. 구피와 함께 꽃반이 더 행복했으면 좋겠습니다.

'개척 구피', 내일 꼭 만나요.

18

천국의 아이들: 교실 청소의 에피소드

꽃반에는 소중한 아이들이 많이 있습니다. 저마다 예쁜 모습으로 생활하는 모습은 언제나 제 마음을 기쁘게 합니다.

오늘 수빈이가 가까이 와서 말을 겁니다.

"선생님, 내일 청소해야겠죠!"

"응? 수빈이 내일 청소 당번이니?"

"아뇨."

"그럼. 왜?"

"수요일이 공개 수업이니까. 청소해야 하지 않을까요?"

선생님이 생각하지 못한 것을 우리 예쁜 아이들이 생각해 냅니다.

선생님을 도울 일이 무엇인지 이리저리 살피다 청소가 생각났습니다.

언제나 봉사 정신이 투철한 수빈이가, 수요일 공개 수업을 생각하니 지저분한 꽃반 교실이 걱정되었나 봅니다. 참 고맙습니다.

유신이는 남아서 한글 공부를 따로 하고 있습니다. 청소 당번 두 명은 열심히 교실 청소를 하고 있습니다. 청소가 거의 다 끝나 갈 무렵 청소 당번 한 명에게는 복도를 닦고, 한 명에게는 교실에서 기름걸레질을 하라고 했습니다. 잠시 뒤 교실에 있던 기름걸레와 청소 당번이 없어진 것을 보았습니다. 혹시나 해서 화장실로 가 보니 청소 당번은 기름걸레를 물로 빨아 화장실 밖으로 나오는 길이었습니다.

"아이고, 큰일 났다."

유신이가 공부하다 말고 물어봅니다.

"왜요? 선생님. 왜 큰일인가요?"

"기름걸레에 물이 묻었으니 이제 걸레는 못 쓸지도 몰라."

"선생님, 우리 반 기름걸레는 얼마 동안 쓰면 새로 사 주는데요?"

"1년."

"선생님, 한 달도 아니고 1년씩이나요?"

"……."

유신이는 공부하다 기름걸레를 한 번 쳐다보고는 또 기름걸레 이야기를 합니다. 선생님 걱정과 교실 걱정으로 공부가 잘되지 않는가 봅니다. 그럭저럭 공부를 잘 끝내고 유신이는 집으로 돌아갔습니다. 다행히 기름걸레는 조금씩 말라 가고 있습니다. 내일이면 쓸 수 있겠죠.

꽃반 아이들이 가고 없는 텅 빈 교실. 수빈이, 유신이와 나눴던 대화가 자꾸 생각납니다.

선생님과 꽃반을 생각하는 그 아이들의 마음씨가 고맙습니다.

참, 준호는 부탁도 하지 않았는데 구피를 세 마리나 가져왔습니다. 이제 꽃반의 어항에는 선생님 구피, 미선이 구피, 준호 구피가 모여서 제법 화목해 보입니다. 구피를 생각하는 미선이와 준호의 마음도 너무 예쁩니다.

천국의 아이들. 아이들과 같이 되지 않고는 천국으로 들어갈 수가 없다는 성경 속의 가르침을 오늘 꽃반 교실에서 가득 느낀 하루였습니다. 꽃반, 사랑합니다.

19

선수: 학부모 공개 수업 현장

내일은 학교를 옮기고 처음 갖는 학부모 공개 수업일입니다. 공개 수업을 하는 교사의 마음은 시집가는 새색시 마음과 같습니다. 마음이 콩닥거립니다.

나름 준비한다고 했는데 가만히 생각하니 결정적으로 아이들 교과서를 준비시키지 않았습니다. 쓰기 수업이라 교과서에 써야 할 내용이 많은데 아이들은 교과서가 없이 1시간 동안 가만히 앉아 있게 생겼습니다. 퇴근 전에 서둘러 문자를 보냈습니다. 학급 홈페이지에도 바쁘게 글을 올렸습니다. 그래도 큰 걱정은 하지 않습니다. 잘되겠지요.

벌써 밤입니다. 가만히 누워 머릿속으로 내일의 수업을 미리 그려 봅니다. 몇 번 더 하다가 잠이 들었습니다.

눈을 떴습니다. 이불에서 나오기 전에 눈을 감고 다시 오늘의 수업을 생각해 봅니다. 매일 하는 수업인데도 공개 수업은 항상 마음이 긴장됩니다. 특별한 수업이 공개 수업입니다.

학교에 도착해서 아이들의 교과서를 체크해 보니 네 명을 제외하고 25명이 가져왔습니다. 감사합니다. 역시 큰일은 아닙니다. 나머지 아이들을 위해 교과서를 복사했습니다.

9시 50분에 시작되는 수업을 위해 학부모님은 10분 전에 와 주시면 좋겠다고 홈페이지에 글을 올렸는데 오늘 보니 9시 30분이 채 되지 않았는데 꽃반 복도에는 학부모님이 많이 보입니다. 꽃반 홈페이지에 들어오시는 학부모님이 생각보다 많은 것 같습니다. 꽃반 아이들도, 학부모님들도 너무 감사합니다.

수업은 생각보다 훨씬 어렵습니다. 생각했던 수업 방향과는 다른 쪽으로 흘러가 버렸습니다. 그래도 아이들과 학부모님에게 담백한 교사의 모습을 보여 드렸으면 괜찮았다고 스스로 위로합니다. 부탁하는 글을 써야 하는 경우에 대해서 알아보는 수업이었는데 욕심이 지나쳐 부모님께 부탁의 글을 써 보는 것까지 가 버렸습니다. 정리 부분에서 보니 많은 아이들이 아직 부탁하는 글을 쓰는 방법에 대해서 모르고 있었습니다. 늘 욕심이 과한 편입니다. 내일 한 번 더 정리해야 겠습니다.

전, 선수입니다. 교직 18년 차에 들어서고 있습니다. 임시 교사를 하면서 맡았던 아이들까지 따져 본다면 벌써 20학급의 아이들과 인연을 맺고 있습니다. 600명 이상의 아이들입니다. 매년 1,000시간 내외의 수업을 해 왔으니 지금껏 18,000시간 이상의 수업을 했습니다. 그 정도면 선수 맞죠?

하지만 선수이면 뭐 합니까? 학부모님 앞에 서면 떨리는 것은 변함없으니 말입니다. 오늘도 여러 가지 생각을 하고 준비도 했지만 부족한 부분이 더 많았습니다.

똑같은 수업을 두 번 이상 해 본 기억이 없습니다. 늘 새로운 수업을 생각하고 새로운 틀에 담아내는 편입니다. 수업은 편안하고 재미있고 창조적이어야 한다고 생각합니다.

오늘 부족한 공개 수업에 참여해 주신 학부모님께 깊은 감사의 말씀을 드립니다. 내년 수업은 더 나을 것입니다. 혹시 내년에 저에게 한 번 더 기회를 주실 분 계신가요?

무탈하시길 기도합니다.

20

색종이: 아이들의 작품 세계

2교시 수학 시간입니다. 아이들은 요즘 배우고 있는 삼각형, 사각형, 원을 색종이로 직접 오리며 느껴 보는 공부를 하고 있습니다. 구체적 조작기에 있는 아이들에게는 직접 잘라 보고 붙여 보는 게 제일 쉽고 효율적으로 익히는 방법입니다.

꽃반 아이들에게 색종이를 1세트씩 줍니다. 자기는 색종이가 있다며 공짜 색종이를 거절하는 아이들이 있습니다. 마음이 너무 맑습니다.

아이들은 선생님을 따라서 색종이를 마음껏 잘라 봅니다. 아무렇게나 잘라도 삼각형과 사각형이 보입니다. 마음 편하게 잘라도 되는데 선생님을 따라 똑같이 자르려는 아이들은 좀 힘들어합니다. 오늘 수학 시간은 즐생 시간 이상으로 색종이를 많이 사용하는 시간입니다. 각자 10

장씩을 잘랐으니 교실에는 엄청난 양의 삼각형과 사각형, 원이 보입니다.

잠시 뒤, 선생님은 아이들에게 이제 자른 색종이를 이용해서 놀이터를 꾸며 보라고 했습니다. 방법은 잘라 놓은 색종이 삼각형, 사각형, 원을 이용해서 놀이터를 꾸미면 됩니다. 좀 어려워 보이긴 하지만 아이들은 바로 작업에 들어갑니다. 시간은 흐르고 완성한 아이들은 앞으로 나와서 확인 도장을 받고 있습니다. 모두 잘합니다만 꽃반 친구 두 명의 작품이 특별히 눈에 띕니다.

잘생긴 동수의 작품은 길쭉한 네모 하나, 작은 동그라미 하나입니다. 길쭉한 것은 시소, 동그란 것은 뺑뺑이라고 합니다.

"야, 동수야, 1시간 동안 자른 그 많은 색종이는 다 어디 있냐?"

"……."

그 옆에서 색종이 3개를 붙인 동수 친구 경일이는 여유로운 미소를 머금고 있습니다. 동수보다 하나 더 많이 붙였다는 것이겠지요.

아이들의 마음은 다 헤아릴 수가 없습니다. 색종이 몇 장으로도 놀이터를 완성해 버리는 아이들입니다. 아이들 눈으로 보면 다 보입니다. 동수와 경일이가 나중에는 또 어떤 멋진 작품을 만들까요.

오늘 꽃반은 색종이를 참 많이 썼습니다. 꽃반과 함께하는 공부 시간은 늘 새롭고 재미있고 조금은 이상합니다.

내일은 토요일입니다. 그래서 오늘은 더 좋은 금요일입니다. 무탈하세요.

21

운동회: 모두가 하나가 되는 연습

운동회 연습하러 운동장으로 모이라는 방송이 나왔습니다. 1교시 전에 하는 6학년 아이들과의 수업을 서둘러 마무리하고 한 층 아래 있는 꽃반 교실로 출발했습니다. 벌써 나간 반도 있고, 조용히 복도에 줄을 서 있는 반도 있습니다. 이러다 꽃반이 꼴등 하겠습니다. 아이들에게 서둘러 줄을 서라고 했습니다. 아직 학교에 도착하지 않은 친구들도 있지만 할 수 없습니다. 교실 문을 잠그고 다 같이 운동장으로 나갔습니다.

운동장에서는 운동회 대형 맞춰 줄서기, 국민체조, 선서, 운동회 노래 등을 연습했습니다. 옆 반 선생님이 '3반 남학생들이 많이 움직인다.'고 웃으며 말씀하셨습니다. 가만히 바라보니 유독 우리 반 남학생들이 많이 움직이고 있었습니다. 교실에 들어가서 아이들에게 이야기 좀 해야겠습니다. 개구쟁이들입니다.

운동회 연습으로 좀 늦게 시작한 1교시지만 지난번 금요일에 본 시험지를 아이들과 확인했습니다.

2교시는 2학년들이 다목적실을 사용할 수 있는 시간입니다. 우리 2학년들 모두 모여 신둘리송에 맞춰 춤을 췄습니다. 몇 번씩 하고 난 후에 반별 대항전을 해 봤는데 1반이 1등, 4반이 2등, 2반이 3등, 3반은……

3교시에 돌아와서 우유 마시고, 못한 공부 2시간을 마저 다 하고 나니 벌써 점심시간입니다. 아이들은 맛있게 점심 먹고 집으로 돌아갔습니다.

청소 당번과 함께 교실을 깨끗이 청소하고 멋쟁이 두 명과 국어 공부를 좀 더 했습니다. 바쁘고 빠르게 지나가는 월요일입니다. 월요일이 지나고 나면 일주일도 금방 지나갑니다.

매년 운동회를 했습니다. 제가 초등학교 다닐 때 여섯 번 했고, 교사가 되어 17번을 했습니다. 그리고 이번에 18번째 운동회가 되는 셈입니다. 학생 시절에 봄에는 어린이날을 앞두고 소체육대회를 했고, 가을에 대운동회를 했습니다. 교사가 되어 17번 했던 운동회도 가을에 많이 하다가 요즘에는 봄에 하는 경우가 많아졌습니다. 세월의 흐름에 따라 운동회도 조금씩 변하는 모습입니다. 어떤 학교는 운동회를 축제 형식으로 하는 학교도 있다고 합니다. 어떤 모습일지 궁금합니다.

운동회는 학교 학생들이 다 같이 하나가 되는 시간입니다. 음악에 맞춰 체조를 하고, 힘차게 노래도 부릅니다. 그리고 자기 팀을 위해 목소리 크게 응원을 합니다. 다 같이 하나가 되는 시간이기에 연습의 시간도 많습니다. 힘든 과정이 지나고 나면 부모님과 함께 운동회날을 즐길 수 있습니다. 부모님의 격려와 환호성이 그동안의 노력에 대한 보상입니다.

이번 주는 운동회 연습으로 많이 바쁘겠습니다. 바쁜 일주일에 무서운 비도 안 오고, 누런 바람도 안 와서 열심히 연습하고 준비해서 운동회날 부모님께 멋진 모습을 보여 드리고 싶습니다. 다치는 사람, 아픈 사람 한 사람도 없이 연습이 끝나서 운동회날 꽃반 친구들 모두 재밌는 운동회를 하고 어린이날도 축하받았으면 좋겠습니다.

꽃반 어항에 부화통을 설치했습니다. 잘하면 이번 주에 새 식구들이 나올지도 모르겠습니다. 요즘 집에 가면 꽃반 친구들도 보고 싶지만 물고기 생각도 많이 납니다.

밤에 천둥과 번개가 칠지도 모른다고 합니다. 가족과 함께 평안하세요.

22

노래방: 아이들의 노래와 선생님의 기타

얼마나 얼마나 더 너를 이렇게 바라만 보며 혼자

이 바람 같은 사랑, 이 거지 같은 사랑 계속해야 니가 나를 사랑하겠니

조금만 가까이 와 조금만 한 발 다가서면 두 발 도망가는

널 사랑하는 난 지금도 곁에 있어 그 여잔 웁니다.

_백지영 〈그 여자〉 중에서

국어 시간에 칭찬하는 방법을 공부하고 있습니다. 어제는 다양한 칭
찬의 방법을 공부했고 오늘은 친구가 해 주는 칭찬에 어떻게 적절한 답
을 하는지 공부하는 중입니다.

"채경이 일어나 볼래?"

채경이가 깜짝 놀라 일어납니다.

"채경이는 우리 반 대표로 운동회 무용도 정말 잘하는 것 같아. 선생님은 채경이를 칭찬해."

선생님의 칭찬을 받은 채경이는 적절한 답을 해야 합니다. 모두 채경이를 바라보고 있습니다. 칭찬에 대한 적절한 답은 '감사의 표현', '다시 친구 칭찬하기', '겸손한 표현' 등의 방법이 있습니다. 시간이 좀 흐릅니다.

"히~~!"

채경이가 우리에게 준 답은 너무 해맑은 웃음 하나입니다.

교과에서 나오는 예상된 정답은 아니지만 다 같이 웃으며 이제 다른 사람을 칭찬합니다. 돌아가면서 꽃반의 친구들 한 명씩 칭찬하고 있습니다.

채연이 순서입니다. 채연이가 일어나서 이야기합니다.

"선생님은 너무 재미있는 이야기를 잘해 주십니다."

"채연아, 고마워. 음, 채연이의 칭찬에 기분이 좋아서 선생님이 또 이야기 하나 해 줄게."

"우와. (짝짝짝)"

선생님의 재미있는 '섬마을 철수' 이야기가 이어졌습니다.

석철이 차례입니다.

"선생님은 기타를 너무 잘 치십니다."

"석철아, 고마워. 자, 그럼 우리 노래 부를까?"

"우와. (짝짝짝)"

꽃반 교실에 〈그 여자〉가 울려 퍼집니다. 우리는 〈그 여자〉를 그렇게 다섯 번 정도 불렀나 봅니다. 복도에서 쉬는 시간에 다른 반 아이들이 힐끗힐끗 쳐다봅니다. 아이들은 노래를 잘합니다. 선생님의 볼품없는 기타 소리도 아이들의 맑은 목소리와 합치면 세상에서 제일 멋진 연주가 됩니다. 신이 난 선생님은 기타 줄이 끊어지라고 힘차게 기타를 칩니다.

'그 여자'가 어떤 여자인지는 모르지만, 요즘 우리 꽃반 교실에서는 〈그 여자〉가 이따금 울려 퍼지는데, 울려 퍼지기 시작하면 보통 다섯 번 이상입니다. 꽃반과 노래하는 시간은 늘 즐겁습니다.

꽃반, 선생님의 이야기와 기타를 칭찬해 줘서 고맙습니다. 꽃반 노래도 최고입니다.

23

바람머리: 아이들에게 기억된다는 것

4년 전 여름에 인천 계산동에 있는 경인교대에서 체육과 직무연수를 일주일간 받았습니다. 대학생 기숙사에서 숙식하면서 연수를 받았습니다. 일주일을 기숙사에서 생활해야 하기에 여러 가지 필요한 것들을 많이 챙겨 갔는데 드라이기는 챙기지 못했습니다.

아침에 일어나서 샤워를 하고 아침을 간단히 사 먹고 강의를 들으러 갔습니다. 초등과 중등이 같이 섞여서 연수를 받았는데 그땐 몰랐습니다. 제 머리가 어떤 모양으로 비치는지 말입니다. 연수가 끝나기 하루 전날 다 같이 모여서 식사를 했는데 술이 몇 순배 돌고 난 후 앞에 앉아 있던 여자 선생님이 말했습니다.

"전, 선생님을 처음 보고 놀랍고 신기했어요!"

"예?"

"강의를 들으러 올 때 머리를 감지 않고 다니시는 줄 알았어요. 머리가 너무 헝클어져 보였거든요."

"아, 예."

"그런데 하루 이틀 보고 나니 괜찮아졌어요. 나름 익숙해졌어요."

그렇게 연수가 끝나고 다들 헤어졌습니다. 지금 절 기억하는 사람이 있을지 모르지만 혹시 나중에라도 만나게 된다면 그 시절 연수생 중에 머리를 감지 않고 다니던 선생님 한 명으로 기억하지 않을까요.

어제 6학년 부장님의 전화를 받고 저녁을 먹으러 나갔습니다. 8년 전에도 6학년 부장님과 전 같은 초등학교에서 동학년을 맡았습니다. 6학년 부장님이 담임했던 학생 중 한 명이 미국에 있는 NIU에 의과대학생으로 합격했다는 반가운 소식입니다. 그 아이를 잘 알고 있고 5학년 때 체육 교사로 지도해 본 인연도 있고 해서 같이 만나러 나갔습니다. 그 아이의 어머니는 절 보면서 말씀하셨습니다.

"아, 바람머리 선생님, 이렇게 뵙네요."

'바람머리!' 이전 학교에서 우리 꽃반 아이들이 부르던 제 별명이었습니다. 그때는 지금보다 숱도 많고 더 검었습니다.

4년 전 연수에서는 여자 선생님이 감지 않은 헝클어진 머리라고 했는데 학부모와 아이들은 '바람머리'라고 멋지게 이름 붙여 주었습니다. 늘 과분한 사랑 속에서 살고 있습니다.

전, 이발을 아주 뜸하게 합니다. 1년에 두 번 정도 깎았는데 부산에 있는 집으로 가야 하는 추석과 설 무렵에 깎았습니다. 아버지는 단정한 머리를 좋아하셨습니다.

요즘엔 아버지께서 제 머리를 보며 별말씀을 하지 않으십니다만 아들이 절 닮아서 이발을 하지 않습니다. 아들의 치렁치렁한 머리를 깎는 날은 제 머리도 같이 깎여 나가는 날입니다. 아버지가 아무 말씀 안 하시니 이제 자식이 제 머리를 가만히 두지 않네요.

아이들은 많은 선생님을 만나게 됩니다. 그 많은 선생님들 속에서 제가 경쟁력 있게 기억되려고 특별한 머리 모양을 갖는 것은 아닌지 모르겠습니다. 사실 제 마음도 잘 모르겠네요.

조금 더 미래로 가 볼까요? 제가 힘이 없어 아이들과 운동장에서 뛰어놀 수 없게 된다면 학교를 나올 생각입니다. 학교를 나와서는 언젠가 나의 꿈처럼 찐빵 가게를 차릴지도 모르겠습니다. 그 찐빵 가게에는 검은 뿔테 안경을 쓴 머리가 하얗고 좀 많이 구불거리는 포니테일을 한, 조금은 키가 커 보이는 등이 구부정한 늙은 남자가 있을 겁니다.

매일 여러 가닥씩 빠지는 머리카락이 남아 있기나 할지 모르겠습니다. 머리칼이 3가닥이 남으면 머리를 땋고, 2가닥이 남으면 반 가르마를 하고, 1가닥이 남으면 올백으로 잘 빗어 넘긴다는 말 속에 담긴 긍정의 힘을 믿습니다.

참, 오늘 꽃반 아이 한 명이 쉬는 시간에 자꾸 제 책상에 와서 말을 했습니다.

"선생님, 우리 엄마는 선생님이 너무 싫다네요!"

"정말! 아이 슬퍼라."

해맑은 표정으로 다가와 이야기하는 아이를 보면서 웃습니다. 꽃반에서 그 아이의 어머니도 행복하셨으면 좋겠습니다. 너무 미워하지 마세요.

비바람이 몰아쳐도 주말은 행복합니다. 무탈하세요.

24

어버이날: 카네이션의 향수

밤입니다. 두어 시간만 지나면 하루가 바뀝니다.

오늘은 5월 8일입니다. 특별한 날이라고 하루의 풍경이 크게 다르지 않고 시간도 다른 속도로 흘러가지 않지만 날짜가 지닌 의미가 우리의 모습을 되돌아보게 만듭니다.

어버이날에는 매년 다 같이 모여서 식사를 해 왔습니다. 어제는 여동생네 식구들과 함께 아버지를 모시고 저녁을 먹었습니다. 송탄에 있는 자그마한 한식당에서였습니다. 저녁 시간보다 조금 앞당겨 식당에 갔습니다.

맛있는 저녁을 먹고 여동생에게 집에서 하루 자고 가라고 부탁했습니다. 여동생 덕분에 처갓집으로 건너가서 하룻밤을 자고 오늘 오후에 집으로 돌아왔습니다. 이틀간 바쁘게 움직여서 그런지 좀 피곤합니다.

하루가 끝나기 전에 책상에 앉습니다. 종이를 꺼내서 며칠 전에 교실에서 아이들과 같이 접었던 카네이션 카드를 만듭니다. 종이도 예쁘게 자르고 색종이도 좋은 색을 골라서 붙여 봅니다. 다 되어 가는 중입니다. 큰아이가 와서 물어봅니다.

"아빠, 뭐 하세요?"

"카네이션 카드 만들어."

"왜 또 만드세요?"

"할머니께 편지 쓰려고."

아빠가 만드는 카네이션 카드를 물끄러미 쳐다보던 큰아이가 다시 이야기합니다.

"아빠, 저도 편지 쓰고 싶어요."

"그래. 시온이가 왼쪽에 쓰고 아빠가 오른쪽에 쓰자."

큰아이는 카드를 가지고 거실로 나갑니다.

이번에는 '우리 집 크리스마스 등'을 만듭니다. 크리스마스만 되면 우리 집 크리스마스트리에 붙어 있는 '요쿠르트병'이라는 별명을 가진 색종이 등입니다. 좋은 색을 골라 만듭니다. 카네이션 카드와 어울립니다. 모두 다 작습니다. 납골당에는 공간이 넓지 않아서 크게 만들어도 넣을 수가 없습니다. 시온이가 가져온 카네이션 카드 오른쪽에 어머니께 편지를 씁니다.

내일은 학교의 재량휴업일입니다. 오늘 밤에 준비한 카네이션 카드와 우리 집 크리스마스 등을 가지고 사랑하는 어머니를 만나러 가야겠습니다. 어머니가 좋아하셨던 하얀색 카니발에 어머니의 소중한 손자, 손녀들을 태우고 어머니를 만나러 갑니다. 어머니 앞에서 난 어떤 사람인지 바라보아야겠습니다. 소중한 어머니는 이 못난 아들에게 늘 좋은 말씀과 기대를 갖고 계셨습니다.

어머니 앞에 서면 절 볼 수 있습니다. 내일은 그런 날입니다. 비가 올지도 모른다고 합니다. 비를 좋아하셨던 어머니는 하얀 눈이 펑펑 쏟아지는 날 하늘나라에 가셨습니다. 괜찮습니다. 비가 와도. 어머니는 하늘에서 내리는 것은 모두 축복이라 하셨습니다. 오늘 밤 꿈속에서 어머니를 만나면 얼마나 좋을까요! 운전을 하다가도 어머니를 닮은 사람을 보면 계속 멍하니 쳐다봐집니다. 그립습니다.

25

즐거운 생활: 비교와 비고의 의미

　'즐거운 생활' 시간에 인형극을 준비했습니다. 인형극의 2번째 시간이라 오늘 즐거운 생활 시간은 1시간밖에 없습니다. 꽃반 아이들이 즐생 준비물을 꺼내면 보통 2시간은 그냥 흘러가 버리기 때문에 오늘도 바쁜 수업이 될 것 같습니다.

　4교시가 읽기입니다. 읽기는 진도가 조금 빠른 편이라 그냥 즐생을 1시간 더 하기로 했습니다. 다음 즐생 시간에 읽기를 더 보충하면 되니까 큰 문제는 없습니다.

　아이들이 인형을 만들고 있는 사이에 선생님은 잠깐 학교 업무를 보는 중입니다. 제 컴퓨터 화면과 연결된 교실 TV를 꺼야 하는데 그냥 켜 있었나 봅니다.

언제나 선생님 주변을 자세하게 관찰하고 있는 아이가 와서 이야기 합니다.

"선생님, 비교하면 안 되잖아요. 비교는 나쁜 거잖아요."

무슨 말인가 싶어서 아이의 눈을 한동안 바라봅니다. 아이가 바라보고 있는 곳은 TV에 나타난 표입니다. 표의 제일 오른쪽 끝 칸은 '비고' 란으로 표시되어 있는데 친구는 '비고'를 '비교'로 읽었습니다.

이제 그 아이의 말이 무슨 말인지 알았습니다. 그냥 마음속으로 웃습니다. 재미있는 아이입니다. 컴퓨터에 적힌 글을 조금 잘못 읽은 것도 귀엽지만 비교하면 안 된다고 이야기하는 마음이 예쁩니다. 그러다 문득, 혹시 제가 아이들을 비교하고 있었던 것은 아닌가 하고 곰곰이 생각해 보았습니다.

그렇습니다. 비교하면 안 됩니다. 우리 각자는 아주 소중하고 예쁜 꽃이니까요.

오늘도 재미있는 친구에게 소중한 가르침을 얻었습니다. 선생님은 비교하지 않겠습니다.

26

팥빙수: 행복의 심리

맞벌이를 하는 우리 부부에게는 일요일 아침은 게으름을 피울 수 있는 시간이 됩니다. 교회를 9시까지 가야 해서 평소보다 조금 늦게 일어나는 정도지만 그래도 아내에게는 일요일은 여유로운 날임이 분명합니다. 오늘은 새벽 수영도 하지 않았기 때문에 제가 좀 더 여유가 있습니다. 식탁에 금방 사 온 따끈따끈한 빵을 차려 놓고 아이들을 깨운 후 아버지를 모시고 나옵니다. 아내는 아직 자고 있습니다. 방문을 살짝 닫아 둡니다.

교회는 첫째, 둘째와 함께 다녀왔습니다. 아내와 막내는 오늘 게으름을 많이 피우고 있습니다. 다음 주에는 함께 가고 싶습니다.

요즘 컴퓨터 책을 쓰고 있습니다. 4년 전에 작업을 했던 책입니다.

출판사 사정으로 미뤄 두었는데 이제 사정이 좀 좋아져서 출판을 준비하고 있습니다. 시간이 많이 흘러서 손볼 부분이 많아 매일 원고를 들여다보고 있습니다. 후배들이 많이 생겨서 원고 작업이 한층 수월해졌습니다.

제가 하는 역할은 작성되어 올라온 원고를 검수하는 것입니다. 원고는 자꾸 올라오는데 검수에 속도가 붙지 않아서 조금씩 마음에 부담이 됩니다. 역시 시간 싸움입니다. 5월 안에 어느 정도 끝내야 합니다. 일요일 오전과 오후가 원고 검수로 흘러가고 있습니다.

잠시 큰방에 왔더니 식구들이 낮잠을 자고 있습니다. 조용히 TV를 켜서 봅니다. 가난한 남자의 이야기가 나옵니다. 사과 장사를 하는 아빠와 야구 선수인 중학생 아들, 그리고 어린이집에 다니는 딸아이의 살아가는 이야기입니다. 아빠의 짐이 좀처럼 가벼워질 것 같지 않습니다. 힘든 아빠는 아들에게는 무거운 짐 대신에 희망을 주고자 합니다. 아빠와 아들 이야기는 그럭저럭 견딜 만했는데 일요일도 쉬지 못하고 장사를 나가는 아빠의 손을 놓지 않는 딸아이를 보니 가슴이 먹먹해집니다.

TV에서 눈을 돌려 옆에서 자는 막내를 한동안 바라봅니다. 잠시 내가 사과 장수가 되어 봅니다. TV 속의 딸아이는 아빠의 사정을 알 리가 없고 바쁘고 힘든 아빠도 딸아이의 해맑은 얼굴을 보면 웃지 않을 수 없습니다. 딸아이가 주는 희망의 선물이라 생각됩니다.

나는 가진 것이 많다는 생각이 듭니다. 욕심이 많다는 생각도 듭니다. 지금 가진 것이 충분한데 그 외에 덤으로 더 가지려 했던 것들이 보입니다. 흘러가 버리는 시간 속에서 잡히지 않는 것을 잡으려고 하다가

정작 내 속의 보물들을 시간과 함께 다 흘려보내게 되는 것은 아닐까 걱정이 됩니다. 훌륭하고 멋진 사람이 되는 것이 중요하지만 그래도 나로 인해 생긴 인연들이 있다면 그들에게 소중한 사람이 되어야 한다는 생각이 듭니다.

여름에는 뭐니 뭐니 해도 팥빙수가 제일입니다. 한 그릇 먹으면 시원하고 욕심내어 두 그릇 먹으면 머리가 띵하고 아픈 팥빙수 말입니다. 그리 비싸지도 않습니다. 요즘은 집에서 만들어 먹을 수도 있으니 부지런하면 매일 먹을 수도 있습니다. 팥빙수 한 그릇이면 여름이 시원하고 행복해집니다.

팥빙수를 만들 수 있는 시간이 있고, 만들어서 같이 먹을 수 있는 가족이 있다면 행복한 사람이 될 수 있습니다. 욕심내지 마세요. 한 번에 두 그릇은 도저히 먹을 수 없는 것이 팥빙수입니다. 맛있는 팥빙수는 누구나 먹을 수 있습니다. 행복은 팥빙수 한 그릇 속에도 소복이 담겨 있습니다.

모두 행복을 찾으셨으면 좋겠습니다. 이번 여름도 무척 덥겠죠? 팥빙수를 생각하니 벌써 시원하고 행복한 바람이 가슴속까지 밀려오는 것 같습니다. 무탈하세요.

27

꽃반: 우리 반의 소중함

"선생님, 언제 끝나죠?"

월요일 청소 당번 아이가 묻습니다.

"청소 다 하면 가지요."

꽃반의 청소 당번 중에는 아직 청소의 순서를 알지 못하는 아이들이 많이 있습니다. 왜 그런가 생각해 보니 선생님이 제대로 가르쳐 주지 않아서 그렇습니다.

청소 당번이 되면 선생님에게 와서 청소를 물어보지 말고 서로 모여 보세요. 그리고 청소역할을 나누어서 하면 됩니다. 청소의 순서는 다음과 같습니다.

1. 교실 창문을 2개 정도 엽니다.

2. 분단을 나눠서 교실을 씁니다.

3. 복도와 교실 출입문 부근을 깨끗이 씁니다.

4. 복도를 마포걸레로, 교실은 책상과 사물함 위를 손걸레로 닦습니다.

5. 쓰레기통 주변과 분리수거함 주변을 정돈합니다.

6. 책상 줄을 반듯하게 맞춘 뒤 선생님에게 '청소를 다 했다.'고 말합니다.

　

교실을 쓸라고 했는데 모둠 하나 정도를 쓴 아이가 와서 '청소를 다 했다.'고 말합니다. 조금 쓸고 와서 다 했다고 이야기하는 아이에게 일일이 답하기 어려워서 다 했으면 친구가 다 할 때까지 기다리라고 했습니다. 청소 당번은 같이 끝나는 게 공평하다는 생각입니다.

바로 그때 엄마의 전화가 옵니다. 핸드폰을 끄는 것이 규칙이지만 온종일 핸드폰을 끄지 않는 친구도 있습니다.

엄마와 통화하는 소리가 다 들립니다. 엄마는 빨리 오라고 하고 아이는 친구를 기다려야 하니 지금 갈 수가 없다고 합니다. 아이는 친구가 다 끝날 때까지 기다려야 한다고 엄마에게 말합니다.

엄마 입장에서 생각해 보면 아들의 말이 이해되지 않을 것 같습니다. 자기 구역 청소를 다 했으면 됐지 왜 다른 친구를 기다려야 하는지 말입니다.

아이는 엄마와 통화를 하면서 선생님과 대화를 시도하고 있습니다.

"선생님, 엄마가 바로 오라는데요?"

"그래? 그럼 가고 내일 다시 청소하면 되겠다."

"아뇨. 오늘 너 하고 갈래요."

"아니. 내일 오후가 힘들면 오전에 청소해도 돼요."

아이는 집으로 돌아가지 않고 마무리 청소를 하고 있습니다. 발을 동동 구르는 아이가 안쓰러워 그냥 서둘러 집으로 돌려보냈습니다.

꽃반의 청소는 일주일에 하루씩 돌아가면서 하고 있습니다. 학원 때문에 오후 청소가 어려운 친구들은 매일 5분씩 아침 청소를 합니다. 선생님은 아이들의 방과 후 시간을 잘 배려하고 있다고 생각하고 있는데 늘 청소가 문제입니다. 1인 1역도 있습니다만 너무 바쁜 아이들은 하지 않을 때가 더 많습니다.

아이들은 학교에 청소하기 위해서 가는 것은 아닙니다. 학교는 친구를 만나고 이야기하고 공부를 하는 곳이니까요. 선생님은 종종 청소 이야기로 아이들에게 스트레스를 주는 경우가 있습니다.

온종일 꽃반에서 생활하고 있는 나는 꽃반을 위해 어떤 일을 하고 있을까요? 꽃반이 소중하다면 꽃반을 위해서 나의 소중한 것을 조금은 내놓아야 합니다. 소중한 것이 있는 곳에 마음도 같이 있으니까요.

나의 가장 소중한 것은 무엇일까요? 사람마다 다르겠지만 선생님이 생각하기에는 시간입니다. 한 번 가면 돌아오지 않는 시간은 너무 소중한 보물입니다.

시간을 조금씩 내어놓으세요. 그리고 그 시간을 꽃반을 위해 소중하게 사용해 줬으면 좋겠습니다. 내 보물이 있는 곳에 내 마음도 있습니다.

아까 청소 시간에 힘들어했던 아이가 학원에 잘 도착했으면 좋겠습니다. 미안합니다. 늦게까지 잡고 있어서.

28

학부모: 관계의 심리

"선생님, 필요한 것 없으세요?"

오늘 학교에서 만난 학부모님이 말씀하셨습니다. 지난번에도 비슷한 말씀을 하셨는데 자꾸 들으니 정겹습니다. 아마 몇 번은 더 들어야 할 것 같습니다.

"저, 정말 부탁드릴 겁니다."

갑작스런 교사의 말에 학부모님은 살짝 놀라시는 눈빛입니다. 학부모님의 마음만 가득 받았습니다. 덕분에 오늘은 제 마음의 꽃밭에 꽃이 활짝 폈습니다.

꽃반 학부모님은 참 많이 도와주십니다. 긴장되는 공개 수업 때 꽃으로 마음을 풀어 주시고, 더운 운동회날 아이들에게 아이스크림으로 시원하게 해 주시고, 교통 도우미로 마미캅으로 우리 아이들 안전을 책임져 주시고, 배구 노하우도 전수해 주시고, 예쁜 물고기로 교실에 생기도 주시고, 홈페이지에 교사에게 응원의 말씀도 자주 남기시고, 부족한 교사 믿고 귀한 자녀를 맡겨 주셨습니다. 늘 감사한 마음 갖고 있습니다.

욕심이 전혀 없는 것은 아닙니다. 선생님을 기억하는 사람이 있으면 얼마나 좋을까 하고 생각합니다. 나중에 교사로서 마지막 날에 제자들이 찾아와서 기념해 준다면 남은 나의 아들, 딸에게 많은 힘이 될 것 같다는 생각도 합니다.

매년 두세 명의 제자를 기대하고 열심히 가르칩니다만 제자를 만들기는 쉽지 않습니다. 아이들은 1년이 지나면 다른 선생님에게 익숙해져 작년 선생님은 잊어버립니다. 조금은 섭섭하지만 참 다행한 일입니다. 그런 모습 속에 발전이 있음을 압니다.

이런 제 마음을 알아서였을까요? 아이들 대신에 매년 한두 분의 소중한 학부모님과의 인연이 생깁니다. 아이들보다 절 더 신뢰하고 좋아해 주시는 학부모님이 계신다는 사실은 제가 허리를 꼿꼿이 세우고 당당하게 살아가는 힘이 됩니다.

즐생 시간에 민주와 효빈이가 넘어졌습니다. 많이 울고 보건실도 다녀왔습니다. 예쁜 아이들의 다리에 난 상처가 빨리 아물고 덧나지 않기를 기도합니다. 아이들을 가르치는 교사의 제일 첫 임무는 안전하게 집으로 돌려보내는 일임을 잊지 않겠습니다.

내일도 즐생이 있는데 나갈까 말까 생각 중입니다. 오늘 많이 더웠습니다. 지구가 점점 더워져 큰일이네요. 무탈하세요.

29

베스트 프렌드: 친구를 만든다는 의미

"선생님, 상수가 많이 성장했죠?"

상수의 베스트 프렌드인 석철이가 이야기합니다. 상수는 매일 남아서 선생님과 공부를 하고 있습니다. 상수가 남아서 공부하고 있으면 한 번씩 석철이가 옆에서 친구의 공부하는 모습을 살펴봅니다. 누구보다 다른 사람의 성장을 세밀하게 관찰하고 칭찬해 주는 아이가 바로 멋진 석철이입니다.

두 친구는 1학년 때도 같은 반이었습니다. 이야기를 들어 보면 얼마 전에는 상수 집에 석철이가 놀러 갔다고 합니다.

"선생님, 오늘 석철이를 우리 집에 초대했어요. 친구니까요!"

며칠 전에 상수가 했던 말입니다. 맞습니다. 친구는 서로의 집에 한 번씩은 가 봐야 합니다. 그래야 제대로 된 친구죠. 두 친구의 우정이 영원했으면 좋겠습니다. 상수 공부도 얼른 자리를 찾아서 친구 석철이와 함께 공부할 수 있는 시간이 왔으면 좋겠습니다.

아이들의 모습을 보다가 나의 베스트 프렌드를 생각해 봅니다. 초등학교, 중학교, 고등학교, 대학교. 친구가 별로 없는 편이었던 나는 따져보니 지금 만나는 친구가 네 명 있습니다. 안산과 수원에 대학 동기 한 명씩, 그리고 평택에 사는 친구 두 명이 있습니다. 자주 만나는 친구는 평택에 있는 친구들입니다. 시를 사랑하고 외국어에 뛰어난 친구입니다. 베스트 프렌드인 그들이 고맙습니다. 기쁜 일이나 슬픈 일에 언제나 곁에서 함께 있어 줬던 베스트 프렌드. 참, 나도 베스트 프렌드를 집에 한 번씩 초대했습니다. 친구니까요!

꽃반 친구들이 꽃반에서 좋은 친구들 많이 사귀었으면 좋겠습니다. 마음과 마음을 열고 서로 배려해 주는 좋은 사람이 되었으면 좋겠습니다.

인디언 말로 친구는 '내 슬픔을 자기 등에 지고 가는 자'라는 뜻을 지닌다고 합니다. 오늘 밤 가만히 앉아서 친구의 기쁨과 슬픔을 한번 헤아려 봐야겠습니다.

오늘 당장 좋은 친구가 되어야겠습니다. 그러기로 결정했습니다.

오늘 밤에 해야 할 숙제가 잔뜩인데 아직 야구를 보고 있습니다. 응원하는 팀은 자주 지는데 그래도 늘 경기를 보며 응원합니다. 참 못 말리는 사람입니다.

2부

여름, 성장하다

1

학부모의 마음을 읽습니다

070으로 시작하는 번호가 뜹니다. 누굴까 궁금합니다. 전화를 받아 보니 꽃반 학부모님입니다. 학부모님은 선생님이 너무 고맙다고 이야기합니다. 우리 학교에 선생님에 대한 이야기가 조금씩 퍼지고 있다고 합니다. 선생님을 더 알고 싶어하는 학부모님이 있다는 이야기도 합니다. 그러다 학부모님은 갑자기 울먹이기 시작합니다.

"……?"

'무슨 사연일까? 학부모님은 왜 교사에게 전화해서 우실까?'

이런저런 생각으로 머리가 복잡합니다. 당황스럽습니다.

학부모님은 아이에 대한 고민을 갖고 있습니다. 엄마로서 어떻게 해줄 수 없음에 속상해합니다. 마지막으로 선생님에게 어떤 답을 구하는 중입니다.

전화를 끊고 아이를 생각해 봅니다. 아이의 모습을, 아이의 성품을, 아이의 현재를, 미래를…….

쉽지 않은 이야기지만 답이 없는 것도 아닙니다. 세상이 녹록지 않음을 압니다만 그래도 긍정의 힘을 믿고 있습니다. 착한 아이에게 좋은 미래가 있음을 믿습니다. 그리고 지금의 어려움은 시간이 지나면 자연스레 해결될 것을 알고 있습니다.

연구부장님이 전화를 했습니다. 이제 며칠 뒤에 있을 수업 대회에 대해서 말했습니다. 수업 대회에서 등급을 받으면 조금 더 앞으로 나갈 수 있음을 알고 있습니다. 벌써 몇 년 앞서 나가고 있는 동기들도 많습니다.

지금 이 순간을 즐기고 싶습니다. 특별한 욕심은 없습니다. 제가 담임하고 있는 아이들에게 작은 힘이라도 보탤 수 있다면 행복하겠습니다. 제가 나중에 무엇인가 되는 것보다 오늘 앞에 있는 그 아이가 행복했으면 좋겠습니다. 오늘도 꽃반 아이들의 행복하고, 꽃반 학부모님의 마음이 평안하기를 기도합니다.

오늘도 무사히!

2

현충일의 의미를 생각합니다

새벽 6시에 일어났습니다. 거실로 나가서 구피에게 밥을 주고 앉아서 신문을 봅니다. 잠시 뒤 아버지께서 나왔다 들어가시고 아내가 일어나서 간단한 토스트를 준비합니다. 양배추를 식빵에 넣어서 먹는 토스트는 우리 가족이 즐겨 먹는 아침 메뉴입니다.

태극기를 달고 식탁을 대충 정리한 다음 당진 처가로 출발했습니다. 아버지는 차가 많이 밀릴 테니 천천히 안전하게 다녀오라고 말씀하십니다. 안개가 짙으니 더 조심 운전하라고도 말씀하시네요.

처가에 도착해 기다리던 처가 식구들을 태우고 대전 현충원으로 출발했습니다. 아내와 결혼하기 전에 같이 간 것부터 세어 보면 오늘이 14번째 가는 날입니다. 세월은 참 바쁘게 흘러가 버렸습니다. 처음에 같이 갔던 조카는 대학생이 되었고 처음에 없었던 아이들이 셋씩이나 생겼습니다.

현충원에는 아내의 남동생이 있습니다.

짧고 아쉬운 만남을 가진 후 현충원을 나섰습니다. 현충원 바로 앞에 있는 매년 가던 냉면 집을 가려다 다른 쪽으로 방향을 틀었습니다. 1년에 한 번 가는 냉면 집이지만 모두 그 맛을 다 기억하고 있습니다. 이번에는 좀 더 푸짐한 메뉴로 바꿔 봤습니다.

동학사 주유소 길 건너편에 있는 '홍기와집'은 맛은 특별하지 않은데 아래로 개천이 흐르고, 길 건너 다육이네가 있어서 좋습니다. 점심을 맛있게 먹고 다육이도 잠깐 구경했습니다. 참, 아이들을 데리고 식당 아래 개천에 가서 물에 발도 한번 담가 봤습니다.

처가로 돌아오니 벌써 5시가 다 되어 갑니다. 서둘러 돌아가야 아버지와 저녁 식사를 할 수 있습니다. 연휴 마지막 날이라 그런지 집으로 돌아가는 길에 차들이 많기도 합니다. 덕분에 아버지와 식사 시간이 조금 늦었습니다.

아이들 숙제와 일기를 챙겨서 검사하고 컴퓨터 책상에 앉아서 학급 홈페이지에 들어갔습니다. 숙제로 내줬던 동물 조사하기를 검사하고 새로 알려 준 독서 홈페이지도 잠깐 체크했습니다. 드디어 석철이가 학급 홈페이지 회원 가입을 했습니다.

바쁘고 고단한 하루가 저물어 가고 있습니다.

현충일에는 현충원에 갑니다. 우리 가족의 현충일은 언제나 현충원과 함께했습니다. 새벽에 시작해서 밤이 되어야 끝나는 고단한 하루지만 정작 현충원에 머무는 시간은 30분도 되지 않습니다. 나머지 시간은 준비하고, 차를 타고, 점심을 먹고, 휴식하는 시간들입니다.

내년에는 좀 더 오랜 시간 있을 수 있는 방법을 생각해 봐야겠습니다. 점심을 현충원에서 먹는 것도 좋겠습니다. 조금 더 일찍 일어나면 되겠지요.

작년부터 현충원에 친구가 같이 오고 있습니다. 친구의 어버지는 6·25 전쟁 때 참전하셨는데 재작년에 돌아가셨고 현충원에 안장되셨습니다. 현충원에서 친구를 만나고 싶었지만 잠시 통화한 것으로 만족해야 했습니다. 친구와 같은 공간에 있다는 사실도 참 반가웠습니다. 현충원에는 사람이 참 많습니다.

현충일. 나라를 생각해 봅니다. 저는 우리나라를 위해 어떤 일을 하고 있는지 생각해 봅니다. 우리나라에 더 이상 큰 슬픔이 없었으면 좋겠습니다.

3

교실에 냉장고가 2개 있습니다

점점 더워지고 있습니다. 2학년은 교과 내용에 밖에서 하는 활동이 많은 편은 아니라서 지내는 데 큰 어려움은 없습니다. '즐거운 생활'은 미술이나 음악 관련 내용이 많아서 주로 교실에서 활동하게 됩니다. 오늘 회의 시간에 체육부장님이 다목적실 사용을 가급적 자제해 달라고 말씀하신 것을 보면 고학년이 다목적실로 들어가서 수업을 하고 있나 봅니다. 우리는 지금 여름 속으로 들어가고 있습니다.

꽃반 교실에는 냉장고가 2개 있습니다. 하나는 학생용이고, 하나는 교사용입니다. 보통은 교실에 냉장고가 하나 있기도 힘든데 꽃반은 2개씩이나 있으니 넉넉한 반입니다.

학생용 냉장고는 복도 쪽 '책장 한 칸'입니다. 아이들의 물병을 시원하게 보관하는 데 사용하고 있습니다. 냉장고를 설치하기 전에는 책상 위에 물통을 올려놔서 물이 흘러 교과서가 젖기도 했는데, 책장 한 칸에 냉장고를 설치한 뒤로는 교실 풍경이 훨씬 깔끔해졌습니다. 아이들은 쉬는 시간에 냉장고에 가서 자기 물을 시원하게 꺼내 마실 수가 있습니다. 학생용 냉장고는 개방형이기 때문에 자기 물통을 늘 확인할 수 있습니다. 참, 간혹 친구의 허락도 받지 않고 남의 물통에 있는 물을 마시는 얌체 학생이 있다는 소문도 있지만 확인된 바는 없습니다.

교사용 냉장고는 TV 아래에 있는 '서랍'입니다. 주로 선생님의 음료수와 과자를 보관해 왔는데 요즘은 텅 비어 있었습니다. 그런데 오늘은 재록이의 맛있는 초콜릿을 선물 받아 냉장고에 잘 보관해 두었습니다. 초콜릿은 시원하게 보관해서 학교를 방문하시는 학부모님, 교실로 찾아오시는 선생님, 열심히 봉사하는 꽃반 친구들과 나눠 먹을 계획입니다. 교사용 냉장고는 문이 달려 있어서 안의 내용을 확인할 수가 없습니다. 선생님의 냉장고는 아이들의 냉장고에 비해서 살짝 비밀이 많은 편입니다.

점점 더워지고 있지만 꽃반 교실은 냉장고가 2개씩 있으니 끄떡없습니다. 항상 시원한 바람과 시원한 물이 꽃반 친구들의 마음을 더 상쾌하게 만들어 줬으면 좋겠습니다. 꽃반의 냉장고는 고장 나지 않습니다.

장염이 유행하고 있다고 합니다. 냉장고에 보관하는 물은 집에서 끓인 물을 가져오고, 언제나 손과 발을 깨끗이 씻어서 건강하게 여름을 지냈으면 좋겠습니다. 늘 사랑하고 있습니다.

4

유전자에 대해 생각합니다

지금 여든을 바라보시는 아버지는 여전히 미남이십니다. 약을 많이 드셔서 지금은 머리숱도 적어지고 틀니를 하시고 계시지만 늘 계절이 바뀔 때는 입을 옷이 마땅치 않다고 생각하는 멋쟁이십니다.

전, 지금도 좋은 향수나 로션이 생기면 아버지에게 드립니다. 제 것으로 생각하지 않습니다. 당연히 멋지고 좋은 것은 아버지에게 어울린다고 생각해 왔기 때문입니다. 아버지는 향수도 뿌리시고 로션도 향이 좋은 것을 좋아하십니다. 평생 멋쟁이십니다.

대학을 입학하고 아버지가 양복을 사 주시겠다고 하셔서 함께 서면 지하상가에 갔습니다. 이것저것 옷을 골라 입혀 보시고는 조금 불편하신 얼굴로 말씀하셨습니다.

"넌, 옷을 입어도 태가 안 난다."

그 말이 지금도 또렷하게 생각나는 걸 보면 적잖이 상처가 되었나 봅니다. 사실 지금도 별로 다를 게 없지만 그 시절은 너무 마르고 볼품 없었습니다. 다른 사람에게도 비슷한 소리를 들은 기억이 있습니다.

그렇게 살아오다 짝을 만나 결혼도 하고 아이도 생겼습니다. 아들을 좋아해서 늘 아들을 데리고 다니는 편이었는데 아들과 함께한 자리에서 또 이런 소리를 듣게 되었습니다.

"아들이 아버지보다 인물이 낫네요."

'이런……'

몇십 년을 아버지 때문에 스트레스 받았는데 이제 아들 때문에 스트레스 받게 되었습니다. 이렇게 몇십 년 살다 보면 전 할아버지가 될 텐데 말입니다. 살면서 인물 좋다는 소리를 듣기는 틀렸습니다. 그냥 착하게 생긴 사람으로 곧게 사는 도리밖에 없습니다.

아버지가 잘생기신 것, 아들이 예쁜 것. 사실은 너무 듣기 좋은 말입니다. 인터넷에서 가끔 보이는 '우월한 유전자'라는 말이 우리 가정에도 적용된다니 좋은 일이죠. 문제는 그 유전자가 할아버지에게서 손자로 바로 넘어갔다는 점이지만요.

전, 아버지의 점퍼와 아들의 험멜 운동복을 잘 챙겨야 합니다. 멋쟁이들과 사는 게 쉬운 일은 아니네요.

일요일 아침 모처럼 아들과 조조할인 영화를 보러 갔다가 희건이네 가족을 만났습니다. 희건이와 형, 동생, 그리고 어머니, 아버지. 참 다복한 가정입니다. 희건이는 아주 잘생긴 친구입니다. 영화배우처럼 생겼습니다. 대단히 멋진 얼굴입니다. 그런데 가족을 보니 희건이보다 희건이 형이, 희건이 형보다 희건이 아버지가 더 잘생겼습니다. 어머니도 대단한 미인이시고요. '우월한 유전자!' 바로 희건이네 가족을 두고 하면 딱 어울리는 말입니다. 영화관에서 꽃반 친구를 만나서 행복했습니다. 〈쿵푸팬더〉를 같이 보게 되어 더 좋았습니다.

인물이 조금 모자란 사람도, 배가 조금 많이 나온 사람도, 눈에 멍이 든 사람도 '용의 전사'가 될 수 있습니다. 용의 전사가 되어 마을을 지키고, 나라를 지킬 수도 있습니다. 용의 전사가 누군지는 아직 아무도 모르니까요. 내 마음의 밭을 잘 갈고 닦는 일이 중요하겠습니다.

많이 덥습니다. 건강에 각별히 유의하세요.

5

나는 행복한 선생님입니다

1993년의 이야깁니다. 수원에서 처음 발령을 받아 근무하던 저는 선배 선생님의 대타로 서울에 있는 큰 백화점 문화센터에 과학 교사로 간 적이 있습니다. 버스를 타고, 전철을 타고, 다시 버스를 타고 찾아간 백화점입니다. 다른 선생님과 함께 갔습니다.

백화점 직원이 마중 나와서 같이 잠깐 이야기를 하고 바로 수업에 들어갔습니다. 서울에 있는 4, 5, 6학년 초등학생으로 구성된 아이들과 함께하는 과학 수업이었습니다.

제가 맡았던 내용은 액체 실험 수업입니다. 같이 갔던 선생님은 옆 반에서 전자 과학 실험을 하셨습니다.

아이들과 수업을 하던 중 몇 명이 다투었습니다. 그 다툼을 처리하고 있는데 반대쪽에서 비커가 깨졌습니다. 다가가서 말했습니다.

"비커를 깨면 어떡하니? 조심해야지!"

아이가 이야기했습니다.

"뭔 상관이세요? 우리 엄마가 돈을 내서 사는 비커잖아요!"

"……."

아이들은 시끄럽고, 바닥에 비커는 깨져 있어 위험했습니다. 혼자 수업을 수습하지 못해서 옆 교실로 도움을 청하러 갔는데 선생님을 찾을 수가 없었습니다. 한참 만에 선생님을 찾고 보니 선생님은 아이들 가운데 앉아서 아이들과 똑같은 전자 과학 실험을 하고 계셨습니다. 아이들 바로 옆에 앉아 똑같이 활동을 하시기에 발견하지 못했던 것입니다. 지금도 그날의 그 장면이 기억에 남아 제 수업의 중요한 지표가 되고 있습니다. 수업은 아이들 속으로 들어가는 것입니다. 푹 빠져서 보이지 않을 수도 있습니다.

수업을 잘 마무리하고 수원으로 내려왔습니다. 수원에 도착하자 선배 선생님이 저녁을 먹고 가자고 하셨습니다. 고향에서 먹었던 추어탕은 국물이 맑은데 수원에서 먹는 추어탕은 국물이 된장국처럼 진했습니다. 전라도식 추어탕이라고 했습니다. 맛있게 먹고 이야기도 많이 나눴습니다.

백화점에서 진행한 1시간의 수업은 제가 담임하고 있던 4학년 아이들이 얼마나 소중한지 설명해 주었습니다. 선생님의 말을 100% 믿고 따르는 우리 반 아이들! 그 아이들이 바로 나의 학생들이었습니다. 그 아이들 속에서 제가 행복한 선생님이 될 수 있음을 알았습니다.

요즘은 아침마다 6학년 교실에서 수학을 지도하고 있습니다. 30분간 지도합니다만 아이들은 제시간에 오지 않습니다. 제시간에 오는 몇몇 아이들도 수업에 열중하지는 않습니다. 1교시 전에 시작하는 수학 공부를 하고 싶은 아이들은 없습니다. 그런 아이들에게 제가 억지로 욕심을 부려 가며 가르치기는 어렵습니다. 이래저래 불편한 자리가 6학년과 하는 아침 공부 자리입니다.

그러다 8시 30분이 되어 우리 반 교실로 돌아가면 나의 학생들이 거기 있음을 보게 됩니다. 선생님의 말을 100% 신뢰하고 따르는 우리 반 학생들입니다. 그 아이들을 보면 느낍니다. 제 자리는 거기가 맞습니다.

매일 느끼는 평범함 속에서 제 행복을 놓치고 싶지 않습니다. 행복한 선생님이 가르치는 2학년 꽃반 아이들의 하루가 행복했으면 좋겠습니다.

늘 사랑하고 있습니다.

6

숙제에 대해 고민합니다

어릴 때부터 숙제를 싫어했습니다. 얼마나 숙제를 싫어했던지 집에 오면 제일 먼저 하는 것이 숙제였습니다. 숙제를 하고 내일 시간표를 챙겨 가방을 멀찍이 던져 놓고 밖으로 뛰어나갑니다. 밖이 깜깜해질 때까지 놀았습니다. 그 시절 노는 것이래야 그냥 친구들과 하는 땅따먹기나 구슬치기 정도입니다. 그래도 왜 그렇게 재미있었는지 앞이 하나도 안보일 때까지 놀았습니다. 저녁 시간에 늦어 이리저리 날 찾으러 다니신 어머니에게 자주 혼났던 기억이 있습니다.

방학이 시작되면 그때도 하기 싫은 숙제를 먼저 합니다. 며칠에 걸쳐 숙제를 하고 나면 남은 방학 기간은 숙제로부터 해방되어 신나게 놀 수 있는 진짜 방학이 됩니다. 숙제를 먼저 할 뿐이지 정성이 들어가지 않아서 과제물 검사에서 상을 받아 본 기억은 거의 없습니다. 숙제는 언제나 싫습니다. 숙제란 없으면 좋은 것, 있어도 하기 싫은 것, 그래서 먼저 해 버리고 마는 것입니다.

어릴 때 싫어했던 숙제가 어른이 된 지금도 절 따라다니며 괴롭히고 있습니다. 꽃반 아이들에게 내는 숙제는 매일 부메랑이 되어 저에게 돌아옵니다. 알림장에 가득 적어 준 숙제와 일기는 다음 날이면 검사를 해야 하는데 창가 책장 위에 올려져 있는 숙제와 일기 공책을 슬쩍 보면 그냥 마음이 어지럽습니다. 우리 반은 30명인데 늘 숙제와 일기 공책이 다섯 권을 넘지 않는 편입니다. 어릴 때나 지금이나 늘 숙제가 문제입니다.

우리 반 아이들도 숙제가 싫기는 어릴 적 저와 크게 다르지 않을 것입니다. 그 마음 모르는 것도 아닌데 말입니다.

어떻게 해야 할까요? 교사, 학생, 학부모, 각자 바라보는 숙제가 다 다른 느낌으로 다가옵니다. 더 지혜로워져야 합니다.

내일 아침 숙제와 일기 공책이 오늘보다 몇 권 더 많았으면 좋겠습니다. 하기 싫은 숙제를 아이들에게 강요하고 있는 교사가 되었습니다. 아이들에게 미안합니다. 행복한 숙제는 무엇이 있을까요? 많은 발전이 있기를 기대합니다.

7

청출어람(靑出於藍)의 의미를 느껴봅니다

"선생님, 선생님 이름이 교문 옆에 있어요!"

혜린이가 호들갑을 떨며 이야기합니다. 오늘 꽃반 아이들을 다 데리고 학교 식물을 구경하러 나갔다가 아이들이 보라고 해서 고개를 돌려 봤더니 제 이름이 보입니다. 신기합니다. 아이들도 자기 선생님의 이름이 현수막에 보이니 좋은가 봅니다.

봄날의 일입니다. 교내 과학 행사에서 기계과학 부문을 담당했습니다. 꽃반 교실에 온 몇 명 안 되는 4, 5, 6학년 아이들의 기계과학 작품을 평가하고 1등을 뽑았습니다.

1등이 된 아이는 우리 초등학교 대표가 되어 매일 꽃반 교실에 와서 과학상자를 만들었습니다. 얼마 뒤 시대회가 있었고 그 아이는 거기서도 1등을 차지했습니다. 5학년 2반의 멋진 아이 이야깁니다. 덕분에 기계과학을 지도했던 저는 우수 지도 교사가 되었고 현수막에 이름도 적혔습니다. 내일 그 친구는 수원으로 경기도대회에 참가합니다.

오늘 마지막으로 교실에 와서 연습을 하던 아이에게 이야기했습니다.

"성환아, 우리 이제 좀 친해지려고 하는데 오늘이 마지막 날이구나!"

"예? 아, 예."

언제나 수줍음이 많은 아이는 아쉬움도 수줍은 미소로 표현해 버립니다.

"그동안 너무 고생했지? 이제 좋겠다. 우리 교실에 오지 않아도 돼서!"

"……."

성환이는 꽃반 교실 사물함 위에 있는 어항에 고기밥을 주러 갑니다. 어항에 있는 부화통이 바뀐 것을 금방 알아봅니다. 그렇게 몇 달 동안 매일 꽃반 구피의 밥을 줘 왔습니다.

마지막으로 성환이를 태우고 근처 아파트로 갔습니다. 아이를 내려주고 다시 학교로 돌아오는데 아쉬움이 남았습니다. 좀 더 잘 지도하지 못한 게 미안하고 그동안 별로 대화를 나누지 못한 점이 아쉬웠습니다. 내일 성환이는 어머니와 함께 도대회에 참가하게 됩니다. 결과를 떠나서 그동안 고생한 성환이가 이번 일을 계기로 더 용기 있고 멋진 사람이 되었으면 좋겠습니다. 과학상자를 잘 모르는 사람이 우수한 학생을 만나 보냈던 행복한 몇 달이었습니다.

청출어람. 제가 나무라면 그리 크지도 멋지지도 않은 나무일 것입니다. 하지만 그런 모습이라도 작은 그늘을 만들 수 있다면 팔을 죽 뻗어 있는 힘껏 만들겠습니다. 누가 될지는 모르지만 제가 만든 그늘에서 쉬어 가는 누군가를 본다면 얼마나 행복할까요.

꽃반의 아이들, 혹시 꽃반이 아니라도 절 기억하는 아이들, 그들은 어떤 경우에도 수단이 될 수 없습니다. 그 자체가 바로 도착점입니다.

많이 더웠는데 밤이 되니 그래도 시원합니다. 큰맘 먹고 산 에어컨을 아직 제대로 켜지 못하고 삽니다. 건강에 각별히 유의하세요.

8

좋은 수업을 위해 연습합니다

"형님, 수업 멋졌어요. 전에 형님 과학 수업을 봤을 때 잘하신다고 생각했는데. 오늘 수업도 정말 재밌는 수업이었어요."

"최부장, 어쩌면 그렇게 여유롭게 수업을 잘 리드하지? 자네 수업을 보고 많이 느꼈네!"

"선생님, 수업 잘 봤어요. 참 재밌는 수업이었네요."

"선생님, 파이팅. 멋졌어요!"

6월 24일 금요일 2교시에 꽃반은 학교 선생님들에게 수업을 공개했습니다. 다른 선생님들이 하는 동료장학 수업 공개와는 조금 다르게 금요일 꽃반에서 한 수업은 수업 인증제 수업입니다. 약간의 차이를 둔다면 동료장학 수업 공개는 선생님들에게 수업을 공개하는 것이고, 수업 인증제는 선생님들끼리 겨루는 수업 대회입니다. 10명의 심사위원 선생님들이 꽃반 교실에 오셔서 수업을 보고 평가를 했습니다.

수업을 오래전부터 준비했습니다. 이틀 전에는 구불거리는 머리카락을 잘랐습니다. 수업의 긴장 때문일까요? 밤잠을 설치다가 아침 7시가 넘어서 일어났습니다. 얼마 전에 새로 산 양복을 입고 머리에 기름을 바르고 아침을 먹지 않고 서둘러 나섰습니다. 8시에 학교에 도착해서 6학년 교실에 들어가서 수학 공부를 30분간 했습니다.

8시 30분이 되어 교실로 돌아와 교실 여기저기를 쓸고 닦고 아이들을 앉히고 2교시에 사용할 모둠 바구니에 마이크, 포스트잇, 골든벨판, 발표칩을 점검했습니다. 준비 완료.

1교시는 수학입니다. 수학 공부를 조금 압축해서 했습니다. 수학을 10분 일찍 끝내고 아이들은 화장실을 미리 다녀왔습니다. 이제 9시 50분! 종이 울리고 꽃반의 공개 수업이 시작되었습니다.

막상 수업이 시작되니 40분은 정신없이 흘러가 버렸습니다. 지도안을 쓰면서 40분 내에 다 소화할 수 있을까 많이 걱정했는데 그래도 40분 동안 할 내용은 많이 했습니다. 교실을 나가는 심사위원 선생님들 중 몇 분이 수고했다고 격려의 말씀을 하셨습니다.

3교시입니다. 이제 배가 고프기 시작합니다. 머리도 아픕니다. 목도 따갑습니다. 아침을 거른 것이 표가 나기 시작합니다. 같이 고생한 아이들은 잠시 만화 영화를 봅니다. 아이들은 영화에 빠져 있고 전 잠시 긴장을 풀고 나른하게 내리는 비를 바라봅니다.

'난 지금 뭘 하고 있는가?'

종이 울리고 아이들과 마지막 4교시 수업을 했습니다. 하루가 금방 흘러가 버렸습니다.

5교시 체육부장님의 수업을 이번에는 심사위원이 되어 들어가 보고 많이 배웠습니다. 그리고 3시에 출장을 가서 집에는 7시가 넘어 들어왔습니다.

컴퓨터 앞에 앉아 오늘 한 수업을 다시 열어 봤습니다. 제 얼굴이 나오고 아이들의 모습이 나옵니다. 선생님들의 칭찬과 격려의 말도 듣고 해서 조금은 기대하고 동영상을 봤는데 40분이 지나는 동안 내내 확인했습니다.

'착각'이었습니다. 조금은 괜찮을 줄 알았는데 자세히 보니 엉망입니다. 40분 내내 들리는 것은 교사의 작은 목소리, 아이들의 웅성거림과 박수 소리뿐입니다. 수업에 집중하지 못하는 아이들은 또 왜 그렇게 많은지.

'나는 당신을 죽도록 사랑합니다.'라는 말은 '나는 당신을 죽도록 착각하고 있습니다.'라는 말과 같은 말이라고 했습니다. 아이들을 아낀다고 생각했고 열심히 준비했고 1시간 동안 서로 바라보면서 수업을 했다고 생각했는데 그건 완벽한 착각이었습니다. 전, 착각 속에 살고 있습니다.

오늘 내리는 비를 보면서 아내와 함께 마트에 다녀왔습니다. 돌아오는 길에 아내에게 슬쩍 말을 걸었습니다.

"어떤 선생님이 좋은 선생님일까?"

가만히 있던 아내는 한참 뒤에 말했습니다.

"왜 그렇게 힘들게 살아요!"

힘들게 살고 있는 걸까요?

작년에 나갔던 수업 대회에 올해도 참가했습니다. 작년처럼 올해도 마찬가지로 결과가 좋지 않을 것 같습니다. 다만 정성껏 시도하는 수업을 통해서 교사로서의 시간을 점검해 보는 중입니다.

비가 오는 날은 참 좋습니다. 그냥 차를 타고 밖으로 자꾸 나가고 싶습니다. 좋아하는 친구에게 문자도 보내고 싶고, 사랑하는 어머니 산소에도 다녀오고 싶습니다. 전, 비가 참 좋습니다. 촉촉이 내리는 비가 제 눈도, 제 마음의 밭도 촉촉하게 적셔 주길 기도합니다.

무탈하세요. 응원해 주셔서 늘 감사하고 있습니다.

9

교사도 아이들도 배움은 힘이 듭니다

오늘도 비가 많이 내립니다. 행복한 날입니다.

이틀 전에 연수 강사 의뢰 전화를 받았습니다. 내용은 수업 분석입니다. 원래 연수하기로 했던 교감 선생님이 교육부 일로 급하게 취소하셨는데 꼭 진행되어야 하는 연수라서 대신할 사람이 필요하다고 했습니다. 별로 하고 싶지 않은 연수인데 하게 되었습니다. 형님의 부탁이니 도리가 없습니다. 새벽까지 원고를 준비해서 넘기고 파워포인트 자료를 만들었습니다.

오늘이 연수하는 날입니다. 수업 분석 연수는 그동안 많이 했습니다. 수업 분석 연수는 어느 정도 익숙해졌는데 노력에 비해서 성과가 별로 없는 것 같아서 하지 않기로 한 연수를 오늘 다시 하게 되었습니다.

연수 시작은 2시 반이지만 1시 40분에 도착했습니다. 차에 앉아서 오늘 연수 내용을 다시 살펴봅니다. 정리하고 외우고 생각합니다. 준비 완료!

연수 장소에 들어가니 10여 명 남짓의 선생님들만 있습니다. 연수는 10분이 지나서 시작되었지만 연수를 들으시는 선생님들은 모둠책상에서 의자를 돌려 앉아 있습니다. 그동안 매주 수요일마다 2시간의 연수가 있었다고 하니 이해가 되지 않는 것은 아닙니다. 입장 바꿔 생각해 보면 저도 힘들었을 것입니다. 하지만 어떡합니까? 연수하러 왔으니 제 일을 합니다.

연수가 진행될수록 선생님들은 힘들어했습니다. 깊이 들어갈수록 더 힘들어했습니다. '여기서 멈추자! 여기까지만 하자.' 마음의 결정을 하고 선생님들에게 마술을 한 가지 알려 드렸습니다. 내일 아이들에게 적용할 수 있는 이야기 한 꼭지를 들려 드리고 연수를 마무리했습니다. 나중에라도 혹시 이 부분에 갈증을 느끼시거나 자료가 필요하시면 연락하시라고, 도와 드리겠다고, 그리고 재미없고 힘든 강의 죄송하다고 말씀드렸습니다.

선생님들은 교실로 올라갔고, 외장하드를 정리하고 컴퓨터를 껐습니다. 그리고 남아 있는 생수를 한잔 마셨습니다. 그런데 한 분 선생님이 아직 안 가고 절 쳐다보고 계셨습니다.

"선생님, 죄송합니다. 연수에 열중하지 못한 것 같아서 죄송하네요."

"아닙니다. 선생님, 입장 바꿔 생각하면 저도 힘들었을 것 같습니다."

남아서 한마디 해 주시는 선생님에게 배려의 마음을 배웠습니다. 저 또한 나중에 그런 일이 있으면 그 선생님처럼 해야겠다고 생각했습니다.

똑같습니다. 아이들이나 교사나 배움이 힘들기는 마찬가지입니다. 아이들을 혼낼 일이 없습니다. 저도 책상에 앉으면 그럴 테니까요. 아무도 듣지 않았던 연수를 하면서 저를 돌아보았습니다. 이런 식의 연수도 있다는 것을 통해 한 가지 배움을 얻었던 하루입니다. 그리고 그 불편한 시간을 다음 주 수요일에도 해야 합니다. 하기 싫어도 해야 하고 불편한 자리인 줄 알면서도 앞에 서야 합니다.

제 수업을 열심히 쳐다봐 주는 아이들이 고맙습니다. 감사하는 마음으로 아이들을 대하겠습니다.

돌아오는 길에도 비가 내립니다. 내리는 비를 보니 다시 행복해집니다. 사랑하는 비가 사랑하는 사람들에게 해를 입히지 않기를 바랄 뿐입니다.

10

학교는 안전한 곳이 되어야 합니다

샤프한 아이입니다. 처음에는 웃음이 적은 모습에 좀 차가운 아이인가 싶어서 오해도 살짝 했습니다. 그런데 며칠 지나 보니 전혀 아닙니다. 눈이 예쁜 그 아이는 꽃반을 위한 봉사 활동에 앞장서는 마음이 따뜻한 아이였습니다.

그 아이가 우유 당번이 되면 우리 반 우유는 아무 걱정 없습니다. 예쁜 글씨로 우유에 친구 이름을 꼼꼼히 써서 정확하게 나눠 줍니다. 우유 먹는 친구들을 다 외우고 있습니다. 우유는 책상까지 친절하게 배달합니다.

그 아이가 특별구역 청소를 맡으면 우리 반 특별구역은 깨끗해집니다. 특별구역이 건물 밖에 있어서 교장 선생님 눈에 잘 띄는데 그 아이가 청소하는 동안에는 아무 문제가 없습니다. 고맙고 듬직한 아이입니다.

그 아이는 인기가 있습니다. 주변에는 늘 친구들이 끊이지 않습니다. 묘한 매력을 가진 아이입니다. 참, 공부도 얼마나 잘하는지 모릅니다. 꽃반 베스트 안에 충분히 들고도 남습니다.

이번 주에 그 아이가 학교에 오지 않고 있습니다. 지난 화요일에 있었던 기말고사도 보지 않았습니다. 그 아이가 오지 않아서인지 교실이 허전합니다. 아이들 우유도 남아 있고, 청소도 깔끔하지 않습니다. 1명이 오지 않은 교실은 며칠 전과는 전혀 다른 풍경입니다. 그 아이가 빨리 학교에 왔으면 좋겠습니다.

매일 소식이 궁금하지만 부모님에게 어떤 말씀을 드려야 할지 몰라 전화를 드리지 못하고 있습니다. 그 아이가 다쳤습니다. 2주 정도 병원에 있어야 한다고 하는데 어쩌면 여름 방학 전에 보지 못할 수도 있겠습니다. 그 아이의 건강해진 모습을 빨리 보고 싶습니다. 그 아이를 생각하며 기도합니다.

퇴근하기 전에 교실을 한 바퀴 돌았습니다. 위험한 물건은 없는지 그냥 여기저기 살폈습니다. 아침에 건강하게 등교한 아이들을 오후에 똑같은 모습으로 하교해야 함을 잊지 않고 있습니다.

11

1년의 반이 지났음을 생각합니다

1년 열두 달을 반으로 나눈다면 6월 끝에서 나눠지겠지만 학교생활의 반은 여름 방학으로 나뉘어집니다. 3월에 약간 혼란스러운 며칠을 보낸 뒤 만난 꽃반이라 조금 당황스럽기도 했는데 벌써 반이 지나고 여름 방학을 기다리고 있습니다. 겨울이 스키와 눈썰매의 계절이라면 여름은 단연 물놀이가 제격입니다. 방학을 앞두고 여름을 이야기하면서 수영장 이야기를 슬그머니 꺼냈습니다.

황금풀장 이야깁니다. 여름 방학이면 한 번씩 갔던 풀장 이야기를 했는데 요즘 아이들 이야기 속에 황금풀장이 자주 등장하는 것을 보면 조심스럽습니다. 전, 황금풀장과는 아무 상관이 없는 사람이거든요.

풀장은 논 한가운데 있습니다. 지하수로 채운 풀장 물은 얼음물보다 더 차가워서 풀장에 들어가면 오래 있기는 어렵습니다. 그리고 풀장 바로 옆에서 고기도 구워 먹을 수 있습니다. 주변에 그런 풀장은 많지 않습니다. 한번 가 보세요. 혹시 풀장에서 배가 볼록한 대머리 아저씨를 만날지도 모르니까요.

풀장을 갔다 돌아오는 길에는 길옆에 있는 찐빵 집에 들러야 합니다. 컨테이너 박스에서 찐빵을 파는 가게인데, 쫄깃하고 촉촉하고 달콤한 찐빵의 맛은 중독성이 있습니다. 한 번 맛보고 나면 나도 모르게 차를 멈추게 되거든요. 저렴한 가격에 양도 넉넉합니다. 볼록해진 배와 함께 그날의 행복 지수는 2배로 올라갑니다.

새 학기를 시작하고, 설렘과 긴장이 있었던 공개 수업, 현충원에 다녀오고, 황금풀장을 가고, 찐빵을 먹고, 과수원에서 사과를 사 먹고, 겨울을 지나고, 아이들을 한 학년 올려 보내면 1년이 갑니다. 1년에 먹는 찐빵이 몇 개인지, 1년에 먹는 사과가 몇 개인지 세어 본다면 나의 남은 시간을 가늠해 볼 수 있습니다. 찐빵과 사과를 몇 개 더 먹으면 될까요? 어쩌면 너무 서글플 것 같아서 아직 세어 보지 않고 있습니다. 삶은 쏘아 놓은 화살입니다.

반이 지났고 반이 남았습니다. 올해가 그렇고, 제 교직의 시간이 그렇고, 제 삶의 시간이 그렇습니다. 지나가 버린 반을 돌아보고 남은 반을 후회 없이 행복하게 살아야 합니다. 올해를, 제 교직의 시간을, 제 삶의 시간을 그렇게 보내야 합니다.

비가 계속 옵니다. 가정과 직장이 무탈하셨으면 좋겠습니다.

12

인연의 소중함을 알아 갑니다

수필가 피천득을 좋아합니다. 그가 썼던 많은 수필 중에 〈인연〉이 있습니다. 수필가의 자전적인 이야기지만 전, 그 수필 속에 담긴 주인공의 마음을 고스란히 느낄 수 있습니다. 아사꼬와의 세 번의 인연. 그리고 그 마지막은 만나지 말았으면 좋았을 뻔했다는 이야기. 피천득은 장미를 좋아한 사람이었습니다. 딸이 아버지 산소에 와서 장미를 선물하면서 눈물을 훔치던 모습이 기억납니다. 나이가 들어도 소년의 마음을 갖고 있던 사람이 수필가 피천득으로 생각됩니다.

인연. 제게도 많은 인연이 있었습니다. 좋은 인연, 그냥 스쳐 지나가는 인연, 만나지 말아야 했던 인연, 남자도 있고, 여자도 있습니다. 나이가 들어가면서 달라지는 생각은 어떤 인연이라도 그 인연에 감사하는 마음이 생기는 점입니다. 늘 제 가까이 있는 사람에게 감사하는 마음을 가지고 있습니다.

좋은 형, 소중한 친구, 고마운 동생들. 형의 마음을 알겠고 친구의 마음을 알고 있으며 동생들의 어려움도 헤아릴 수 있습니다. 전, 딱 중간에 있습니다.

어찌할 수 없는 중간. 나서기도 그렇고 가만히 있기도 좀 그런, 중간입니다. 그런 어중간한 자리지만 형과 동생들은 절 무겁게 대해 줍니다. 그 마음이 버거우면서도 고맙습니다. 인연입니다. 제가 늘 감사히 느끼는 인연. 제 인연들에게 할 수 있는 일은 서로를 많이 생각하고 생각을 많이 나누는 것뿐입니다.

몇 년 전부터 사람을 넓게 만나지 않고 있습니다. 무겁고 감사한 인연에 충실하고 싶기 때문입니다. 학교를 옮겨 갈 때마다 동학년 수준 이상으로 범위를 넓히지 못하고 있습니다. 새로 만나는 사람들에게 깊이 들어가지 못합니다. 혹시 충실하지 못할까 두렵습니다.

형, 친구, 동생, 너무 사랑합니다. 어떤 일도 함께할 수 있고, 함께 즐겁고 행복한 시간을 보낼 수 있습니다. 자주 만나고 싶습니다. 나이가 들면서 인연의 소중함을 알아 가고 있습니다.

늘 사랑하고 있습니다.

13

달콤한 중독에 빠졌습니다

"선생님, 저, 또 왔어요! 오늘은 뭘 도와드릴까요?"

꽃반 친구가 와서 하는 이야깁니다. 며칠 뒤면 여름 방학입니다. 지금 학교는 학기 말 성적 처리로 바쁘게 돌아가고 있습니다. 아이들이 가고 없는 교실은 밖에 내리는 빗소리가 크게 드릴 정도로 고요하지만 선생님들은 모두 컴퓨터를 바라보며 마지막 일에 열중하고 있습니다.

3시 반이 넘어가면 꽃반 교실에는 꼭 한두 명의 아이들이 다시 옵니다. 어떤 아이는 꿈바라기 책을 가지러 오고, 어떤 아이는 우산을 가지러 오고, 어떤 아이는 선생님 얼굴이 살짝 보고 싶어서 옵니다. 그리고 한 아이는 선생님을 도와주고 싶어서 옵니다. 살짝 와서 몇 가지 일을 도와주고 가 버립니다.

참 모를 아이입니다. 오전에 학교에 있을 때는 선생님 말을 안 듣는 편에 속하고, 친구들과도 잘 어울리지 못하는 편인데, 방과 후만 되면 교실로 와서 선생님을 도와주고 가는 우렁각시가 됩니다.

그런데 가만히 생각해 보면 그 아이는 계속 선생님을 도와주고 싶어 했다는 것을 알 수 있습니다. 반장을 하고 싶어 했고, 자기의 시원한 물을 꼭 선생님에게 따라 주고 싶어 했고, 무엇인가 좋은 게 있으면 선생님과 나누고 싶어 했습니다. 참 재밌는 아이입니다. 이제는 그 아이가 기다려집니다. 그냥 안 오면 좀 섭섭하기까지 합니다. 달콤한 중독입니다.

꽃반 친구들은 선생님을 사랑하고 있습니다. 세상의 모든 선생님들도 사랑받고 있습니다. 소중한 마음을 가진 그 아이가 좀 더 반듯한 모습이 되고, 반 아이들과 잘 어울릴 수 있게 하는 것이 제 몫임을 압니다.

매일 학교 가는 것이 즐겁습니다. 방학 때도 학교에 자주 갈 것 같습니다. 구피도 살피고, 교실 정리도 하고, 또 혹시 만날지도 모를 아이들을 기대하며 말입니다.

장마가 길어도 너무 깁니다. 여기저기 곰팡이가 많이 생긴 건 아닌지 모르겠습니다. 가정에 상쾌한 내음이 가득하셨으면 좋겠습니다. 늘 협조해 주심에 감사합니다.

14

아이들과의 선(線)을 생각합니다

마트에 갔습니다. 아이 한 명은 카트에 태우고 나머지 두 명은 카트 옆에 서서 걸어갑니다. 여러 가지를 사러 온 것이 아니기 때문에 필요한 물건만 얼른 사고 가면 됩니다. 구역을 살펴 가며 원하는 물건이 있는 쪽으로 서둘러 가고 있습니다.

앞쪽에서 어떤 아이가 점프해서 아빠의 머리를 때립니다. 깜짝 놀란 아빠가 뒤돌아보곤 아이를 똑같이 한 대 때려 줍니다. 그리고 아빠와 아들은 아무렇지도 않게 장을 봅니다.

마트를 한 바퀴 돌아 나올 즈음 조금 전 아빠와 아들을 가까이서 보았는데 몇 년 전 담임했던 아이입니다. 아는 척하기가 좀 쑥스러워 그냥 지나쳤습니다.

아이는 ADHD 진단을 받은 친구였습니다. 집에서 약을 먹고 학교에 등교하는데 약이 떨어져 갈 점심시간 무렵이 되면 차분했던 아이는 다시 교실을 뛰어다니고 수다스럽게 이야기를 하곤 했습니다. 학기 초에 어머니께서 오셔서 눈물로 상담을 하셨습니다. 아빠의 머리를 때리는 아들. 아버지도 그 아들의 행동을 아무렇지도 않게 생각하고 있습니다. 그 아이는 늘 그런 행동을 하니까요.

집에서 아이들과 농담도 하고 장난도 칩니다. 가끔 때리기 장난도 하는데 서로 또래 친구들처럼 놀고 있다는 생각이 들 때가 있습니다. '이래서 되나?' 하는 생각이 들기도 합니다만 그래도 아들은 제 머리를 때리진 않습니다.

그건 선입니다. 넘어와서는 안 되는 아빠와 아들의 선입니다. 아직 아들은 그 선을 넘은 적이 없는데 만약 그럴 경우에는 어떻게 해야 하는지 아직 잘 모르겠습니다. 혹시 마트에서 본 그 아빠와 아들처럼 아무렇지도 않게 익숙해져 버리는 것은 아닐지.

선은 흔적을 측정할 수 없는 점들의 집합입니다. 점이 모여 선이 되고, 선이 모여 면이 되고, 면이 모여 부피가 됩니다. 1차원, 2차원, 3차원……. 결국 세계는 아무 흔적도 없는 점을 가지고 시작합니다. 흔적도 없는 점이 실제를 이루고 있습니다. 우린 지금 그 속에 있습니다. 점의 집합이 선입니다.

새로 만난 사람들은 절 까칠하다고 합니다. 왜 그렇게 사느냐고 물어볼 때가 있습니다. 물론 좀 더 익숙해진 사람들은 그렇게 표현하지는 않습니다. 하지만 새로운 사람들에게 첫인상이 그렇게 보였다면 틀린 이야기는 아닙니다.

　사실 조금씩 선을 그어 놓는 부분들이 있습니다. 어쩌면 여기는 넘어오지 말라고 그어 놓은 선은 제가 까칠해서 그렇기도 하겠지만 익숙해져 버려 아무렇지도 않게 되어 버릴까 하는 두려움 때문인지도 모르겠습니다. 선을 긋고, 선을 지키는 것. 어쩌면 가짜인 점에서 시작한 선으로 제 마음을 잡는 것은 생각 속에서만 가능한 일일지도 모릅니다. 오늘도 몇 가지 선에 대해 적은 메모를 보고 있습니다. 제 하루를 돌아보고 있습니다. 넘은 선은 없는지 살피고 있습니다.

　방학입니다. 즐겁고 행복하셨으면 좋겠습니다. 무탈하세요.

15

문제는 한 발 뒤에서 바라봅니다

공부를 싫어하는 딸과 아들 때문에 여름 방학 며칠 전부터 TV를 보지 않기로 했습니다. 처음엔 '잘 지켜질까?' 하는 의구심이 생겼는데 며칠 지나고 나니 나름 정착되어 가는 모습입니다. 딸아이는 방과 거실을 왔다 갔다 하고 아들은 소파에 비스듬히 기대고 누워 책을 읽고 있습니다.

"잘한 것 같아요. TV 안 보기로 한 것."

며칠 지나 아내가 와서 슬쩍 이야기했습니다.

완전히 TV를 보지 않는 것은 아닙니다. 그래도 방학이라 주말은 TV를 시청하기로 했습니다. 덕분에 주말에는 TV만 끼고 사는 느낌이 들기도 합니다. 일종의 부작용입니다. 주말 TV 시청 시간 조정을 위해서 여름 방학이 끝나고 나면 가족회의를 한 번 더 해야겠습니다. 좋은 결정이 나겠죠.

주말에만 잠깐 보던 TV 시청의 규칙을 오늘 제가 깨고 말았습니다. 마린보이 박태환의 200m 수영 준결승전을 보기 위해서입니다. 아이들이 이해하는 것 같지만 그래도 마음 한 켠에는 약속을 지키지 않는 아빠에 대한 불신의 싹이 조금씩 자라고 있음이 느껴집니다.

아빠와 아들은 TV를 보면서 응원을 하고 있고 막내는 제 배 위에 앉아서 작은 책상을 보면서 뒹굴뒹굴하고 있습니다. 갑자기 막내가 책상을 발로 찼는데 그게 아들의 정수리에 맞았습니다. 아들이 울고 막내는 깜짝 놀라 언니 방으로 뛰어갔습니다. 큰아이가 큰방으로 넘어옵니다.

"아빠, 무슨 일 있어요?"

"응. 한나가 사고 쳤어!"

"한나가 갑자기 제 방으로 오더니 이불을 푹 뒤집어쓰고 숨어 있어요."

한나는 네 살입니다. 그래도 이제 눈치가 있어서 자기가 잘못한 일을 느낄 수 있습니다. 오빠에게 미안해 꼭꼭 숨은 것입니다.

아내가 나와서 아들 머리를 살펴보다가 깜짝 놀랍니다. 그리고 아들과 소곤소곤 이야기를 합니다.

무슨 일인가 싶어 가 봤더니 머리에는 상처가 났습니다. 그런데 상처가 문제가 아니라 머리에 전체적으로 큰 부스럼이 번지고 있었습니다. 이 정도면 하루 이틀에 생긴 것이 아닌데 아들은 그동안 숨기고 있었습니다. 아들은 엄마에게 혼나는 중입니다. 두 사람 다 속상한가 봅니다.

속상하기는 저도 마찬가집니다. 아들이 그런 것은 다 저 때문이거든요. 아이들의 작은 잘못을 늘 크게 혼내 왔기에 아들은 아빠가 아는 일이 생기지 않게 엄마에게도 비밀로 하고 혼자 병을 키운 것입니다. 그생각을 하니 더 속상해 또 막 야단을 쳤습니다. 아빠가 무서워 아들이숨겨 왔던 것인데 오늘 그 몇 배로 야단을 쳤네요.

멋쟁이 아들은 요즘 사춘기입니다. 여학생들에게 선물도 받고 문자도 자주 옵니다. 머리를 기르고, 염색을 하고, 옷도 멋진 옷을 골라 입습니다. 냄새난다고 하루에도 옷을 두 번씩 갈아입는 아이입니다.

멋 부린다고 혼냈습니다. 머리가 짧았으면 상처를 금방 보았을 텐데왜 머리를 치렁치렁 길게 하고 다니냐고 혼냈습니다. 그리고 아들을 앞장세우고 미용실로 갔습니다. 내일 병원에서 머리의 상처를 보여 주려면 머리를 짧게 잘라야 합니다. 서너 발 뒤에서 따라오는 아들은 멀리떨어지지도 더 가까이 붙지도 않고 그만큼 뒤에서 따라왔습니다.

미용실에 가서 제가 먼저 머리를 잘랐습니다. 귀도 파고, 뒷머리도짧게 잘랐습니다. 제가 머리를 좀 길게 깎는 것을 아는 미용사는 머리를많이 잘랐다고 좀 미안한 듯이 이야기했습니다. 아들 때문이라 그랬습니다. 괜찮다고 했습니다. 아들은 내일 병원에 다녀와서 머리를 깎기로했습니다.

저는 엘리베이터를 타고 올라오고 아들은 계단으로 걸어 올라옵니다. 서너 발 뒤에서 따라오던 아이는 아직 저와 간격을 두고 있습니다. 엘리베이터 문이 열리니 아이가 먼저 도착해 문을 열어 놓고 기다리고 있습니다.

같이 집으로 들어갑니다. 방에는 아버지가 누워 계시고, 시온이는 공부하고, 아내는 컴퓨터를 하고, 한나는 옆에서 '뽀꼼'을 보고 있습니다. 집은 그대롭니다.

아이들이 공부를 안 하는 것, 멋을 부리는 것, 아픈 것……. 나의 문제가 되면 안 됩니다. 사실 문제가 될 것도 없는 내용들입니다. 공부는 열심히 하면 되고, 그래도 안 되면 그냥 열심히 살면 되고, 멋을 부리면 멋있게 살면 되고, 아프면 병원에 가면 됩니다. 만약에 그러한 것들이 정말 문제일지라도 나에게는 문제가 되어서는 안 된다고 배웠습니다. 그래야 아이들을 제대로 도와줄 수 있으니까요. 문제는 한 발 뒤에서 바라보아야 합니다.

거울을 보니 밤톨같이 깎여진 머리가 참 오랜만입니다. 수요일 학교 가면 혹시 몇 분이 머리 깎은 것을 알아보실지 모르겠습니다. 어린 시절 사랑하는 어머니는 제가 이발하고 머리를 감고 나오면 "우리 아들은 깎아 논 밤톨 같아!" 하고 말씀하셨습니다. 집의 아이들을 혼내고 나면 늘 어머니가 그립습니다. 어머니는 잘 계시겠지요. 어머니가 너무 사랑하셨던 손자들입니다. 제가 잘 키워야 하는데 늘 허둥댑니다.

이발을 하고 나면 일주일이 즐겁다고 했나요? 이번 일주일이 즐거운 일로 가득했으면 좋겠습니다.

덥습니다. 그래도 감기 조심하세요.

16

영화로 느낌을 공유합니다

어릴 때는 영화를 마음대로 볼 수 없었습니다. 그 시절 제 친구들도 다 그랬으니 우리 집 형편이 특별히 나빠서 그런 것은 아닙니다. 우리 집은 길보다 좀 낮은 땅에 있었고 한 칸에 식구들이 다 모여 살았습니다.

극장에 가서 본 영화라고는 〈전자인간 337〉, 〈태권동자 마루치 아라치〉, 〈종군 수첩〉 정도입니다. 〈전자인간 337〉과 〈태권동자 마루치 아라치〉는 어릴 적 친척과 함께 가서 봤고 〈종군 수첩〉은 중학교에서 시험이 끝나고 단체 관람했습니다. 영화관은 크고, 어둡고, 설레고, 냄새나는 곳이었습니다.

어머니와 5학년 아들은 오랜만에 외출을 합니다. 부산고속버스터미널 2층에는 부산백화점이 있습니다. 백화점에 있는 뉴욕제과점 팥빵은

앙꼬가 많이 들어 있어서 맛있습니다. 오늘 어머니는 과연 팥빵을 사 주실까요? 아버지가 고속버스 운전을 하셔서 퇴근길에 사다 주신 뉴욕제과점 빵을 몇 번 먹어 본 적이 있습니다. 그래서 아들은 은근히 기대하는 중입니다.

어머니는 백화점 2층 가운데 있는 코팅 가게로 갔습니다. 여러 배우들의 사진을 봤지만 누가 누구인지 몰라서 가게 주인이 추천해 주는 사람으로 골랐는데 주인은 유명한 영화배우 실베스터 스탤론의 사진을 보여 줬습니다.

멋지고 잘생긴 근육질의 영화배우 사진 1장이 방금 따끈따끈하게 코팅이 되어 어머니 가방 속에 들어 있습니다. 코팅된 실베스터 스탤론 사진은 한동안 친구들에게 보여 주기도 하면서 자랑스러워해야 할 백화점 방문 특별 선물입니다. 실베스터 스탤론은 영화 〈록키〉의 주인공입니다. 록키가 누군지 모릅니다. 영화를 보지 못했으니까요.

몇 년 더 흘러 중학생이 되었습니다. 〈록키〉 4탄이 막 나왔다고 합니다. 같은 반 친구가 자기 집에 가서 〈록키〉를 보자고 했습니다. 머뭇거렸지만 하도 친구가 가자고 해서 토요일에 가기로 했습니다. 친구 집은 학교에서 좀 멀었는데 집도 크고 방에는 커다란 TV가 있었습니다. 너무 컸는데 지금 생각해 보면 29인치 정도 되었던 것 같습니다. 친구는 라면을 2개 끓여 왔고 우리는 둘이서 라면을 먹으면서 〈록키〉 4탄을 봤습니다. 1, 2, 3탄도 안 보고 처음 보는 〈록키〉 4탄이지만 너무 재미있었습니다. 〈록키〉도 보고 맛있는 라면도 먹고 집으로 돌아왔습니다.

대학생이 될 때까지 누가 그동안 봤던 영화 중에서 최고의 영화를 말해 보라고 하면 늘 〈록키〉를 이야기했습니다. 극장에서 보진 못했지만 근사한 친구 집에서 따끈한 라면을 먹으면서 커다란 TV로 본 〈록키〉는 제 인생 최고의 영화로 기억됩니다.

지금 우리 집에는 6편의 〈록키〉 영화가 있습니다. 방금 아들과 〈록키〉 4탄을 봤습니다. 록키는 영화 속에서 처음에 늘 많이 맞습니다. 그럼 전 아들에게 이야기합니다.

"요한아, 록키 지겠다."

"그쵸, 아빠."

마음 졸이면서 권투를 지켜봅니다만 우린 록키가 이긴다는 것을 알고 있습니다. 이미 〈록키〉 4탄을 5번도 더 봤으니까요.

많이 봤지만 늘 처음 보는 것같이 긴장됩니다. 영화를 보면서 록키가 하는 말, 록키의 훈련, 대회 날의 긴장감을 같이 느낍니다. 처음에는 설명해 주면서 영화를 봤는데 이제 더 이상 아들에게 설명해 주지 않아도 됩니다. 제가 느끼는 것을 아들도 느낍니다. 우리는 영화 친구입니다.

〈록키〉 1탄은 1976년에 6탄인 〈록키 발보아〉는 2006년 정도에 나왔습니다. 한 세대가 30년이라고 하는데 인생을 온전히 한 영화에 바친 사람이 있습니다. 영화와 함께 늙어 간 사람입니다. 록키를 보면 어머니, 백화점, 코팅 사진, 친구, 맛있는 라면이 생각이 납니다. 아들에게 추억을 만들어 주고 싶습니다.

막내가 와서 〈톰과 제리〉를 보여 달라고 하네요. 내일은 〈톰과 제리〉입니다.

방학이 금방 시작한 것 같은데 학교 근무 이틀 서고, 수업 인증제 보고서 쓰고, 처가 식구들과 2박 3일 여행 다녀오고, 작업 중인 컴퓨터 책 마무리하고 보니 벌써 중간도 지났습니다. 늘 무탈하셨으면 좋겠습니다. 건강하세요.

17

노는 시간도 배움의 시간입니다

　너무 더운 여름입니다. 참았다 더 견딜 수가 없어서 시립수영장으로 가는 중입니다. 차에는 아들도 같이 타고 있습니다. 아들과 함께하는 수영은 즐거운 일상입니다.

　막상 수영장에 오니 이건 수영장이 아니라 풀장입니다. 제 몸을 가눌 수 없을 정도로 수영장은 붐빕니다. 수영장에 오면 늘 1000m는 하고 가는 편인데 오늘은 아무리 바라봐도 그럴 공간이 보이지 않습니다. 그냥 몸을 물에 담갔다 와야 할 것 같습니다. 그래도 사랑하는 아들과 함께라서 좋습니다.

　물에 들어와서 가만히 생각하니 그래도 아들의 수영하는 모습을 구경하고 싶습니다. 아들과 함께 수영장에 다닌 지가 6년이 넘습니다. 물을 좋아하는 아들을 늘 수영장에 데리고 다녔고 그동안 아들은 수영장에서 물놀이를 하면서 보냈습니다. 아들은 물놀이를 참 좋아했습니다. 그래서 저도 수영장에 오면 아들과 그냥 놀았습니다. 수영은 제대로 가르쳐 주지 않았습니다.

"요한아, 수영 한번 해 볼래? 아빠가 봐 줄게!"

아들은 수영에 자신이 없어 했습니다. 전 아들의 다리를 잡고 팔과 호흡을 어떻게 해야 하는지 일러 주었습니다.

"요한아, 한번 해 봐. 아빠는 저기에 가 있을게!"

아들이 수영을 하는데 한 번에 15m를 가 버렸습니다. 놀랍습니다.

"요한아, 15m가 다 되어 가니, 숨이 좀 가쁘지?"

"예. 아빠, 죽는 줄 알았어요."

"요한아, 숨이 가빠도 참을 만하면 조금만 참고 더 해 볼래?"

아들을 다시 출발선에 내려놓고 멀찍이 가서 바라보고 있습니다. 근데 이게 웬일입니까? 아들은 25m를 수영해 왔습니다. 놀랍습니다. 아들도 놀라는 눈칩니다. 믿어지지 않나 봅니다. 아들의 수영하는 모습을 보니 정말 행복합니다. 가만히 생각해 봅니다. 아들을. 그리고 제가 가르치는 아이들을.

아이들을 가르치다 보면 매년 학부모님 한두 분이 절 좋아해 주십니다.

"선생님, 다른 학부모님께서는 힘들어하셔도 전 선생님이 아이들에게 하시고 싶으신 말씀, 아이들에게 주고 싶은 마음을 알고 있습니다. 그래서 선생님을 더 신뢰하고 있습니다."

친구가 이야기했습니다.

"넌, 너무 아이들을 내놓고 키운다. 아무런 규칙과 목적도 없이 풀어놓고 키우는 것 같다."

친구가 제가 학급을 운영하는 방식을 보고 했던 이야깁니다. 친구가 절 위해서 했던 말임은 알고 있습니다.

오늘 아들을 보면서 생각했습니다. 몇 년을 즐긴 것. 수영을 가르치진 않았지만 물을 두려워하지 않게 만든 것. 물속에서 즐거울 수 있다는 마음을 준 것은 중요한 배움의 과정이라 느꼈습니다. 어느 순간 아이는 배움이 필요하다고 느낄 때 누구보다도 빨리 습득할 수 있습니다. 물에서 놀았던 그 세월이 헛되지 않았음을 알게 됩니다.

아이들을 가르치는 일도 크게 다르지 않다고 생각합니다. 그냥 세월을 보내는 것 같지만, 나의 아이들은 내 학급에서 행복해하고 있고 즐기고 있습니다. 그리고 어느 날, 어느 순간, 배움에 가까이 가고 싶을 때 그들은 훨씬 쉽게 익힐 수 있을 것입니다. 그렇게 믿고 있습니다. 산다는 건 그런 게 아닐까요? 믿고 싶은 마음 말입니다.

태풍이 무사히 지나가는 것 같습니다. 모두 행복했으면 좋겠습니다.

18

동료 교사의 마음을 읽습니다

출판사를 하는 친구가 어제 내려왔습니다. 오전 11시에 만났는데 오후 3시가 다 되어 헤어졌으니 간단할 줄 알았던 만남이 꽤 복잡하고 길었습니다. 돌아가는 길에 저와 동생들에게 내일까지 해야 할 숙제를 한 아름씩 안겨 주고 갔습니다. 숙제는 내일까지 제가 모아서 서울 사무실에 택배로 보내면 됩니다. 몇 시간씩 원고를 들여다보고 있으니 힘들기도 하고 이만큼의 결과물을 낸 스스로가 기특하기도 합니다. 책을 한 권내는 것은 쉬운 일이 아닙니다. 서점에 있는 많은 책들 속에 담긴 저자의 노고를 다시 한 번 생각해 봅니다.

"잠시 후에 가겠습니다. ㅎㅎ"

동생 상균이의 문자가 왔습니다. 한글 파트 숙제를 가져갔는데 벌써

다 했나 봅니다. 부지런한 동생이 어제 받은 원고를 부지런히 작업했나 봅니다. 조금 있으면 동생이 집으로 옵니다.

"여보, 상균이가 집으로 온다는데 우리 같이 점심 먹을까?"

"아니, 갑자기 왜 집에 오죠?"

적잖이 놀랐나 봅니다. 여름 손님은 범보다 무섭다 그랬는데 아내는 갑자기 동생이 온다고 하니 믿기지도 않고 당황되는가 봅니다. 믿지 못하는 것 같아서 슬쩍 문자를 보여 주었습니다. 문자를 확인한 아내가 말했습니다.

"그냥, 나가서 맛있는 거 같이 먹고 와요."

잠시 뒤 동생이 도착했다는 전화가 다시 왔습니다.

"여보, 뭐 좀 줄 거 없어? 상균이 지금 왔는데."

여기저기 둘러봐도 줄 게 없습니다. 오늘따라 냉장고도 텅 비었습니다. 베란다 쪽으로 가 보니 단호박이 있습니다. 종이봉투에 얼른 2개를 담았습니다.

동생으로부터 원고를 받고 멋쩍은 웃음으로 단호박 2개를 건넸습니다.

"형, 잘 먹을게요!"

부끄러워 얼른 집으로 들어왔습니다. 동생 손에 단호박 2개라도 줄 수 있어서 한결 마음이 좋습니다.

원고를 챙기고 있는데 동생 진혁이의 전화가 왔습니다.

"형, 지금 소사벌초등학교 지나고 있어요."

"응. 다 오면 전화해."

아내에게 진혁이가 집으로 온다고 이야기했습니다. 그리고 다시 집을 둘러봅니다만 역시 마땅한 게 없습니다. 안성에 사는 동생은 일부러 원고 전해 주러 멀리서 오고 있습니다. 다시 전화가 오고 전, 남은 단호박 2개를 종이봉투에 담아 들고 내려갔습니다. 동생으로부터 원고를 받고 쑥스럽게 단호박을 건네고 서둘러 집으로 다시 들어왔습니다.

아침에 옆 동에 사는 동생 선형이가 원고를 언제까지 드려야 하냐고 해서 오늘 안 되면 내일 달라고 했습니다. 선형이는 좀 늦을 것 같으니 살짝 마트 한 번 갔다 오면 뭐 줄게 생길 겁니다. 단호박은 이제 떨어졌거든요.

잠시 뒤 마지막으로 선형이의 전화가 왔습니다. 지금 집 밑에 있다, 원고 가지고 올라간다고 했습니다.

'이런, 이제 집에는 단호박도 없고……'

동생을 오래 기다리게 할 수도 없어서 서둘러 밑으로 내려갔습니다. 동생은 원고를 박스에 넣어 왔습니다. 택배를 붙여야 하니 안 그래도 박스를 찾아야 하는데 착한 동생은 미리 준비해서 챙겨 왔습니다. 그리고 또 하나 손에는 막 튀겨진 치킨이 있습니다.

"형, 요한이, 시온이, 한나 생각이 나서요."

"응."

부끄럽고, 미안하고, 고맙습니다.

단호박 4개가 맛있는 통닭이 되었습니다. 선형이에게 줄 맛있는 먹거리는 일단 저금입니다.

아들이 아까부터 군것질거리 이야기를 했는데 동생 덕분에 오늘은 분명 좋은 아빠가 될 것입니다. 좋은 동생들이 있다는 건 이처럼 예기치 못한 행운을 가져다줍니다.

메일을 확인해 보니 작년 학부모님의 반가운 편지가 있습니다. 편지에는 안부와 함께 절 걱정해 주시는 마음이 추억처럼 가득합니다. 부족한 사람이 많은 사랑도 받습니다.

동생들 집에서 쩌지고 있을 단호박을 생각하니 즐겁습니다. 우리 집에서도 따뜻한 치킨 한 마리로 정겨운 저녁 풍경이 펼쳐집니다. 마트에 가면 몇 가지 사다가 냉장고에 넣어 두어야겠습니다. 누군가 반가운 손님이 계속 방문할 것 같습니다.

입추가 지나니 그래도 더위가 좀 누그러지는 것 같습니다. 그래도 아침에는 좀 쌀쌀합니다. 감기 조심하세요.

19

함께하는 행복을 알아 갑니다

"엄마, 문이 열렸어요!"

"응?"

"엄마, 문이 열렸다니까요!"

행복한 경주 여행이 끝났습니다. 동네 식당에서 간단하게 저녁을 해결하고 가자던 마음 좋은 동생의 말을 뒤로 하고 집으로 서둘러 들어왔습니다. 3일 동안 혼자 식사를 하셔야 했던 아버지가 기다리십니다. 아버지를 생각하면 오늘 저녁은 따끈한 김이 올라오는 밥을 먹어야 하지만 고생한 아내를 생각하면 간단히 시켜 먹어야 합니다. 잠깐 고민을 해봅니다.

밥과 면을 적당히 시켰습니다. 막내는 면을 좋아합니다. 우동면을 잘라서 뽀로로 그릇에 볼록하게 둡니다. 우동면이 식기를 기다리는 중인데 갑자기 막내가 엄마에게 말을 한 것입니다.

"엄마, 문이 열렸다니까요!"

무슨 말인가 싶어서 모두 막내를 쳐다봅니다. 막내는 눈을 조금 작게 뜨고 입을 동그랗게 벌리고 있습니다. 동그랗게 열린 문으로 우동면을 넣으란 소립니다. 동그란 입은 열린 문입니다. 문이 열리면 얼른 들어가야 하듯 우동면을 얼른 넣어 주어야 합니다.

간단히 저녁을 먹고 컴퓨터 앞에 앉았는데 방금 샤워를 끝낸 막내가 입에는 마스크를 쓰고 동그랗고 작은 주먹에는 양말을 뒤집어쓴 손으로 말합니다.

"아빠, 권투해요!"

막내랑 잠깐 권투를 합니다. 양말을 손에 입힌 것은 알겠는데 마스크는 왜 썼는지 모르겠습니다. 물어보면 창피할 것 같아서 그냥 웃고 넘깁니다. 아이들은 무럭무럭 자랍니다.

아직 여행의 여운이 가시지 않습니다. 처음부터 너무 설레고 완벽했던 여행은 더 함께하지 못하는 아쉬움을 한가득 남긴 채 마무리되었습니다.

꼼꼼하게 준비해서 스트레스를 받지나 않을까 걱정이 되는 동생들이 있습니다. 아이폰을 들고 여행 정보를 꼼꼼하게 체크합니다. 가끔 자기를 두 번씩 세기도 해 참석한 사람을 한 명 더 늘리기도 하는 유쾌한 사람들입니다. 제발 스트레스 받지 않았기를.

식구들을 다 데리고 먼 거리를 달려온 잘생긴 동생은 여행의 즐거움

속에 푹 빠져 있습니다. 늘 마음속에 행복이 가득하기를.

아이 두 명 챙기느라 제대로 구경도 못한 동생도 있습니다. 오는 차 속에서는 우는 아이 달래느라 고생이 이만저만이 아닙니다. 여행의 여운이 잔잔히 남아 있기를.

형들 도와서 궂은 일 맡아 하는 멋쟁이도 있습니다. 앞으로 형들 사랑과 믿음 듬뿍듬뿍 받기를.

아내를 두고 아이들과 참여한 형, 아내와 아이를 두고 혼자 참여한 형도 있습니다. 다 참여한 것이 아니기에 그 마음 더 소중하게 느낍니다. 집에 남았던 사람의 소중함을 더 많이 느끼시기를.

특별히 하는 것 없이 숫자 많이 보탠 친구들도 있습니다. 형들과 동생들 중간에서 사이좋은 만남을 이끌어 주시길.

좋은 웃음과 넉넉한 마음으로 에너지와 위트가 넘치는 동생도 있습니다. 가정에서도 좋은 웃음과 넉넉한 마음이 늘 이어지기를.

교감 선생님, 황남빵 맛있게 잘 먹었습니다.

어느 누구도 크게 소리 내지 않고 서로의 목소리에 귀를 기울이고 있는 우리는 멋진 하모니를 가지고 있습니다. 그래서일까요? 함께하는 자리는 늘 아름다운 음악 같습니다.

시작부터 끝까지 너무 행복했던 여행. 다음에도 꼭 참여하고 싶습니다. 어제는 덕분에 외갓집도 편하게 다녀왔습니다. 외할머니의 야윈 모습을 뵙게 되어 마음 아팠지만 우리 아이들을 보여 드릴 수 있어서 행복했습니다. 내년엔 외가 식구들 모두 모시고 경주에서 뭉치기로 했습니다. 행복한 올해 여행을 참여했기에 내년에는 우리 외갓집 여행도 멋지게 모실 수 있을 것 같습니다. 너무 행복했던 3일이었습니다. 감사합니다.

20

개학 준비는 언제나 설렙니다

다 같이 서두르는 아침입니다. 아이들 학교가 개학이라 매일 늦잠을 자던 식구들이 오늘은 좀 일찍 일어났습니다. 아이들과 아내가 학교에 간 뒤 서둘러 설거지를 끝내고 학교로 출발했습니다. 우리 학교는 아직 개학 전입니다.

교문에 들어서니 선생님들 차가 몇 대 보입니다. 평소에 보지 못하던 차는 외부 손님들 차인 것 같습니다. 아무에게도 들키지 않게 조심조심 3층 꽃반 교실로 올라갑니다. 조심한다고 했는데 꽃반 친구 두 명에게 들켜 버렸습니다. 너무 반가운 꽃반 친구들. 살짝 눈인사만 했습니다. 이틀 후에는 잔뜩 만나겠지요.

교실은 냄새가 좀 납니다. 교실, 복도 창문을 활짝 엽니다. 지루한 청소엔 음악이 도움이 되니 컴퓨터를 켜 봅니다. 컴퓨터를 켠 김에 업무 사이트로 들어가 봤더니 밀린 공문이 6개나 있습니다. 하나씩 읽어 보는데 2시간이 훌쩍 지났습니다. 잠시 후엔 점심시간입니다. 점심시간이 되기 전에 학교를 빠져나가려면 서둘러야 합니다.

이제부터 청소를 시작! 어항을 보니 수초는 키가 너무 자라서 물 밖까지 나왔습니다. 수초 몇 개는 줄기에서 뚝 떨어져 물 뒤에 둥둥 떠다니고 있습니다. 구피는 그럭저럭 잘 지내고 있고, 점점 늘어나던 물달팽이는 수면 위로 올라와 마른 어항에 붙어 바짝 말라 죽어 있습니다. 아마 여과기가 작동하지 않아서 그런 것 같습니다. 물달팽이에겐 미안하지만 구피가 무사해 다행입니다.

어항에 물을 더 채워 넣고, 이끼를 닦고, 수초를 자르고, 여과기를 청소합니다. 물이 가득한 어항에 여과기가 돌아가니 이제 물고기들도 생기를 찾습니다. 방학이라 어항등을 켜지 않아서 수초가 비실비실한데 이제 매일 학교로 출근을 하게 되니 금방 튼튼해질 것입니다. 어항은 청소하느라 많이 움직여 물이 탁해졌습니다.

창가에 있는 재활용품을 분리수거합니다. 방학 되기 전에 아이들이 먹었던 콜라 캔과 부서진 물뿌리개를 골라 담고 1학기 교과서도, 병류에 있는 음료수병도 담습니다. 병을 분리수거하다가 작은 주스병을 따로 모아서 TV 뒤에 옮겨 놓았습니다. 아이들에게 구피를 담아 줄 통입니다. 병은 전부 20개가 조금 넘습니다. 꽃반 친구들이 30명이니 병을 조금 더 모으면 전부 다 돌아갑니다. 과일 음료수 몇 개 더 사 먹어야겠습니다.

이제 교실 바닥을 기름걸레로 닦습니다. 한 다섯 바퀴쯤 돌고 나니 12시가 다 되어 갑니다. 교실을 정리하고 컴퓨터를 끕니다. 오랜만에 켠 컴퓨터는 업그레이드 시킬 프로그램이 일곱 가지나 됩니다. 꺼지는 데 좀 시간이 걸리겠습니다.

기다리는 동안 어항 쪽으로 다시 가 봅니다. 그사이 물은 많이 맑아 졌습니다. 구피가 하도 많이 움직여 숫자 세기가 힘들었는데 제 마음을 알아서였을까요? 구피들이 가만히 정지하듯 떠 있습니다. 구피를 세어 보니 서른 마리는 되겠습니다. 우리 꽃반 친구들에게 한 마리씩 나눠 줄 수 있습니다. 2학기에 구피 식구가 좀 더 불어나서 두 마리씩 나눠 줄 수 있으면 더 좋겠습니다. 가만히 살펴보니 아래에 새우도 몇 마리 보입니다. 새우는 덤으로 나눠 줄 생각입니다.

벌써 점심시간입니다. 서둘러 나가야 합니다.

방학 동안에 편지와 전화를 한 친구는 없습니다. 모두 아무 일 없었나 봅니다. 다행입니다. 수요일 학교에서 만나서 꽃반 친구들의 행복한 방학 이야기를 들을 일만 남았습니다. 내일은 학교 출근이고 모레는 아이들을 만납니다. 아이들이 보고 싶습니다.

건강한 모습으로 만나길. 사랑합니다.

3부

가을, 열매를 맺다

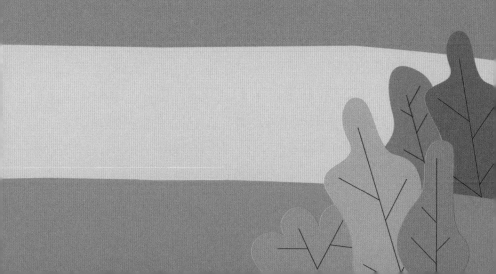

1

우유: 아이의 문제 해결력

급식은 무상으로 제공됩니다. 덕분에 급식 시간에 음식 나눠 줄 때 크게 걱정되지 않습니다. 급식으로 인한 학부모님의 민원이 발생하지 않습니다. 무료로 제공되는 급식을 모두 감사한 마음으로 먹고 있습니다.

우유는 무상으로 제공되지 않습니다. 학교에서는 희망하는 아이들에게만 우유를 제공하고 있습니다. 꽃반은 오늘까지 우유 희망 조사서를 받았습니다. 희망서를 제출하지 않은 집은 문자를 보내 회신을 받아 정리했습니다.

철수는 2학기에도 방과 후에 남아서 공부를 하고 있습니다. 방금 교사 컴퓨터에 급식실에서 우유 희망 조사서를 취합해서 보내 달라는 메시지가 왔길래 교실에 있는 철수에게 심부름을 시켰습니다. 심부름 가는 길에 우유 희망 조사서를 본 것인지 철수는 되돌아와서 자기 우유 희망 조서가 없다고 했습니다. 자기도 우유를 먹겠다고 했습니다.

철수 부모님은 조금 전 보낸 문자에도 회신이 없었습니다. 철수는 1학기에 우유를 먹지 않았고, 철수 부모님과는 전화 통화가 너무 어렵고, 오늘이 우유 희망 신청 마감일입니다. 철수에게 사정을 이야기하고 혹시 먹을 수 있으면 월요일까지 우유 희망 확인서를 받아 오라고 말했습니다. 철수는 한발 물러서며 급식실로 내려갔습니다.

잠시 뒤 모르는 전화번호가 찍혔습니다. 철수가 전화를 받으라고 했습니다. 머뭇거리다 전화를 받는데 철수 아버님입니다. 올해 철수 아버님과는 전화 통화가 처음입니다. 목소리가 멋지고 따뜻했습니다. 철수는 우유를 신청하고 인터넷 공부방도 참여하기로 했습니다. 그렇게 많이 전화해도 어려웠던 전화 통화를 철수는 한 번에 해결했습니다. 급식실에 심부름 가는 길에 살짝 아버지에게 전화를 하고 온 모양입니다. 철수 가방에 있는 우유 희망 조사서에 사인해서 급식실로 보냈습니다.

야무진 아이입니다. 글을 조금 더듬더듬 읽지만 머리가 아주 좋아서 수학을 매우 잘합니다. 친구도 잘 사귀고 의리가 있습니다. 여학생들도 철수를 좋게 생각하고 있습니다. 매일 남아서 공부하는 것이 힘들지만 그런 내색 한 번 하지 않습니다. 친구와 약속이 있으면 오늘은 공부를 빠지겠다고 살짝 애교도 부리는 융통성이 있는 친구입니다. 그리고 자기가 원하는 것이 있으면 꼭 해결해서 얻어 내고야 마는 친구입니다. 나중에 멋진 사람이 될 것이 분명합니다. 나중에 훌륭하게 될 철수에게 약간의 힘을 보태고 싶습니다. 이번 2학기에 글 읽기와 구구단, 덧셈, 뺄셈을 완전히 익혀서 3학년이 되어서는 다른 아이들과 같이 시작할 수 있도록 해 줘야 합니다.

9월부터 철수가 같이 우유를 마시게 되어 좋습니다. 맛있는 우유를 먹고, 키도 크고, 마음도 크고, 글자도 빨리 알아 가길 응원합니다.

2학기 개학을 하고 3일이 지났는데 마치 3주가 지난 듯 피곤합니다. 아이들도 똑같을 것 같습니다. 자꾸 졸리고 눕고 싶지만 황소가 되지 않기 위해 정신을 바짝 차리고 있어야 합니다. 무탈하세요.

2

체험 활동: 즐거운 아이들

　'창의적 체험 활동' 시간입니다. 지난 여름 방학 동안에 있었던 일들을 말해 보는 시간입니다. 아이들의 눈을 보면 아직 여름 방학의 행복함 속에 젖어 있습니다. 아이들의 여름 방학이 궁금해 발표를 시켜 봅니다만 발표를 귀찮아하는 아이들이 많습니다.

　작전을 바꿨습니다. 창체 시간에 발표하는 사람은 숙제가 없고 발표를 안 하는 사람은 오늘 숙제로 방학 동안 있었던 일을 공책에 2쪽 가득 적어 오라고 했습니다. 갑자기 손을 드는 아이들이 많아졌습니다. 금강산부터 백두산까지 꽃반 8개 모둠은 모두 한 명도 빠짐없이 여름 방학의 추억을 이야기하고 있습니다. 천재적인 아이들은 선생님이 이해하지 못하는 말들을 쏟아 내기 시작합니다.

"저는 방학 동안에 할머니께서 돌아가셔서 부모님과 함께 축하해 드리러 다녀왔어요."

"……."

"선생님, 저는 방학 동안에 찜질방에 다녀왔어요."

"찜질방에서는 맛있는 음식 먹는 재민데. 맛있는 것도 많이 먹었나요?"

"아뇨! 아빠가 먹으면 안 된대서 못 먹었어요."

"……."

"저는 미국에 다녀왔어요. 미국에서 미국 학교에도 다녔어요."

"그래? 재밌었겠다. 미국 아이들과 이야기하기 어렵지 않았니?"

"말은 안 했어요."

"……."

"선생님, 저는 남이섬에 갔어요. 남이섬에서 장난감 기차를 타고 가는데 한참 가니 타조를 봤어요. 타조는 등에 깃털이 하나도 없었어요"

"……."

무슨 이야기인지 반을 알겠고 반은 모르겠습니다. 아이들의 두 다리는 현실과 상상 속에 반반씩 걸쳐 있습니다. 할머니가 돌아가신 소식을 해맑게 전하는 아이, 찜질방에서 행복을 찾는 아이, 아이가 생각하는 미국 생활, 장난감 기차를 타고 타조를 만나는 아이…….

교실에서 일하고 있는데 채경이는 운동화를 신고 혜린이는 인라인 스케이트를 타고 교실로 왔습니다.

"선생님, 뭐 하세요?"

"야, 너희들 복도에서 인라인을 타고 다니면 어떡하니! 빨리 내려가! 다른 선생님들께 혼나겠다."

1시간 뒤 목요일 행사 때문에 교실에서 관련 음악을 듣고 있었습니다. 채경이와 혜린이가 다시 왔습니다. 이번엔 둘 다 인라인스케이트를 타고 있습니다.

"선생님, 뭐 하세요? 내일 그 노래 기타 치시려고요?"

"야, 너희들, 빨리 내려가. 다른 선생님들께 혼나겠다."

"낄낄낄."

아이들은 웃으면서 내려갔습니다.

개학을 하고 며칠이 지나고 부담스러운 한 주가 시작되는 월요일입니다. 꽃반 아이들의 에너지와 톡톡 튀는 생각을 듣다 보면 정신이 번쩍번쩍 듭니다. 정신을 차리고 있지 않으면 큰일 납니다.

꽃반 아이들과 지내는 모습은 아마 〈개그콘서트〉의 한 장면으로 보일 것 같습니다. 점점 꽃반은 알 수 없는 미궁 속으로 빠져들고 있습니다. 30명의 귀여운 악동들과 바보 선생님이 함께 말입니다.

갑자기 더워졌습니다. 건강 조심하세요.

3

수업: 드라마틱한 수업 설계

어릴 때 드라마를 많이 봤습니다. 내용은 기억나지 않지만 지금도 몇몇 드라마의 제목은 또렷이 기억납니다. 어머니 옆에서 드라마를 보다가 어머니 무릎을 베고 잠이 들곤 했습니다. 드라마는 정확한 시간에 시작했습니다.

이제는 아무 생각 없이 시간을 보내고 싶을 때, 마음이 불안할 때는 드라마를 봅니다. 그럼, 금방 드라마 속으로 들어갑니다. 드라마를 보면 주인공의 마음이 너무 잘 보입니다. 드라마를 볼 때는 아무 생각 없이 마음이 편안합니다. 요즘엔 큰아이 때문에 TV를 잘 보지 않지만 드라마는 제가 좋아하는 TV 프로그램이었습니다.

일일 연속극도 좋아했습니다. 매일 하는 드라마를 보고 있으면 마치 편안한 친구를 매일 만난 것처럼 좋았습니다. 하루라도 안 보면 허전하지만 막상 만나면 아무렇지도 않은 친구처럼 말입니다. 며칠 건너뛰어도 보는 데 아무 지장이 없습니다. 금방 이야기가 통하고 이해할 수 있습니다. 드라마는 한 번씩 만나도 편안한 친구 같습니다.

드라마 같은 수업을 꿈꿉니다. 아이들의 추억을 담아 두고, 습관처럼 나중에도 좋아할 수 있는, 어떨 때는 기억에 남는 감동을 주기도 하고, 며칠 여행을 가거나 아파서 결석을 하고 돌아와도 따라가는 데 전혀 어려움이 없는, 가끔씩은 졸아도 큰 문제가 없는 수업을 꿈꿉니다. 빛바랜 사진처럼 조금은 지루해 보이고, 별스러운 것 없어 보이지만 그래도 아이들이 저의 드라마 같은 수업 속에서 편안할 수 있다면 그 지루함과 별스러운 것 없음을 소중한 가치로 담고 싶습니다.

요즘은 경일이 보는 재미가 있습니다. 매일 발전이 눈에 보입니다. 혜숙이는 수업 중간중간에 제 예상을 벗어나는 멋진 말이 인상적입니다. 석철이는 2학기 들어 너무 점잖아졌고, 미선이는 키가 부쩍 커서 살짝 어색합니다. 개구쟁이 몇 명은 공부보다 더 재밌는 것에 푹 빠져 있지만 곧 좋아질 것입니다. 급식 당번은 점점 노련해져 이젠 거의 흘리지 않습니다. 남는 우유도 없고, 숙제도 많이 해 옵니다. 이제 2학기가 시작되고 있습니다. 꽃반 수업은 주말에는 하지 않는 일일 연속극입니다.

9월의 달력에는 추석이 있습니다. 무더운 더위가 아직 익지 못한 곡식들을 위한 귀한 선물이 될 것입니다. 조금 더워도 참아야 합니다. 교실 창가를 비워 뒀습니다. 작은 다육이 화분을 보내 주시면 잘 키웠다가 겨울 방학 전에 돌려 드리겠습니다. 가져왔다 가져가기 쉽게 작을수록 더 좋습니다. 응원해 주심에 감사드립니다.

4

오늘도 무사히: 아빠의 마음

2002년 월드컵을 하던 해에 대학원을 다녔습니다. 지금은 6학년인 집의 큰아이가 어린이집을 다녔으니 벌써 한참 지난 옛날이야깁니다.

대학원에서 공부하고 있는데 아내의 전화가 왔습니다. 큰아이가 산에서 넘어져서 이마를 다쳤다고 했습니다. 급히 병원에 갔고 몇 바늘 꿰맸다고 했습니다. 성형외과에서 치료를 했다는 것을 확인했습니다만 마음은 점점 속상하고 불안해집니다. 아이를 봐야겠습니다.

같은 대학원에 다니는 후배 선생님 차를 타고 올라왔습니다. '얼마나 다쳤을까! 흉은 크게 지지 않을까!' 뭐 대단한 공부를 한다고 혼자 대학원을 다니는 것인지 제 스스로가 미워졌습니다.

안중에 있는 집까지 와서 후배 선생님을 돌려보내고 다시 제 차를 타고 안양으로 갔습니다. 안양 처형댁이 가까워질수록 가슴은 더 콩닥콩닥거렸습니다. 아이의 모습은 어떨지…….

아이는 이마에 커다란 붕대를 붙여 놓았습니다. 뭐가 무서운지 절보자 엄마 품으로 얼른 숨어 버렸습니다. 처형댁에는 장모님도 와 계셨습니다. 아무 내색도 하지 않았는데 집의 분위기는 무겁습니다. 기다리고 기다렸다 잘 시간이 되어 아이의 이마에 있는 붕대를 살짝 벗겨 보았습니다. 세로로 삐뚤하게 파진 상처가 보였습니다. 미운 상처가 났습니다. 너무 속상하고 화가 났습니다.

큰아이는 늘 앞머리를 내리고 다닙니다. 언젠가 친구들이 이마에 이빨 자국이 있다고 놀렸다는 이야기를 들은 적이 있습니다. 상처는 몸과 마음을 아프게 합니다. 상처가 낫고 나서도 그 흔적이 남아서일까요. 마음은 계속 아픕니다. 다치지 말아야 하는데 아이들은 자주 다치는 편입니다.

요즘 꽃반 친구들이 많이 아픕니다. 손가락이 아픈 친구, 목에 가시가 걸려서 아픈 친구, 장염에 걸려서 잘 토하고 음식을 제대로 못 먹는 친구, 머리가 너무 아파서 눈물이 자꾸 나는 친구, 코피가 자주 나는 친구…….

학교 오갈 때 차를 조심해야 하고, 음식은 손을 깨끗이 씻고 먹어야 하고, 각종 가구나 놀이 시설의 안전사고에 주의해야 합니다. 복도 바닥은 너무 딱딱해서 위험하고 앞에서 뛰어오는 아이들은 얼른 피해야 합니다. 계단도 조심해야지요. 위험은 우리 가까이에 있습니다. 어떻게 보면 안전한 곳이 별로 없습니다. 하지만 어디 숨어서 살 수는 없는 노릇입니다. 조심하면서 서로 믿으면서 살아야 합니다.

　몸은 어느 한 부분을 작게 다쳐도 아픔은 온몸으로 느끼게 됩니다. 밤새 들리는 아이의 작은 기침 소리가 제 가슴을 콕콕 찌르는 것을 보면 아이와 부모는 한 몸임이 분명합니다.

　눈만 뜨면 위험한 세상에서 내 몸의 한 부분인 아이를 세상으로 더 깊숙이 밀어 넣습니다. 약한 아이도 언젠가 날개가 길어지고 더 튼튼해져 절벽을 날아오를 수 있으리라 믿습니다.

　오늘도 무사히. 내일은 꽃반에 아픈 친구들이 없었으면 좋겠습니다.

5

그리기 대 만들기: 협력하여 등장인물 만들기

요즘 '즐거운 생활' 수업이 너무 재미있습니다. 며칠 전에는 재미있는 만화 영화를 봤고 다음 날은 영화 속의 멋진 장면을 그림으로 그렸는데 오늘은 이야기 속에 나오는 등장인물이나 소품을 찰흙으로 만들고 있습니다.

아이들은 초롱초롱한 눈동자로 선생님의 설명을 듣고 참고 작품을 관찰한 후에 각자 재료를 가지고 만들기 시작합니다. 요쿠르트병을 지점토로 감싸는 아이, 요쿠르트병을 고무찰흙으로 감싸는 아이. 요쿠르트병을 준비하지 못한 아이는 지점토와 찰흙으로 모양을 만들어 나갑니다.

5분이 흘렀을까 싶은데 지수가 완성했다고 작품을 가지고 나옵니다. 이렇게 짧은 시간에 어떤 작품을 만들었나 보니 색깔별 고무찰흙으로 포도알 같은 여의주 8개를 만들었습니다. 다시 만들어 보라는 눈빛을 보냅니다만 아이는 자기의 자랑스러운 작품을 들고 싱글벙글하고 있습니다. 작품을 전시하고 들어가게 했습니다.

잠시 뒤 혜숙이가 가지고 온 작품은 교과서에 나온 오늘이보다 훨씬 잘 만들었습니다. 석철이도 지점토를 가지고 어려운 용을 만들고 있습니다. 용의 이빨을 하나씩 만들어 가고 있는데 완성된다면 아주 멋진 작품이 될 것입니다.

아이들의 수준 차도 있고 속도 차도 있어서 작품이 완성되는 시각은 제각각입니다만 노는 아이들은 없습니다. 먼저 완성한 아이는 친구 옆에 앉아서 친구 작품을 같이 거들고 있습니다. 같이 작품을 만드는 친구들끼리는 싸우는 일은 없습니다. 모두 만들기에 열중하고 있습니다.

완성된 작품을 둔 책장을 보니 아이들 개성이 담긴 작품들이 서로 어우러져 그럭저럭 볼 만합니다. 2학기 초 꽃반 학급 환경의 한 부분이 완성되었습니다.

그리기와 만들기는 다릅니다. 그리기는 좋아하는 아이와 싫어하는 아이가 정해져 있지만 만들기는 다 좋아합니다. 만드는 과정이 재미있고 만들어지는 모양이 싫지가 않습니다. 그림처럼 과감하게 색칠을 해서 망치는 경우도 없습니다. 이상하면 다시 주물럭거려서 완성하면 됩니다. 그리기를 완성한 후 남은 시간은 빈둥거리거나 책을 읽어야 하지만 만들기를 완성하고 나면 친구 작품을 거드느라 쉴 수가 없습니다. 약간 소란스럽기는 하지만 괜찮습니다. 돕고 거드는 수업, 모두가 만족하는 수업 그것이 바로 만들기 수업입니다.

출발선에 서 있는 30명의 아이들을 위해 결승선에는 30개의 빵을 준비해 둡니다. 1등인 아이는 빨리 자기의 빵을 먹을 수 있고 30등인 아이도 조금 늦지만 자기 빵을 먹을 수 있습니다. 끝까지 달려가면 됩니다. 포기하지 않고 달리면 됩니다.

수업을 하다 보면 있는 개인의 차이가 있어 어떨 땐 학습지를 주기도 하고, 책을 읽으라고 하기도 하고, 조금 기다려 보라고도 합니다. 시간을 아낀다고 생각을 하지만 적극적인 배움의 과정은 보이지 않습니다. 반면 오늘 만들기 시간처럼 먼저 한 아이가 다른 아이를 거들 경우에는 이야기가 달라집니다. 어떠한 모양으로라도 다른 사람에게 도움이 된다는 경험, 다른 사람으로부터 도움을 받는다는 경험은 세상을 바라보는 데 긍정적인 마음을 갖게 합니다.

너무 일찍 만들어 버린 아이가 1시간 내내 친구를 도와주고 있다면서 큰소리치며 다니는 모습이 기특했습니다. 모두 함께할 수 있는 시간을 늘 꿈꾸고 삽니다.

가을이 가을다워지길 기다립니다. 건강하세요.

6

개구쟁이들: 수업과 안전의 이중주

아침저녁 낮아진 기온이 이제 가을임을 이야기합니다. 요즘은 서늘한 가을바람을 맞으며 하루를 힘차게 시작할 수 있습니다. 학교에 가서 아이들을 만나고 이야기하고 노래하면 오늘은 또 얼마나 즐거울까요.

시원해진 날씨 덕분일까요? 아이들은 수업에 조금씩 더 집중해 나갑니다. 몇몇 아이들은 부쩍 성장했습니다. 2, 3교시는 만들기를 했고, 4교시는 컴퓨터실에 갔습니다. 5교시 수업 시작 전에는 〈아름다운 세상〉도 세 번 이상 불렀습니다. 힘든 5교시지만 점심시간이 있고 힘찬 노래가 있어 우리들은 행복합니다.

좋은 일만 있으면 좋을 텐데…….

점심시간에 교실에 들어오다가 인숙이가 넘어졌습니다. 입이 바닥에 부딪혀서 피가 났습니다. 인숙이는 엉엉 울고 저는 아이의 손을 잡고 보건 선생님을 만나러 갔습니다. 이는 크게 다친 것이 없고 입술과 잇몸에 상처가 나서 좀 지나면 괜찮을 거라 말씀하셨습니다. 아이를 데리고 교실로 돌아오면서 반 아이들에게 할 이야기를 정리했습니다. 다치면 안 되는데 교실에는 위험한 게 너무 많습니다. 조심 또 조심해야 합니다.

속상한 마음이 남아서였을까요? 개구쟁이들의 장난이 오늘은 곱게 보이지 않습니다. 소리만 버럭버럭 지르다 마지막 방법을 사용했습니다. 심각해지는 아이들. 사실 그 방법을 좋아하지는 않지만 어쩔 수가 없습니다. 저도 불편해지기는 한 가지입니다.

"내일부터는 잘해야지!"

개구쟁이 한 명이 친구 개구쟁이에게 하는 이야기가 들립니다.

정말 내일부터 잘할 수 있을까요? 오늘 개구쟁이인 아이가 내일 모범생이 된다면 그게 더 이상한 일입니다. 그래도 귀여운 개구쟁이들이 하는 이야기가 정겹습니다. 내일 꽃반이 조금 더 차분해지길 기대합니다.

오후에 인숙이 어머님이 오셨습니다. 얼마나 놀라고 속상하셨을까요? 오셔서 아이 이야기도 하시고 요즘 학교생활에 대해서도 잠깐 상담하고 돌아가셨습니다.

교사 일을 하면서 제일 힘들 때는 아이가 다쳐서 부모님이 학교에 오실 때입니다. 힘들고 죄송합니다. 내일 인숙이가 별 탈 없이 학교에 잘 왔으면 좋겠습니다.

서늘한 가을바람이 나태해져 있는 제 일상에 따끔한 회초리가 되는 것 같습니다. 깨어 있어야 합니다. 감기 조심하세요.

7

공책: 준비물의 소중함

　꽃반 교실에서는 몇 권의 공책이 필요합니다. 국어, 수학, 알림장, 일기장입니다.

　공책은 아니지만 종합장이 두 권 정도 필요하고, 독서기록장까지 합친다면 꽤 많은 공책이 필요한 셈입니다. 글씨 쓰는 것이 힘들고 서툰 아이들이지만 그래도 자기 힘으로 적어 보고 그려 보는 것이 배움의 과정이라 생각하고 있습니다.

　지난 화요일 1교시 수학 시간은 수학 인턴 선생님과 함께한 수업이었습니다. 아이들에게 공책을 꺼내라고 했는데 공책이 없는 친구가 많습니다. 수업 시간에 필요한 공책은 국어, 수학 정도인데 수학 공책이 없어서 아이들은 가만히 앉아 있습니다.

"수학 공책이 없는 사람은 국어 공책을 꺼내도록 해요."

몇 명은 몸을 숙여 국어 공책을 꺼냅니다만 아직도 움직이지 않는 아이들이 있습니다.

"왜 가만히 있지?"

"국어 공책이 없어요."

"……."

알림장을 꺼내라고 했고 알림장이 없는 아이들은 종합장에 쓰라고도 했습니다. 그런데 그마저 없는 아이들이 10명이 넘습니다. 꽃반은 30명입니다.

2학기 수학 시간은 인턴 선생님과 함께하고 있는데 오늘은 참 부끄러운 날입니다. 꽃반 친구들이 공책을 잘 준비했으면 좋겠습니다.

꽃반 친구들, 국어 시간, 수학 시간은 공책을 사용하고 있습니다. 꼭 공책을 가지고 다니세요. 책가방에 넣기가 무거우면 사물함에 넣어 둬도 됩니다. 수업 시간 시작 전에는 3자루의 연필이 잘 깎여 있는지, 지우개는 있는지 공책은 준비되었는지 살펴봤으면 좋겠습니다.

꽃반 친구들, 꼭 부탁합니다. 선생님도 마트에 가서 공책을 몇 권 사다 놓겠습니다.

오늘 개구쟁이 두 명이 갑자기 모범생으로 변했습니다. 신기하고 재미있는 현상입니다. 계속 유지해 주길 기대합니다.

8

그림자놀이: 창의적인 아이들을 만나는 순간

4교시 '슬기로운 생활' 시간입니다. 꽃반은 햇빛 때문에 생기게 되는 '양달'과 '응달'을 공부하고 있습니다. 햇빛이 비치는 곳인 양달은 고추와 오징어를 말릴 수 있고 햇빛이 비치지 않는 곳인 응달은 인삼, 버섯을 기르고 곶감을 만들어 낼 수 있습니다.

"아! 맛있겠다."

오징어 말리는 사진을 보면서 선생님이 이야기합니다. 아이들도 오징어의 맛을 아는지 입맛을 다십니다.

양달은 그림자가 있으며 응달은 그림자가 없습니다. 커다란 그림자 속에 들어 있으니 작은 그림자는 보이지 않습니다. 그래서 양달에서는 그림자놀이를 할 수 있고 응달에서는 그림자놀이를 할 수 없습니다. 채경이는 자꾸 그림자놀이를 하러 나가자고 졸라 댑니다. 양달과 응달에서 할 수 있는 일을 알아보는 중에 서연이가 손을 듭니다.

"선생님, 응달에서 그림자놀이를 할 수 있어요!"

"그래? 조금 더 설명해 볼래?"

"양달에서 그림자 밟기 놀이를 하다가 응달로 들어가면 피할 수 있잖아요."

맞습니다. 교사용 지도에서는 양달에서 그림자놀이를 할 수 있다고 적혀 있기에 그렇게만 생각했는데 서연이의 이야기를 들어 보니 응달도 그림자놀이를 하는 데 꼭 필요한 장소가 됩니다. 응달 덕분에 게임이 훨씬 재밌어집니다. 아이들의 대답은 너무 싱싱하고 창의적입니다. 배움은 끝이 없습니다.

재미있는 '슬기로운 생활' 수업이 끝나고 점심을 기다리고 있는데 석철이가 곁으로 다가옵니다.

"선생님, 오징어 좋아하세요?"

"응. 너무 좋아해."

"아빠가 그러시는데요. 오징어가 밤에는 독이래요. 먹으면 안 돼요."

"아, 그렇구나."

"그런데 우리 집은 밤에 오징어 먹어요. 너무 맛있잖아요."

"응?"

어디선가 솔솔 오징어 냄새가 나기 시작합니다. 석철이가 다시 다가옵니다.

"선생님, 오징어 냄새 나죠?"

"그래. 오징어 냄새 같기도 하고…….."

"선생님, 오징어 드실래요?"

석철이는 가방을 뒤져 오징어를 꺼냅니다. 슬쩍 오징어를 건네주는데 1cm 정도 굵기의 오징어 몸통이 1/3은 이빨 자국과 함께 뜯겨 나갔습니다.

"선생님, 맛있어요. 드세요."

"뭐야? 석철이 너 먹던 거잖아! 너, 진짜 너무한다."

줄을 서서 밥을 받아 책상에 앉아서 막 먹으려는데 석철이가 오징어 다리 하나를 건넵니다. 아까 같은 잇자국은 없지만 다리란 것이 길이가 3cm밖에 안 됩니다. 거절해도 자꾸 주는 석철이 마음이 예뻐 얼른 받아 먹습니다. 입안 가득 오징어 향이 가득합니다. 작은 오징에 다리 어디에 이렇게 향이 가득 들었을까요.

아침에는 채연이가 빵을 줬습니다. 우유와 함께 맛있게 먹었습니다. 윤영이는 제주도 갔다 온 기념으로 선생님에게 선물로 준 초콜릿 과자를 친구들이 다 먹을까 봐 걱정이 되어 요즘도 한 번씩 와서 선생님 먹으라고 이야기합니다.

아이들의 마음은 너무 예쁩니다. 그 마음은 너무 투명해서 밑바닥까지 깨끗하게 잘 보입니다. 행복한 선생님입니다.

온종일 버럭버럭 소리를 질러서 머리가 띵하고 아픈데 아이들이 주는 간식거리를 먹으면 머리도 마음도 맑고 촉촉해집니다. 병원 갈 필요가 없습니다. 제 병엔 아이들의 처방이 딱 맞으니까요.

줄 서서 급식을 받는데 2개씩 주게 되어 있는 고구마 튀김을 급식 당번 채연이가 슬쩍 4개를 올려놓으며 수줍게 쳐다봅니다.

아, 난 이 땅의 행복한 선생님이 확실합니다.

꽃반, 사랑합니다.

9

풍경: 기다림의 의미

오늘은 좀 늦었습니다. 교무부장님이 올해가 지나면 승진하실 것 같아서 동학년 선생님들이 같이 모여서 축하하는 자리가 만들어졌습니다. 간단한 식사를 하고 집으로 돌아가는 길입니다. 제 일은 아니지만 가까운 사람에게 좋은 일이 생긴다는 것은 제 일 이상으로 멋진 일임을 몸으로 느끼면서 알고 있습니다.

작은 다리를 지난 차는 삼성아파트 앞을 지나고 있습니다. 며칠 전에 보았던 풍경인데 오늘도 똑같은 모습이 보입니다. 삼성아파트 건너편의 길가에 타이어를 가는 가게가 있습니다. 가게의 간판에 '대형차 타이어를 가는 가게'라고 적혀 있습니다. 대형차의 타이어를 가는 가게인데 이름에 어울리지 않게 가게는 작습니다. 페인트가 칠해지지 않은 가게 내부는 무채색으로 을씨년스럽기까지 합니다.

가게에는 60세 가까이 되어 보이는 남자가 있습니다. 더운 여름날 가게는 희미한 불이 켜져 있고 앞에는 작은 선풍기가 돌아가고 있습니다. 보통 공장에 있음 직한 날개가 큰 선풍기가 아니라 가정에서 사용하는 크기의 작은 선풍기입니다. 사나이는 고개를 숙이고 무슨 생각에 잠겨 있습니다. '어떤 사람이 그 가게에 가서 타이어를 갈까요?'

오늘도 그 사나이를 봅니다. 가게에 희미한 불이 켜져 있지만 선풍기는 돌아가지 않습니다. 며칠 사이에 날씨가 싸늘해졌습니다. 남자는 앉아서 무언가 열심히 만들고 있습니다. 타이어를 가는 데 소용되는 물건이 틀림없습니다. '저 가게에서 타이어를 가는 사람이 있을까?' 여전히 의문이 생기지만 그 남자는 지금도 기다리고 있습니다.

붕어빵의 계절입니다. 아이들이 붕어빵을 좋아합니다. 개나리아파트 앞에 있는 붕어빵은 맛도 있고 바로 앞에 신나는 미끄럼틀이 있는 놀이터도 있어서 저녁에 한 번씩 가고 있습니다. 오늘도 붕어빵 가게에 갑니다. 붕어빵 사장님에게 3,000원어치 달라고 이야기를 합니다.

"조금 기다리세요. 한 바퀴 돌아야 합니다."

맛있는 붕어빵을 먹고 싶지만 바로 먹을 수는 없습니다. 동그란 붕어빵틀이 한 바퀴를 돌아야 제대로 익은 빵이 나오니까요. 동그란 틀이 한 바퀴 도는 데는 4~5분은 족히 걸립니다. 옆에 앉아서 마냥 기다립니다. 제가 기다리는 동안 먼저 와서 기다리시던 쌍둥이 엄마가 왔다 갔다 합니다. 밤은 어둡고 불빛은 없는데 사장님과 쌍둥이 엄마, 그리고 전 붕어빵을 바라보고 있습니다.

사장님은 기다려야 나오는 붕어빵을 열었다 닫았다 합니다. 기다리는 사람이 있으니 1분이라도 빨리 주고 싶어서 애가 달았습니다. 하하. 그럼 뭐 합니까? 문을 여는 만큼 붕어빵은 더 늦게 익을 것이 분명합니다. 사장님은 초보가 분명합니다. 그래서 더 정겹습니다.

가만히 기다리면서 밤하늘을 바라보는데 마침 은행나무가 보입니다. 은행이 열리지 않은 은행나무에 은행잎이 덜렁덜렁합니다. 마치 열매가 있는 것처럼 말입니다. 수그루일 수도 있는 은행나무를 보면서 열매를 생각합니다. 우습습니다.

〈기다리다〉. 요즘 제가 연습하고 있는 기타곡입니다. 연주곡은 어렵습니다. 제목처럼 오랜 기다림이 필요합니다.

타이어 가게 사나이의 익숙한 기다림, 붕어빵 사장님의 '한 바퀴'와 은행나무의 흔들리는 가지가 연습하고 있는 기타곡 〈기다리다〉와 함께 가슴에 살아 꿈틀거립니다.

기다려야 합니다. 지금 전 무엇을 기다리고 있는지 헤아려 봅니다. 그 기다림 속에는 익숙한 기다림도, 기다려야 완성되는 기다림도, 이루어지지 않는 기다림도 같이 있습니다. 하염없이 기다리고 있습니다.

밤이 깊어질수록 마음도 깊어져 갑니다. 감기 환자가 많습니다. 감기 조심하세요. 늘 사랑하고 있습니다.

10

그릇: 아이들의 모습을 그리는 순간

매일 학교로 출근합니다만 언제나 뿌듯한 마음을 갖고 퇴근하는 것은 아닙니다. 평범해 보이는 일상이지만 그 나름대로 우여곡절이 있습니다.

그래도 행복하고 가슴이 뿌듯한 날이 있습니다. 오전에 아이들을 열심히 가르치고 맛있게 점심을 먹고 오후 시간 내내 학교 업무를 잘 처리한 날 말입니다. 딱 그만큼 하면 가슴에 행복감이 밀려옵니다. 그게 딱 제 그릇입니다.

매달 받는 월급 액수를 정확히 모릅니다. 매달 일정한 용돈으로 생활하는 게 제 경제생활의 전부입니다. 월급의 액수보다는 저한테 주어지는 용돈에 더 행복합니다. 그 용돈으로 기타 레슨을 받을 수 있고, 좋아하는 동생들에게 감자탕도 한 번씩 살 수 있습니다.

　학교에서는 다른 일을 할 수가 없습니다. 취미를 위한 활동도, 좋아하는 책을 읽는 것도 마음이 편치 않습니다. 그냥 학교 일만 합니다. 아이들을 가르치고, 교재 연구를 하고, 학교의 업무를 합니다. 그게 학교에 출근해서 퇴근할 때까지 해야 할 제 일인 것 같습니다.

　한 달 근무를 하고 월급을 받고, 그 월급으로 우리 가족이 한 달 동안 행복하게 살아갑니다. 그러니 근무 시간 동안 다른 일을 할 수가 없습니다.

　금으로 만든 그릇, 은으로 만든 그릇, 진흙으로 만든 그릇, 나무로 만든 그릇. 큰 그릇, 중간 그릇, 작은 그릇. 모양도 제각각이고, 크기도 제각각이고, 가치도 제각각입니다. 중요한 것은 각각의 그릇이 자기 자리를 잘 지켜야 한다는 점입니다. 진흙 그릇이 금 그릇을 부러워하면 안 됩니다. 작은 그릇이 큰 그릇을 부러워하면 안 됩니다. 그릇은 자기 나름의 역할이 있습니다. 제 그릇의 모양을, 크기를, 가치를 알고 살아가고 싶습니다.

　오늘은 다음 주 월요일 있을 수업 인증제 지도안을 제출한 날입니다. 교육청에서 지도안을 제출하고 오신 교무부장님이 말씀하셨습니다.

　"최 선생님, 선생님이 내신 지도안 속에 아무것도 인쇄되지 않은 종이가 2장 있었습니다. 다음 주 화요일 수업할 때는 지도안은 잘 정리해서 내세요."

　꼼꼼하지 못한 모습을 들켰습니다. 지금 최선을 다해야 하는 일에 열중하지 않는 모습입니다. 개인적인 일을 하다가도 자꾸 학교 일에 마음이 갑니다. 그게 딱 제 모습임을 알고 있습니다.

지금도 책상에 앉아 꽃반의 아이들을, 학교 홈페이지를, 학교 나이스 업무를 생각하고 있습니다. 건넛방에 계시는 아버지 기침 소리가 간간이 들립니다. 병원에 좀 더 다니셔야 할 것 같습니다. 춥습니다. 감기 조심하세요.

11

수업 심사: 수업을 준비한다는 것

지난 토요일 오전에 잠깐 학교에 갔습니다. 지도안만 쓰고 아직 프레젠테이션 자료를 만들지 못했거든요. 동생에게 연수받은 내용으로 서둘러 오전에 간단히 만들고 집으로 돌아왔습니다.

토요일 오후, 일요일 오전, 오후 빈둥거리면서 놀고 있습니다. 딸과 아들이 시험 기간이라 집에서 공부만 하는 게 힘들었는지 아들이 1시간만 더 공부하고 나가서 축구를 하자고 했습니다. 같이 나가서 아파트 앞에서 축구를 합니다. 축구라고 해 봤자 길게 패스 주고받는 정돕니다만 아들이 제일 즐거워하는 시간입니다. 시험 기간엔 얼마나 놀고 싶은지 그 마음 다 알거든요. 공을 주우러 가는데 반가운 연구부장님 차가 보입니다. 마침 연구부장님도 절 보셨습니다.

"안녕하세요? 부장님!"

"최 선생은 수업 전혀 신경 안 쓰는 모양이네. 다들 학교에서 작업하고 있는데 말이야. 나도 지금 자료 가지러 학교에 가는 중이야."

"……."

집으로 들어왔습니다. 아이들은 공부를 하고 전 앉아서 책을 보고 있습니다. 연구부장님과 나눴던 짧은 대화도 생각합니다. 아이들 공부를 봐 주던 아내가 와서 말했습니다.

"아무것도 안 해도 돼요? 시나리오 짰어요?"

"시나리오? 시나리오를 왜 짜?"

"그래요? 요한이 선생님께서는 공개 수업 때도 시나리오를 짜서 수업하시던데요."

"아!"

"작년에 수업에서 등급에 들지 못한 게 혹시 그런 이유가 아닐까요?"

"……."

작은 방으로 건너와 시나리오를 짜 봤습니다. 그나마 수업 관련 일을 하고 있으니 조금은 마음이 괜찮아졌습니다.

저녁 설거지를 끝내고 앞치마를 의자에 걸면서 아내에게 다가가 한마디 했습니다.

"그런데 자기가 한 아까 이야기는 좀 그렇다."

"뭐가요?"

"그래서 떨어지다니."

"아니, 그런 이야기가 아니잖아요."

조금 서운해하는 아내를 뒤로 하고 다시 방으로 들어와 시나리오를 봤습니다.

월요일 학교에 오니 교감 선생님이 교실에 오셨습니다.

"교실이 딱 와 보니 정신이 없네. 저기 쓰레기통, 우산꽂이, 기름걸레 다 옆 반으로 치우고, 교실이 너무 어두운데."

한숨을 조금 보이시던 교감 선생님이 가셨습니다.

교무부장님이 5분만 도와 달래서 옆 반으로 가 보니 교실에 예쁜 커튼이 새로 생겼습니다. 노란색인데 아늑해 보입니다. 참, 교무부장님은 미술 동호회 사람들이 그려 주신 그림 삽화를 사용하신다고 합니다. 멋진 자료입니다. 매일 남아서 일도 많이 하셨습니다. 교무부장님이 절 물끄러미 보시더니 말씀하셨습니다.

"아이들과 수업해 봤어요? 전, 오늘 해 보니 딱 4시간 걸리네요. 1시간에 할 수업이 4시간이 걸리니 뭔가를 빼야 할 것 같은데. 선생님은 어땠어요? 아이들이 잘해요?"

"허허허. 전 수업 안 해 봤습니다."

"그럼 지난번 1학기 학교 수업 심사 때도 연습 안 하고 했어요?"

"예."

놀라시는 건지, 걱정하시는 건지 알쏭달쏭한 교무부장님의 얼굴을 뒤로 하고 꽃반으로 다시 돌아왔습니다. 좀 있다 연구부장님이 오셨다 가시고 저도 쓰레기통에 있는 쓰레기를 쓰레기봉투에 다 담았습니다. 준비 완료.

내일 수업이 있습니다. 이번 주 금요일까지 수업 심사 기간입니다.

열심히 해 오신 친구들, 동생들, 이제 마지막이네요. 서로 좋은 결과 있으면 좋겠습니다.

전, 어디에 푹 빠지지 못하네요.

사랑하고 있습니다.

12

마지막 수업 공개: 공개 수업일 아이들의 응원

수업 인증제 마지막 수업이 있는 날 아침이 밝았습니다. 잠들기 전까지 시나리오를 읽다가 잠들었습니다. 아마 꿈속에서도 수업 장면 속을 헤맸나 봅니다. 머리가 개운하지 않는 것을 보면 말입니다.

일어나서 가방을 챙기고 밥을 먹고 집을 나섰습니다. 참, 아침 식사에 잘 먹지 않는 생선 요리가 올라왔습니다. 아내의 응원입니다. 학교로 걸어가면서 아내의 응원을 생각하고 있습니다. 오늘은 제 차가 학교로 들어갈 수 없는 날이라 버스를 타고 출근했습니다.

8시가 지나서 학교에 도착했습니다. 교실에는 아무도 없고 수업 인증제 공개 수업이 있는 4반엔 교무부장님께서 벌써 오셨습니다. 언제나 열심히 하십니다.

아이들이 모이면서 웅성거리는 소리가 들립니다. 선생님이 까만 양복을 입고 온 것도 이상하고, 분홍색 넥타이를 맨 것도 이상하고, 머리가 약간 번들거리는 것도 이상합니다. 그리고 결정적으로 3분단 옆쪽으로 책상과 손님용 의자가 2개씩 놓여 있습니다.

"선생님, 오늘 손님 오세요?"

"무슨 일 있나요?"

"선생님, 공개 수업 해요? 우리 엄마는 모르는데."

"선생님, 양복 입고 오셨다. 히~~!"

아이들의 이야기가 재밌습니다. 9시 40분부터 공개 수업이라 학교 시정표와는 맞지 않습니다. 아이들을 서둘러 앉히고 수학을 먼저 공부하고 있습니다. 교사만 마음이 바쁘고 불편하지 아이들은 어제와 다른 게 하나도 없습니다. 모두 수학익힘책을 풀고 있는데 경일이가 아무것도 하지 않고 가만히 앉아 있습니다. 얼굴에는 거만한 표정을 하고 말입니다. 경일이는 글자를 잘 모르지 수학은 아주 잘하는 아이입니다.

"경일아, 익힘책 풀어야지!"

"전, 다 알고 있어요."

"응? 다 알고 있어도 풀어야지, 선으로 연결해 봐."

그래도 경일이는 움직이지 않습니다. 다 알고 있는 간단한 문제를 굳이 선까지 그려 가며 풀 필요가 있냐는 것입니다. 하긴, 틀린 이야기는 아닙니다. 경일이의 거만한 표정에는 이유가 있었습니다. 한 번 더 다가가 풀게 했습니다. 이제 경일이도 다 풀었습니다. 경일이를 보면서 오늘 2교시의 수업이 쉽지 않겠다는 조금은 불안한 생각이 듭니다.

10분간의 쉬는 시간을 준 뒤 드디어 2교시가 시작되었습니다. 40분 동안에 해야 할 내용이 많기에 서둘러 바쁘게 수업을 진행하고 있습니다. 수업은 분 단위로 쪼개져 있습니다. 한참 수업을 하는데 경일이가 나옵니다.

"응. 경일아 뭐 할 말 있니?"

"선생님, 선생님 있잖아요……."

귀한 시간이 자꾸 흐릅니다. 경일이는 계속 서 있습니다.

"그래. 경일아, 이야기해 봐."

"선생님, 오늘 선생님은 왜 이렇게 착해요?"

"……?"

경일이가 선생님이 착하다고 합니다. 예상치 못한 경일이의 말이 제 이마를 때립니다.

착하다는 것. 오늘 선생님은 착하다.

경일이는 선생님의 깔끔한 옷차림, 아이들의 물음에 차근차근 대답하는 모습, 재미있고 신기한 수업자료를 보면서 절 칭찬을 해 주고 싶었나 봅니다. 그리고 자기가 생각해 낸 최고의 이야기가 선생님이 착하다는 말이었습니다. 경일이는 수업 시간 중에 용기 내어 나왔고 저에게 이야기해 버렸습니다. '별 이야길 다한다.'며 경일이를 자리로 보냈습니다. 수업이 끝나기 전에 경일이는 한 차례 더 나와서 같은 이야기를 했습니다.

수업이 끝났습니다. 지난번 수업 후 동영상을 보고 너무 큰 실망을 했기에 오늘은 수업 영상을 보지 않으려 했습니다. 그런데 어찌 그게 마음대로 됩니까? 저녁을 먹고 컴퓨터 앞에 앉아 오늘 수업 동영상을 천천히 돌려 보았습니다. 컴퓨터에 나타난 제 모습이 낯설고 부끄럽습니다. 좀 더 늙었고 통통해졌습니다. 걸음걸이는 또 왜 그렇게 우스운지.

그러다 잠깐 제가 피식하고 웃는 모습이 나옵니다. 경일이가 나오는 장면입니다. 경일이는 제 곁에 서서 한참 동안을 이야기하고 전 경일이를 바라보며 잠깐 웃고 있습니다. 참, 특별한 친굽니다.

나름 길었던 여정이 끝났습니다. 아이들에게 너무 고맙습니다. 즐겁게 해 주는 것 없이 힘만 들게 했는지 모르겠습니다. 아이들에게 표 내지 않으려고 수업 공개를 하는 날도 알리지 않고 수업을 위한 연습도 하지 않았습니다. 그냥 어제처럼 오늘 수업을 했습니다. 아이들은 아무렇지도 않게 수업을 했습니다. 그렇게 1년 동안 세 번의 수업을 했습니다.

오늘 경일이가 절 보고 착하다고 했습니다. 너무 좋은 말인데 왜 평소에는 아이들에게 착하지 않았을까 하는 의문이 생깁니다. 집에 걸려 있는 멋진 옷, 화장대에 있는 머릿기름, 따뜻한 눈동자……. 누구에게 주려고 아껴 둔 것인지 모르겠습니다. 오늘 착한 선생님이 내일도 착한 선생님이 되어야 하는데 말입니다.

매일은 아니지만 그래도 가끔씩 멋진 옷도 입고 머리에 기름도 발라야겠습니다. 소중한 꽃들에게 그래도 멋진 선생님으로 기억되는 게 좋은 일이니까요.

잘 보지 않는 제 수업 동영상을 앞으로도 몇 번 더 볼 것 같습니다. 제가 경일이에게 짓는 멋쩍은 웃음이 보고 싶을 것 같습니다. 그리고 착하게 살겠습니다. 꽃반, 고맙습니다.

13

두 얼굴을 가진 사나이:
수업 시간의 아이 vs 수업 끝난 후의 아이

학급신문 막 쪄낸 찐빵에 자주 등장한 아이 중 한 명입니다. 꽃반에서는 철록이를 둘러싸고 여러 가지 일이 벌어집니다. 주인공인 날이 많습니다.

귀엽고 붙임성이 좋은 철록이는 누구와도 금방 친해질 수 있습니다. 감사의 말도 잘하고 사과의 말도 잘합니다. 철록이는 이야기를 쉽게 합니다. 주변에는 친구들이 많고 좋아하는 선생님도 많습니다.

2학년 담임인 저에게 철록이는 '두 얼굴을 가진 사나이'입니다. 어릴 적 보았던 〈헐크〉 이야기는 아닙니다. 수업 시간에는 가끔씩 힘들어하고 장난도 심하게 칠 때가 있는데 수업이 끝나고 나서 잠깐씩 교실로 올라올 때면 세상 누구보다도 의젓하고 모범 어린이가 됩니다.

"선생님, 뭐 도와드릴 거 없어요?"

철록이의 그런 질문을 받으면 얼른 교실 여기저기를 둘러봐야 합니다. 적당한 일거리를 챙겨 주지 않으면 철록이는 한동안 선생님 책상 옆에 서 있을 테니까요.

도와주는 철록이가 고마워서 초코파이를 하나 꺼내 줍니다.

"선생님, 안 주셔도 돼요. 선생님이 초코파이 좋아하시잖아요. 선생님 드세요."

몇 번을 줘 봅니다만 사양한 적이 더 많습니다. 귀엽고 붙임성이 많고 마음도 넉넉한 참 좋은 아이입니다.

꽃반에서 일기장을 매일 내는 아이는 철록이밖에 없습니다. 매일 내는 일기장 속에는 철록이가 사랑하는 부모님, 동생 이야기가 가득합니다. 세상 누구보다 멋진 아들이자 형인 아이가 일기장 속의 철록이입니다. 철록이는 마음이 따뜻한 아이입니다.

그런 철록이도 꽃반 생활은 그리 평탄하지만은 않습니다. 꽃반에서 철록이가 고생이 많습니다. 운 적도, 넘어져서 다친 적도 여러 번입니다. 얼마 전에는 다리에 연필심이 들어갔는데 오늘은 머리가 다쳐 피가 났습니다. 철록이는 다쳤을 때 '엉엉' 크게 소리 내어 웁니다. 보건실로 보내고 바로 따라갑니다만 계속 울면서 내려가는 철록이를 보면 마음이 아픕니다. 보건실에서 처치를 하고 철록이 부모님께 전화를 드릴 때는 무슨 말로 시작해야 할지 난감할 따름입니다. 이런 전화는 한 번도 드리기 죄송한데 벌써 철록이 부모님께는 여러 번입니다. 죄송합니다.

보건 선생님은 표가 나라고 머리에 커다랗게 붕대를 대 주셨습니다.

아이들이 보고 피하게 하는 방법입니다. 머리에 커다란 붕대를 댄 철록이는 조금 힘들어하는 듯하더니 금방 아이들과 뛰어놀고 장난을 칩니다. 별 탈 없는 것 같습니다.

오후에 철록이가 석철이와 같이 교실로 올라왔습니다. 도와드릴 일을 묻습니다. 괜찮다고 이야기하고 '피자와 사이다'를 줬습니다. 석철이는 피자를 한 번에 받았는데 철록이는 또 거절합니다. 겨우 철록이에게 '사이다'를 건네줬습니다.

철록이가 꽃반에서 고생이 참 많습니다. 재미있고 활기찬 교실에 앞서는 것이 안전한 교실임을 잊지 말아야 합니다. 마치 소 잃은 외양간을 가진 주인 같은 뒤숭숭한 마음입니다.

점점 추워집니다. 내일은 더 따뜻하게 입으셔야겠습니다.

14

꽃미남: 여러 모습으로 다가오는 아이

꽃반의 꽃미남 이야깁니다. 잘생긴 그 아이는 멋진 얼굴만큼 말도 잘해서 일단 이야기를 시작하면 막힘이 없습니다. 친구와 이야기할 때도, 일어나서 발표를 할 때도, 선생님 앞으로 혼나러 나올 때도 그 친구의 말은 흐르는 물과 같습니다. 특별한 아이입니다.

공부도 잘해서 받아쓰기, 수학은 우리 반에서 몇 손가락 안에 드는 친굽니다. 잘생기고, 말도 잘하고, 공부도 잘합니다. 참, 우리 반 계주 대표도 했습니다. 말하자면 꽃반의 '엄친아'입니다.

요즘은 몇 가지 사정으로 선생님 책상 가까이 앉아서 공부하고 있는데 입담은 여전하고 친구 좋아하기는 똑같습니다. 공부 시간에 공부보다 친구가 더 좋은 게 살짝 문제긴 합니다. 덕분에 꽃반 친구들 중에서 선생님에게 가장 혼이 많이 납니다. 하지만 끄떡없습니다. 혼이 나고 돌아갈 때도 언제나 싱글벙글 웃는 얼굴이니까요!

"선생님, 전 선생님이 좋아요!"

가까이 앉은 그 아이가 말을 합니다.

"뻥이지!"

기분은 좋지만 개구쟁이인 아이가 살짝 얄미워 대답해 버렸습니다.

"야, 경일아. 우리 선생님 좋지?"

선생님의 멋쩍은 대답에 무안했는지 옆에 앉는 경일이에게 선생님 좋다는 이야기를 한 번 더 합니다. 제가 다 들리게 말입니다.

사실 저도 그 아이를 아주 좋아합니다. 그리고 그 아이가 절 좋아한다는 사실은 이미 알고 있습니다. 우리는 서로 사랑하고 있습니다.

그 아이는 오늘도 친구들과 한바탕을 했고 교실을 통통 뛰어다니고 있습니다. 얼마 전 석철이가 말한 그대로 '에너지'가 넘치는 아이가 확실합니다. 너무 개구쟁이라 같은 모둠을 한 친구들이 피해를 보기는 하지만 친구들이 아주 싫어하지는 않습니다. 잘생기고 똑똑하고 운동 잘하고 말 잘하는 '엄친아'인 그 아이는 도저히 미워할 수 없거든요.

토요일입니다. 그 아이가 친구들 주변에 다니면서 이야기합니다.

"오늘 우리 집 생일잔치에 꼭 와!"

우리 반 친구 대부분을 집으로 초대하고 있습니다.

어떤 아이가 와서 이야길 합니다.

"있잖아, 내 동생도 같이 데리고 가도 되니?"

그 아이의 대답은 경쾌하기도 합니다.

"물론이지. 꼭 같이 와."

하도 많은 친구들을 초대하길래 살짝 불러서 물어보았습니다.

"오늘 네 생일이구나? 친구들 초대를 많이 하네!"

"아뇨. 오늘 제 동생 생일이에요."

"……."

자기 생일도 아닌 동생 생일에 반 친구들 대부분을 초대하는 아이. 친구 동생도 오라고 해 버리는 아이.

그 아이의 범위는 알 듯하다가도 모르겠습니다. 제 생각을 한참 벗어납니다.

'넌 누구니!'

꽃반의 여러 개성남 중에서도 특별히 기억에 남은 아이입니다. 대단한 인물이 될 것이 분명합니다. 가끔씩 머리가 아프고 '띵' 할 때가 있다는 것만 제외한다면 그 아이의 선생님이 되는 것은 행운입니다.

11월이 시작되었습니다. 제가 기다리는 12월도 거의 다 와 갑니다. 12월이 되면 제 차에 크리스마스 캐럴이 울려 퍼지고 행복했던 한 해를 마무리할 수 있습니다. 12월을 기다리는 전, 11월을 알차게 보내야 합니다.

날씨가 춥다 덥다 합니다. 지구가 점점 수상해지고 있습니다. 건강에 잘 챙기세요. 늘 감사하고 있습니다.

15

평가: 아이들이 매겨 보는 선생님의 성적

교실이 조금씩 시끄러워지고 있습니다. 40분 수업 시간에 열심히 공부한 아이들에게 쉬는 시간 10분씩 확실하게 돌려주고 있는데 덕분에 교실은 아이들의 조잘거림으로 가득해집니다.

교사 책상 앞에 바짝 붙은 '용산 모둠' 아이들이 선생님 바로 눈앞에서 폴짝폴짝 뛰어다니니 시끄러움이 더 크게 전해져 옵니다. 얼마 전부터는 두통이 생겼습니다. 갑자기 생긴 두통에는 특별한 약은 없고 그냥 아이들이 모두 돌아가고 난 후 조용히 앉아서 호흡을 조절하면 조금씩 가라앉습니다. 또 하나의 직업병이 생기는 것 같습니다.

수업 시간 중간에 아이들을 향해 작은 주의를 줍니다만 아이들은 눈도 꿈쩍 안 합니다. 주의는 반성문을 쓰는 정도가 답니다. 반성문은 정도에 따라 글자 수가 많아집니다. 반성문을 쓰는 방법은 규칙으로 정해 교실 뒷판에 붙여 놓았습니다. 아이들이 남아서 글을 쓰는 것을 보면 교사의 마음도 불편합니다. 다 완성하지 못하고 돌아가는 아이들이 대부분입니다.

오늘도 두 명의 아이가 남아서 반성문을 써야 합니다. 오늘은 꼭 받아 내고야 말겠다고 다짐하고 아이들을 앉히지만 아이들은 내일 아침에 쓰겠다고 미룹니다. 보통은 학원 갈 차를 놓치면 안 된다고 하면 바로 보내 주곤 했는데 오늘은 너무 심해서 반성문을 다 받기로 작정하고 아이들을 앉힌 겁니다.

반성문을 쓰지 않고 교실을 뛰어다니는 아이들. 왔다 갔다 하면서 글자 수를 조정해 달라는 아이들. 잦아들었던 두통이 갑자기 다시 올라옴을 느낍니다.

"너희들 이리 와. 반성문 종이 가져 와."

"왜요? 선생님 왜요?"

"집으로 돌아가요."

"왜요? 선생님, 출장 가세요?"

자기들끼리 이야기하더니 신이 나서 가방을 메고 교실 밖으로 뛰어나갑니다. 나가면서 자기들끼리 하는 이야기가 더 또렷하게 들립니다.

"오늘, 선생님 정말 착해졌다! 그치!"

"……."

오늘 수업 시간 중에 아이들이 다른 반 선생님을 평가하는 것을 들었습니다.

"1반 선생님은 엄하셔서 과제를 안 해 오는 아이는 4시까지 남아서 시키세요."

"2반 선생님은 엄하지는 않으신데 공부를 아주 빡세게 시키세요."

우리 반 아이들이 밖에서 제 평가를 어떻게 하고 다닐지 살짝 궁금합니다.

아침에 아이들에게 나쁜 소리는 안 하기로 기도했는데 1교시를 넘기지 못하고 실패를 했습니다. 아이들에게 미안합니다. 내일은 오늘보다 더 나아지리라 기대하며 새롭게 다짐해 봅니다.

1반 선생님은 엄하시고, 2반 선생님은 빡세시고, 저는 착해졌습니다.

무엇이 정답인지는 모르겠습니다. 아이들이 선생님 잘 쳐다보고, 친구들과 좋은 이야기를 많이 나누고, 조금만 더 성실했으면 좋겠습니다.

오늘은 교실에 히터를 조금 틀었습니다. 아이들이 신기해합니다. 감기 조심하세요.

4부

겨울, 마무리하다

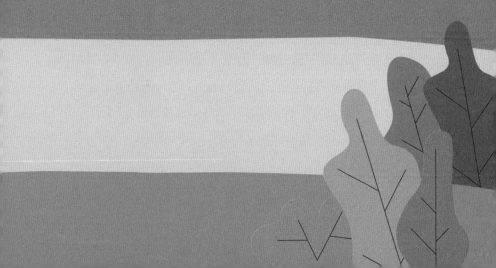

1

'막 쪄낸 찐빵'을 배달합니다

내일은 토요일입니다. 토요일에는 주간학습안내와 학급신문 '막 쪄낸 찐빵'이 나갑니다. 막 쪄낸 찐빵 속에는 달콤한 팥 대신 꽃반에서 일어나는 소소한 일상들이 가득 차 있습니다. 다른 반이 보면 밍밍한 우리들만의 살아 있는 이야깁니다.

가슴으로 읽는 글, 알림장, 따끈따끈한 소식, 학부모님께…….

3월 들어 처음 쪄내기 시작한 찐빵이 2주에 한 번씩 나가 이제 내일이면 16호가 나갑니다. 꽃반 친구들을 만난 게 엊그제 같은데 시간은 참 빠르게 흘렀습니다. 잡을 수가 없는 것이 시간임을 매일 실감합니다.

16호에는 마지막 찐빵을 담았습니다. 겨울 방학을 시작하려면 시간이 좀 더 남았지만 꽃반의 찐빵 가게는 16호에서 끝냅니다. 그동안 꽃반 학급신문 막 쪄낸 찐빵을 사랑해 주셔서 감사합니다.

아이들을 가르칠 수 없는 나이가 되면 찐빵 가게를 차리고 싶습니다. 가게를 차리려면 기술을 배우는 것도, 적당한 가게 자리를 잡는 것도, 찐빵을 빚는 일도 쉽지는 않다고 합니다. 그래도 찐빵 가게 앞을 지날 때마다 찐빵을 만드는 모습을 상상하면 행복해집니다. 길이 있겠죠.

2월이 되어 아이들에게 나눠 줄 학급문집의 마지막 페이지에는 찐빵 쿠폰이 들어 있습니다. 나중에 꽃반 친구들을 알아보지 못할 선생님을 위한 작은 표시 같은 겁니다. 선생님이 바로 얼굴을 알아보지 못한다면 문집 마지막 페이지에 있는 찐빵 쿠폰을 보여 주세요. 머리 나쁜 선생님의 기억에 도움을 줄 수 있을 겁니다.

학급신문 '막 쪄낸 찐빵'의 마지막 호가 나가고, 며칠 뒤에는 학급 홈페이지에 마지막 글이 나갑니다. 그리고 학급문집 마지막 페이지 끝에는 나중에 선생님이 차리게 될 '막 쪄낸 찐빵'가게 쿠폰을 만들면 됩니다. 선생님 얼굴은 점점 찐빵처럼 동글동글해지고 있습니다.

지난 몇 주 교실로 오지 않던 경일이가 글자 공부하러 왔습니다. 경일이를 위해 잠시 컴퓨터를 빌려줬습니다. 경일이는 '다높이'에 들어가 한글 공부를 하고 갔습니다. 생각해 보니 경일이와 한글 공부를 할 날도 얼마 남지 않았습니다. 경일이 한글은 제 책임인데 좀 더 서둘러야겠습니다. 참, 경일이 얼굴도 찐빵을 많이 닮았습니다. 동글동글.

내일은 김장하러 가는 날입니다. 김장을 하셨는지 모르겠습니다. 사람 사는 일은 다 비슷비슷합니다. 김장으로 오가는 길 안전 운전하세요. 가는 길에 만나면 더 반갑겠습니다.

2

교사도 학부모입니다

대학을 졸업하고 정식 발령을 받기까지 4개월의 공백이 있었는데 걸어서 학교를 찾아다니며 임시 교사 자리를 구했습니다. 지금 생각해 보면 임시 교사 자리는 교육청이나 학교에 전화로 부탁을 하고 집에서 연락이 오기를 기다리면 되는데, 전 발품을 팔아 알아보고 다녔습니다. 4개월 정도 쉰다고 큰일 나는 것도 아닌데 마음에 여유가 없었나 봅니다.

그렇게 정식 발령이 나기 전에 3개의 서로 다른 반에서 아이들을 가르쳤습니다. 지금도 그 아이들의 얼굴이 떠오릅니다. 아이들과 서툴게 지내던 시절이었습니다.

아버지가 사 주신 양복을 입고 임시 교사로 첫 출근을 하는 날이었습니다. 아버지는 머릿기름을 꺼내 오셨습니다. 아버지가 시키신 대로 한 손바닥에 머릿기름을 조금 묻히고 거기에 스킨을 섞어 쓱쓱 문지른 다음 머리에 발랐습니다. 머리가 착 달라붙습니다. 빗으로 단정하게 빗어 넘기고 거울을 보니 좀 이상하긴 했지만 서둘러 출근을 했습니다. 그날 점심시간은 같은 학년 선생님들끼리 학교 앞에 나가서 먹었는데 식사 시간이 끝날 무렵 옆에 앉아 계시던 선배 선생님이 말씀하셨습니다.

"최 선생님, 그런데 머리는 어떻게 한 겁니까? 혹시 기름을 발랐나요?"

"예. 아버지가 바르라고 하셔서요."

선생님들은 서로 바라보며 살며시 웃으십니다. 얼굴이 갑자기 후끈 거려옴을 느낍니다. 저도 아침에 거울을 보고 이상하다 싶었습니다.

첫 임시 교사로 간 학교에서 운동장 줄을 세우시던 선생님의 모습과 아이들에게 개인 책꽂이에서 책을 꺼내 선물로 주시던 모습, 동학년 선생님께 웃으시며 차를 타 건네시던 모습, 떠나가는 후배를 아쉬운 손길로 달려와 악수해 주시던 모습은 제가 생각하는 교사의 모습이 되어 버렸습니다. 남은 시간도 그 시절을 많이 추억하며 살 것 같습니다.

꽃반 아이의 어머니에게 조심스럽게 아이의 고칠 부분을 말씀드렸습니다. 어머니는 마지막에 '선생님, 감사합니다.'라고 말씀하셨습니다.

저는 집의 아이들이 다니는 학교 옆에 삽니다. 큰아이 선생님은 아는 형수님이시고, 작은아이 선생님은 제가 강의하던 연수에 와서 들으셨던 선생님이십니다. 옆 동에 사시는데 아침과 저녁에 가끔씩 만나게 됩니다. 큰아이와 작은아이의 부족함을 알기에 늘 두 분의 선생님을 만나면서도 죄송한 마음에 변변히 인사도 못 드립니다. 그저 죄송한 마음만 가득합니다. 아이의 선생님이 알림장에 적어 주시는 글, 통지표에 적어 주시는 글을 한 글자 한 글자 소중하게 읽으면서 기뻐하고 걱정하는 사람입니다. 부족한 학부모입니다.

착하기만 한 큰아이, 예민하고 까탈스럽고 마음이 약한 작은아이. 둘째는 몸도 약합니다. 제겐 너무 소중하지만 학교생활에서 고칠 부분도 많을 아이일 테지요.

제 눈에 있는 들보는 보지 못하고 남의 눈에 있는 티끌을 빼라고 나무라는 것은 아닌지 돌아봐집니다. 여러 번 생각하다 드린 전화입니다. 그리고 나름 꼼꼼하게 설명을 드린다고 드렸습니다. 하지만 아이 부모님의 마음을 생각하니 제 마음도 너무 아픕니다. 우리 집에 있는 아이도 크게 다르지 않는데 제가 드릴 말씀이 무엇이 있었을까요. 저 또한 아이들의 담임 선생님들을 뵙게 되면 고개를 숙이고 마는 아빠입니다.

책꽂이에 친구가 보내 준 자기주도적 학습서가 열 권가량 있습니다. 서둘러 읽었던 책입니다. 다시 천천히 한 권씩 자세히 읽어 봐야겠습니다. 이번 겨울 방학이 지나면 큰아이는 중학생이, 작은아이는 초등학교 마지막 학년이 됩니다. 다시 한 번 공부하는 자세를 점검해 봐야겠습니다.

임시 교사로 있을 무렵 아이들을 많이 혼내고 있으면 선배 선생님이 총각 때는 많이 혼냈는데 아이가 하나둘 생기면서 그러지 못하겠더라고 말씀하셨습니다. 나이가 차고 아이들의 아빠가 되어 가면서 학부모님의 마음도 이해되는 부분이 많습니다. 그렇다고 좋은 교사가 된 것은 아닙니다. 아직까진 딱 그 정도입니다. 발전을 기도합니다.

우리 집은 맛있는 김장을 했습니다. 언젠가는 김장김치 같이 앉아서 먹을 수 있는 좋은 날도 오면 좋겠습니다. 건강하세요.

3

'사랑'이란 말이 일곱 번 들어가는 편지를 씁니다

주말이면 식구들은 모두 TV 앞으로 모입니다. 크지 않은 20인치 TV에 식구들이 모두 모여 앉은 모습은 옹기종기 정답기도 합니다. 주로 예능프로그램을 재미있게 봅니다. 아이들과 같이 봐야 하니 예능프로그램이 맞습니다.

일요일 밤에 하는 예능프로그램 코너 중에 '감사합니다'란 코너가 있습니다. 별로 재미있는 것 같지 않은데 막내는 시작하는 음악이 나오면 갑자기 벌떡 일어나 개그맨과 똑같이 리듬에 맞춰 움직입니다. 그 모습이 귀엽고 재미있어 '감사합니다'가 기다리는 코너가 되었습니다.

지난 학예회 날 학급 장기자랑 발표회 때 꽃반 멋쟁이들이 '감사합니다'를 했습니다. 마이크가 없어 교실 뒤까지 크게 들리지는 않았습니다만 아이들은 리듬에 맞춰 몸을 움직이고 있었고 쳐다보는 아이들도 즐겁고 행복한 표정이었습니다. 재미있었습니다. 내용처럼 세상엔 감사할 일이 참 많습니다.

학교 컴퓨터실 공사로 지난주에는 컴퓨터를 하지 못했습니다. 아이들에게 너무 긴 기다림의 시간을 준 컴퓨터실로 오늘 가 보았습니다. 아주 멋진 컴퓨터가 우리 눈앞에 펼쳐져 있었습니다. 고장도 나지 않았고, 비닐도 뜯지 않은 정말 새 컴퓨터입니다. 컴퓨터 속도는 또 얼마나 빠르던지 인터넷 속에서 우리는 날아다녔습니다. 자유 시간을 기다리는 아이들에게 간단한 과제를 하나 냈습니다. 과제를 끝낸 아이들에게는 자유 시간을 준다고 했습니다. 자유 시간엔 따로 다운 받지 않으면 게임도 할 수 있다고 말했습니다. 아이들의 마음은 급해지는 마음으로 선생님 입만 바라보고 있습니다.

"사랑이란 말이 일곱 번 들어가게 선생님께 편지를 쓰세요!"

여기저기서 잠시 웅성거리더니 아이들은 금방 글 속으로 빠져들었습니다. 다 했다고 외치는 아이들. 선생님의 댓글을 받은 아이들은 자유 시간을 갖게 했습니다. 과제를 끝낸 아이들은 남은 시간을 아이들은 인터넷 속에서 날아다니고 있습니다.

컴퓨터 시간에 아이들이 쓴 글을 오늘 밤에도 다시 읽고 있습니다. 아이들이 말을 잘 듣지 않을 때, 내가 교사인 것이 너무 힘들 때, 그냥 속상할 때 아이들에게 '사랑'이란 말을 일곱 번 넣어 편지를 쓰라고 합니다. 그럼 전, 진한 연애편지를 받게 됩니다. 그 누구의 사랑 편지보다 진하고 향기롭습니다. 그것도 한 통이 아니라 수십 통이 넘습니다. 낮에 읽고, 저녁에도 읽고, 밤에도 읽습니다. 그럼 다시 힘이 생깁니다. 세상에 누가 이런 편지를 받을 수 있을까요.

'감사합니다.'

행복한 가정을 주셔서 감사합니다. 소중한 직장에서 세상에서 제일 맑은 영혼들과 생활하게 하심을 감사합니다. 그리고 아무 문제 없게 해주셔서 감사합니다.

꽃반 친구들, 2월에 나눠 주는 학급문집에 오늘 받은 편지글에 대한 답장 쓸게요. 어떤 친구가 이런 말을 썼습니다. '처음 만난 순간부터 사랑했습니다. 선생님!' 선생님 마음도 매한가집니다. 사랑하고 있습니다. 처음 만난 순간부터.

4

수업 인증제에서 불합격이 되었습니다

교사의 길은 아이들을 가르치는 길입니다. 교실에서 교사들이 저마다의 모습으로 열심히 가르칩니다. 수업이 끝나고 나서도, 학교 업무에, 연구에, 연수에 쉴 틈이 없습니다. 학교 밖의 전쟁터를 생각한다면 교사의 일이 특별히 힘든 일이 아님도 알고 있습니다. 교사의 제일 중요한 일은 가르치는 일입니다.

교사의 길은 도착한 길입니다. 몇 년 전 책 속에서 만났던 행복한 택시 운전기사가 생각납니다. 조금도 움직일 수 없게 꽉 막힌 길 위에서 각자 약속 시각과 업무를 생각하느라 여러 가지로 마음이 분주할 때, 별로 특별할 것 없는 택시 운전기사는 벌써 도착해야 할 곳에 앉아 있습니다. 운전대만 잡고 있으면 되거든요. 길이 막혀도 요금은 올라가니까요.

교실에서 아이들을 가르치는 교사의 모습도 택시 운전기사와 똑같아 보입니다. 교실에 들어서면 그곳이 바로 도착점입니다. 이미 도착점에 온 사람은 스스로 행복할 일만 남았습니다. 그래야 같은 공간을 사용하는 아이들에게도 에너지가 전달되니까요.

도착점에 있는 이 땅의 수많은 교사의 길을 굳이 몇 가지로 나누고자 한다면 퇴직할 때까지 교사로 있는 사람과 승진의 길을 가는 사람으로 나누기도 합니다. 승진의 길을 가는 사람은 아이들을 가르치는 일 이외에도 쉬지 않고 넘어야 하는 작은 산들이 있습니다. 지금도 많은 교사들이 쉬지 않고 산을 넘고 있는데 산을 넘기 시작하면 중간에 쉬면 안되기 때문에 매일 매일 등산화의 끈을 단단히 묶어야 합니다. 산을 오르면서 각각의 산에 대한 정보를 앞선 사람에게 들을 수 있고 옆 사람과 공유할 수 있고, 뒤에 처진 사람의 손을 붙잡아 줘도 되지만 중간에 쉬면 안 됩니다. 다들 쉬지 않고 열심히 산을 오르고 있습니다. 저도 산 몇개는 넘었습니다.

꽃반 친구들과 1년 동안 여러 가지 일로 부지런히 달려왔습니다. 그리고 지난 금요일 수업 인증제 결과 발표가 있었습니다. 예상은 하고 있었지만 그래도 불합격의 소식을 접하고 나서는 모니터에 있는 합격자 명단을 보며 한동안 가만히 앉아 있습니다. 머리가 멍해지고 양쪽 볼은 빨갛게 상기됨이 느껴집니다. 아이들과 지낸 1년 동안의 시간이 생각납니다.

크고 작은 여러 산들이 있지만 이 산이 좀 가팔라 제가 넘기가 힘듭니다. 다 왔다고 생각하는데 뒤돌아보면 제자리입니다. 옆 반 선생님들과 이야기하면서 마음을 좀 가라앉히고 집으로 돌아왔습니다. 아내는 아무것도 모르는 것 같습니다. 바닥이 차가운 아파트 큰 방에는 1인용 허리 찜질 매트가 있는데 거기 잠시 누워 봅니다. 긴장이 풀리면서 몸도 좀 아파 옵니다. 잠시 뒤 아내에게 불합격의 소식을 전했습니다.

작년에는 중간쯤에서 불합격 소식을 들어 끝까지 가지 않아도 되었는데 올해는 끝까지 다 가서 불합격 소식을 들었습니다. 학교 후배 신생 님에겐 중간에 예선 탈락을 하지 않으니 끝에 가서 복권 당첨을 기다리는 재미가 한 가지 생겼다고 은근히 자랑을 했는데 막상 불합격 소식에 지난 고생의 시간들이 떠오르면서 잠시지만 몸과 마음이 어지럽습니다.

좋은 형이 얼마 전 수석 교사 시험에 원서를 내면서 저에게도 권하셨습니다. 좋은 형은 1차 합격을 하고 지난 토요일 2차 시험을 치셨는데 잘하셨겠지요.

교사의 길, 승진, 수석 교사…….

불합격을 하고 나서 한 며칠 몸과 마음이 어지럽겠지만 제일 큰일은 '부끄러움'입니다.

더 겸손해져야 합니다.

세 번의 크고 작은 수업에 참여하느라 고생한 2학년 꽃반 친구들에게 깊은 감사의 마음을 전하고 싶습니다. 감사합니다.

5

12월은 '마무리'의 달입니다

매일 조금씩 추워지는 교실은 아이들이 있을 땐 그나마 견딜 만한데 아이들이 돌아가고 텅 빈 교실은 춥고, 어둡고, 축축합니다. 학교는 조용하고 마치 아무도 없는 것 같지만 교사들은 교실에서 학년 말 업무를 차근차근 정리해 나가고 있는 중입니다.

오늘은 아이들의 수행평가를 채점해서 나이스에 올리고 며칠 뒤 있게 되는 기말고사 문제를 출제하고 있습니다. 교실은 저와 구피 자리만 불이 켜져 있습니다. 멀리서 구피를 한 번씩 봐 가며 일합니다. 구피도 절 볼까요.

"커피 마시고 일합시다."

2반 선생님의 메시지에 하던 작업을 잠시 접어 두고 옆 반 교실로 넘어갑니다. 따뜻한 커피 한 잔에 온종일 웅크리고 앉아 있느라 뭉쳐 있던 잔근육들이 하나둘씩 깨어납니다. 몸이 좀 나른해지고 목은 파카 속으로 쏙 들어갑니다. 약간 졸립습니다. 교무부장님이 들어오시고 잠시 지난주의 수업 인증제 이야기 속으로 다시 들어갑니다. 끝나면 잊어야 딱 좋은데 그게 잘되지 않습니다. 잊었다 싶어도 옆 반 선생님의 이야기에 어렵게 꾹꾹 눌러놓았던 마음이 몽글몽글 피어 올라옴이 느껴집니다. 자리를 피해 교실로 돌아왔습니다.

참, 아까 2반에서 차 마실 때 꽃미남 준이가 문을 살짝 열고 인사를 하고 갔습니다. 어디 갔다 왔는지 집으로 돌아가는 길에 선생님께 인사를 하고 싶었나 봅니다. 거리낌 없이 2반 문을 여는 걸 보면 이제 제 동선을 대충은 다 파악하고 있나 봅니다. '수제자'를 생각하니 입가에 모를 웃음이 번집니다. 오랫동안 기억에 남을 학생입니다.

'꺼벙이 억수'가 나오는 국어 시간은 '부끄러움'에 대한 이야기가 나왔습니다. 아이들과 '부끄러움' 이야기를 하다가 꽃반 홈페이지에 올린 글을 보여 주면서 읽고 설명해 주었습니다. 선생님이 왜 부끄러워하는지도 살짝 이야기했습니다. 이해하기 쉽지 않은 내용인데 저기서 한 친구가 '선생님, 너무 슬퍼요!' 하고 말합니다. 누군지 얼굴은 보지 않고 말로만 들었지만 이제 꽃반도 저도 서로에게 많이 익숙해졌다는 생각이 듭니다. 아이들은 선생님의 마음을 바로 느낄 수 있습니다.

11월의 마지막 날입니다. 많이 추웠습니다. 아침에 교통 지도 서면서 맞았던 초겨울비에 손도 마음도 꽁꽁 얼었습니다. 아침에 추워서 그랬는지 온종일 추웠습니다. 그렇게 11월은 지나갑니다.

내일이면 12월이 됩니다. 12월에는 집을 팔고 사는 큰 결정이 기다립니다. 아이들이 기다리는 방학식은 23일입니다. 학교에 며칠 나오지 않는 기간 중에 출장도 며칠 껴 있습니다. 12월은 금방 지나가 버릴 것 같습니다. 그렇게 올 한 해가 흘러갑니다. 아이들과 함께하는 12월 달력을 몇 번이나 더 보게 될까요. 12월을 기다리면서 아쉬움도 봅니다.

1년 동안 '막 쪄낸 찐빵'을 사랑해 주셔서 감사합니다. 착하고 정직한 꽃반 아이들과의 1년은 큰 축복이었습니다. 학교를 옮기고 6학년인 줄 알았는데 생각지도 못했던 2학년을 맡아 분에 넘치는 행복한 시절을 보냈습니다. 얌전한 아이는 더 얌전해졌고, 착한 아이는 여전하며, 개구쟁이 친구들은 교실을 통통 뛰어다닙니다. 글자를 조금 더듬거리는 친구는 아직 제 가슴을 콕콕 찌릅니다. 방학 때 만나야 할 것 같습니다.

전 행복했는데 아이들은 어땠는지 모르겠습니다.

꽃반 아이들, 남은 기간 안전하고 따뜻하게 보살피겠습니다. 하시는 모든 일과 가정에 행복과 행운이 함께 하시길 기도합니다. 신뢰해 주시고 아이들 맡겨 주셔서 감사했습니다.

무탈하세요.

6

첫눈을 보면서 가족을 생각합니다

"이런, 눈이 오는데요."

오랜만의 술자리입니다. 오늘 저녁은 교장 선생님께서 사 주신 맥주를 반 잔 정도 마셨습니다. 얼굴이 살짝 발그레해지는 것을 느끼면서 긴장했지만 제대로 된 술자리는 아닙니다. 술 한잔하고 싶습니다.

금요일. 친구가 술을 먹을 수도 있는 날이라 모른 척하고 전화를 기다리고 있었습니다. 그런데 전화기 확인하는 것을 깜빡했습니다. 요한이와 전 며칠 전부터 〈록키〉를 다시 보고 있습니다. 오늘은 〈록키 발보아〉를 봤습니다. 〈록키〉 1탄부터 시작해서 〈록키 발보아〉까지 6편의 〈록키〉를 매일 봤습니다.

영화가 끝나고 전화를 확인하는데 기다렸던 친구의 문자가 남겨져 있습니다. 서둘러 설거지를 마치고 친구를 만나러 나갔습니다. 사랑하는 형도 있습니다. 그런데 눈이 오는 것입니다.

오늘이 23일입니다. 아마 오늘 밤 내리는 눈은 어쩌면 화이트 크리스마스를 만들어 줄지 모르겠습니다. 친구의 투정과는 달리 전, 눈이 싫지만은 않습니다. 친구, 동생과 걸어서 돌아오는 길 발밑으로 뽀드득 소리를 내면서 밟히는 눈의 촉감을 느낍니다. 제대로 된 눈이 내립니다. 내리기 시작한 눈이 금방 많이 쌓입니다.

눈을 보니 어머니가 생각납니다. 눈이 펑펑 내리던 날 돌아가신 어머니가 그립습니다. 떠나시던 날, 어머니 영정사진을 모실 검은색 세단이 왔지만 내리는 눈 때문에 친구 무쏘를 타고 연화장으로 갔습니다. '하늘에서 내리는 것은 다 축복이다.' 말씀만 제 가슴속에 남겨 두고 어머닌 하늘나라로 가셨습니다. 시간이 지날수록 그리움은 짙어집니다.

어머니를 큰 집으로 모셔서 너무 행복했던 안중 집을 팔고 며칠 뒤면 세교동 집으로 이사합니다. 어머니가 계셨더라면 얼마나 좋아하셨을까요. 어머니가 사랑하셨던 아이들을 더 잘 키우면 됩니다. 아버지에게 조금 더 큰 방을 드려서 좋습니다.

오늘은 늦었습니다. 11시가 넘어서 집으로 들어왔습니다. 다 자고 있을 줄 알았는데 하나가 달려왔습니다. 그 모습이 귀여워 컴퓨터 방으로 넘어와 〈이웃집 토토로〉를 틀어 줬습니다.

눈이 내립니다. 부산에선 보지 못했던 눈을 경기도 와서 매년 보는가 싶습니다. 눈이 내리고, 딸을 낳고, 아들을 낳고, 또 딸을 낳고.

내리는 눈만큼 많은 축복을 받고 살고 있습니다. 몇 년이 남았는지 모르지만 주어진 시간 있는 자리에서 소중한 사람이 되어 일하고 싶습니다.

　큰아이가 입고 있는 따뜻한 점퍼를 생각하니 내일은 여동생과 함께 아버지 점퍼를 사러 가 볼까 하는 생각이 듭니다. 모두 따뜻한 겨울 되셨으면 합니다. 늘 감사하고 있습니다.

7

욕심을 버리는 사람이 되고 싶습니다

논리적이고 합리적이 못하고 '감'을 많이 믿는 편입니다. 그래서 가끔씩 때 지난 고민을 안아야 할 때가 있습니다. 천천히 가더라도 단단히 두들겨 보고 건너야 하는 돌다린데 '감'만 믿고 가다 보니 고생스럽습니다. 머리가 나쁘면 손, 발이 고생한다는 말이 남의 말은 아닙니다.

이달 말에 이사를 준비하고 있습니다. 이사 들어갈 집의 간단한 수리, 이삿짐 센터 계약이 끝났습니다. 30일에 은행에서 대출을 받아 아파트 잔금을 지불하고 오후에 이사 가면 됩니다. 전에 살던 주인은 지난 토요일 이사를 갔습니다. 자주 가 보고 싶었던 집이지만 주인이 기회를 별로 주지 못해 두 번밖에 보지 못했는데 열쇠를 받고 나서는 하루에도 몇 번씩 가 봅니다. 정말 우리 집 같습니다.

아침, 점심, 저녁에 가 보면서 꼼꼼하게 살펴보니 전에는 보이지 않았던 것이 보입니다. 오래된 아파트가 가지고 있는 문제가 하나씩 보일 때마다 제 얼굴에도 그만큼의 근심이 늘어 갑니다. 어느 날 집사람이 얼굴 표정이 너무 좋지 않다고 해서 깜짝 놀랐습니다. 하긴 요즘 밤에는 더 자주 깹니다. 머리가 미련한 사람이 심지도 굳지 않나 봅니다. 집을 사기 전까지는 가장 신중했던 집사람은 집을 사고 나선 뒤를 돌아보지 않습니다. 그냥 좋게 좋게 생각하라고 말합니다.

욕심이 많아서 그렇습니다. 애초에 집을 사려고 했을 때 가졌던 마음을 생각하면 문제가 없는데 하나둘씩 욕심이 피어오르면서 고민이 생기고 있습니다. 아버지 방에 침대를 넣어 드릴 수 있고, 네 살짜리 막내 하나가 열네 살이 될 때까지 안전하게 다닐 수 있는 학교가 곁에 있고, 아버지 버스 타고 다니시기 편하고, 주차장도 나름 넉넉하고, 사는 사람들의 마음 씀씀이가 좋아서 사기로 결정했는데 말입니다. 걱정거리가 늘면서 좋은 점들은 하나씩 숨겨지고 있습니다. 욕심이 많은 아둔한 사람인가 봅니다. 좀 더 많이 내려놓아야 합니다.

오래된 아파트를 샀지만, 우리나라 건축 기술을 생각한다면 앞으로도 40년은 족히 살 수 있습니다. 지금 나이를 생각하면 제가 살 동안은 아무 문제없는 아파트입니다. 아파트랑 저랑 같이 늙어 가면서 중간에 간간이 문제가 생긴다면 저도 아파트도 조금씩 손보면서 살면 그만입니다. 같이 늙어 가는 것도 나쁘지는 않을 테니까요. 그리고 그 후에는 사실 모르겠습니다. 저 자신도 어떻게 될지 모르니까요.

저녁에 가서 보일러는 잠깐 틀어 주고 다시 넘어왔습니다. 사람 없는 빈집이라 좀 걱정스럽습니다. 여기저기 약한 부분은 손봐 주고 닦아 주면서 행복한 보금자리를 만들어 가야겠습니다. 날이 좀 더 풀렸으면 좋겠습니다.

방학이 시작된 지 이틀이 지나고 있습니다. 계획을 되돌아보고 서둘러 수정할 때입니다. 긴 방학이지만 부지런하지 않으면 금방 지나가 버리고 맙니다. 부지런하고, 부지런하고, 부지런하기를 기도합니다. 감사합니다.

8

2월의 남은 시간이 소중합니다

　2월 수업은 제대로 된 수업이 어렵습니다. 2학기는 중간고사, 기말고사 일정 때문에 진도를 조금씩 빠르게 나가게 되는 편인데 그로 인해 겨울 방학이 지난 2월에는 시간표만 있지 수업 내용은 텅 비어 버리는 경우가 많습니다. 교과 진도표 상에는 2월에도 가르칠 내용이 남아 있지만 이미 다 배웠습니다. 어떤 아이들은 그나마 한두 시간 남은 교과서를 버리기도 했는데 수업 시간에 책 펴라고 하면 지난 겨울 방학 때 버렸다고 천연덕스럽게 이야기하는 통에 안 그래도 들뜬 2월 수업이 차분해지긴 어렵게 되었습니다.

　어제 동생이 사립 유치원에 대해서 하는 이야기를 들었습니다. 어린 아이들을 데리고 수학 계산 문제만 풀게 하는 유치원도 있다고 했습니다. 아이들이 수학 문제를 푸는 것도 이상하지만 1학년도 안 된 아이들에게 받아 올림과 받아 내림이 있는 문제를 풀게 하니 얼마나 어렵겠냐는 이야기였습니다. 유치원에서 가르쳤으면 하는 것에 대한 학부모 조사에서는 아이들의 국어와 수학 실력의 향상을 원하는 학부모들이지만 실제 수업 시간에서 아이들에 반복적인 계산 문제만 시키는 모습에 대해서는 좋게 보지 않는 것으로 나왔습니다.

경기도 교육청의 유치원 평가 결과를 보면 시설이 좋은 사립 유치원보다 시설이 나쁜 공립 유치원 점수가 잘 나왔다고 합니다. 평가 내용 중에서 유치원의 교육적인 가치보다는 학부모들이 원하는 대로 교육과정을 바꾼 부분이 낮게 평가되었다고 말합니다. 학부모님들이 원하는 대로 교육하면 만족도도 높아야 하고 아이들도 행복해야 하는데 아이들은 둘째치더라도 학부모들부터 별로 내켜 하지 않는다는 점이 참 이상합니다.

아이들과 나누는 수업 시간입니다. 교사만의 것도 아니고 아이들만의 것도 아닙니다. 함께 나누는 시간이 수업 시간입니다. 아이들과 눈을 많이 맞추고 많은 이야기를 하면서 생각과 마음을 나눠야 합니다. 교사와 아이들은 수업 시간 중간중간에 계속 만나야 합니다.

2교시에 비사치기를 했습니다. 다목적실에서 하고 싶었지만 추운 겨울 날씨에 인기가 많은 다목적실은 우리들 차지가 되기 어렵습니다. 조금 춥고 비좁지만 아무도 사용하지 않는 4층 복도는 그럭저럭 우리들의 공간이 될 수 있습니다. 비사치기하는 방법을 간단히 설명하고 편을 가른 다음 20분 정도 게임을 했습니다. 여기저기서 들려오는 아이들의 환호성 소리. 건너편에서 공부하는 5, 6학년 학생들에게 방해가 될지 모르지만 그냥 모른 척 내버려 두었습니다. 온종일 잔뜩 웅크린 아이들은 조금의 움직임에도 너무 즐거워했습니다. 교사와 아이들이 나누는 시간의 또 다른 모습입니다. 몸도 나누어야 합니다.

제대로 된 수업을 하기 힘든 2월이지만 남은 시간을 생각하면 하루하루, 1시간 1시간이 너무 소중하고 아깝습니다. 하고 싶은 이야기도 많고 3학년 올리기 전에 당부하고 싶은 말도 많습니다. 또 욕심이 생기려 합니다. 서둘러 꼭꼭 누릅니다.

차가운 교실에서 따뜻한 히터를 틀어 놓고 아이들을 맞아 1, 2, 3, 4교시 공부를 하고 따뜻한 점심을 먹여 돌려보냅니다. 남은 시간 아프지 말고, 다치지 말고 시간을 많이 나누어야 합니다.

곁눈질로 교사를 보면서 살짝 말대꾸하려는 아이가 있습니다. 귀엽고 예쁘다가도 그건 아닌 것 같아서 살짝 주의를 줍니다. 아이들을 대하는 일은 경계를 타는 일입니다. 이쪽이나 저쪽으로 너무 쏠리면 아이들에서 멀어질 수도, 교육에서 멀어질 수도 있습니다. 중심을 잘 잡아야 합니다. 꽤 했다고 생각하는데 아직 중심 잡기가 서툽니다. 스스로의 발전을 기대해 봅니다.

'굿바이'의 의미를 생각합니다

9

'굿바이'의 의미를 생각합니다

아침에 교실에 들어온 아이들은 우리 반이 왜 2학년 1반이냐고 물어 봅니다. 종업식 날 학급 패찰이 '3'반에서 '1'반으로 바뀌었습니다. 1반 이라고 적힌 교실에 3반이 들어와 앉아 있으니 아이들의 기분이 이상한 가 봅니다. 마치 어울리지 않는 옷을 입은 것처럼 말입니다.

TV가 켜지고 방송으로 종업식이 시작됩니다. 애국가를 부르고 교장 선생님의 말씀을 듣고 교가를 부르고…….

1번 시완이가 3월 처음 만날 때 했던 것처럼 우렁차게 구령을 붙이 고 다 같이 인사를 합니다. 처음 만난 날 인사하지 않고 장난치던 아이 는 오늘도 장난을 치고 있습니다. 아이들이 처음으로 돌아갔습니다. 마 치 첫날 같습니다. 아이들을 가르치긴 한 걸까요?

뒷정리할 시간도 없이 바로 학교 송별회 자리로 이동했습니다. 맛있는 음식을 앞에 두고 하는 송별회 자리는 모처럼 다 같이 만난 자리여서 웃음이 끊이지 않습니다. 하지만 오늘의 자리는 몇 년 함께했던 사람을 떠나보내는 아쉬움의 자리입니다. 푸짐하게 차려진 맛있는 음식과 깔깔대는 웃음소리, 석별의 정은 썩 어울리는 조합은 아닙니다. 그 속에선 모르겠는데 조금 멀찍이서 바라보면 쓸쓸한 풍경입니다.

점심을 먹고 잠깐 시간을 내어 문상을 다녀왔습니다. 정성스런 음식 앞에서 고인과 상관없는 이야기가 이어지고 있습니다. 가족들을 위해섭니다. 언젠가 돌아가야 할 내 자리를 생각합니다. 고인, 가족, 조문객이 서로 다른 생각을 하고 한자리에 앉아 있습니다.

올해의 꽃반이 끝났습니다. 한 며칠 교실 정리 정돈과 업무 마무리를 하고 나면 이번 학년이 끝납니다. 아이들도 교사도 남은 10여 일을 잘 보내면 한 해의 마무리와 시작을 자연스럽게 잘할 수 있습니다. 이번 학년 말 방학에는 학교에 나와서 새로운 1년을 준비해 볼 참입니다. 매년 시작하지만 올해는 조금 다르게 느껴집니다.

어떻게 움직이고, 무슨 말을 하고, 어떤 생각을 나눌까? 조금 더 고민이 생깁니다. 세상에는 다양한 사람들이 한 장면 속으로 들어가 있습니다. 그림을 그릴 때는 서로 색이 어울리게 그리고 사물을 적절한 곳에 배치하기도 하지만 실제 사는 모습은 서로 어울리지 않는 경우가 더 많습니다. 사람들은 묘하게도 그 장면 가운데로 들어가 잘살고 있습니다. 다만 생각을 놓으면 안 됩니다. 어지럽게 들어가 있는 자리라도 무슨 생각을 해야 하는지는 알고 있어야 합니다. 어디에 있는지 분명하고 알고 있어야 합니다.

　1년 동안 꽃반을 믿고 응원해 주신 학부모님 그리고 잘 따라와 준 꽃반 친구들에게 깊은 감사의 마음을 전합니다. 내년에는 좀 더 행복하고 즐거운 일들로 가득했으면 좋겠습니다.

　꽃반 친구들, 자신의 가능성을 믿고 행복 바이러스를 많이 전파하는 사람이 되어 주세요. 그러다 한 번씩 가만히 앉아서 자신을 돌아보세요. 내 모습이 잘 보이지 않을 때는 한 발 멀리 떨어져 바라보세요. 좀 더 쉽게 보는 방법입니다.

　선생님과 지낸 1년의 시간이 어땠나요? 어떤 친구들은 힘들었을 수도, 어떤 친구들은 행복했을 수도, 어떤 친구들은 지루했을 수도 있었을 겁니다. 우리는 같은 공간에 있었는데 다 다르게 느끼며 지냈어요.

　그래도 각 장면들 속에는 작은 정답들이 숨어 있으니까 퍼즐 조각을 맞추듯이 한 번씩 자신을 돌아보며 정답을 맞춰 보는 멋진 친구들이 되길 기대합니다. 조금씩의 발전이 보입니다.

　선생님은 꽃반 때문에 행복했습니다. 조금씩 앞으로 나가는 친구들을 볼 때 너무 행복했습니다. 사랑합니다.

　학부모님, 믿고 응원해 주셔서 큰 힘이 되었습니다. 감사합니다.

종업식 날

호밀밭의 파수꾼 드림.

부록: 막 쪄낸 찐빵, 학교 종이 땡땡땡

행복한 2학년 보반의 따른따른한 이야기

막 쪄낸 찐빵 15-3
2011.4.15

◆ 기능으로 읽는 글
기나긴 막발음

◆ 알림말
◆ 4월 22일은 중간고사일

◆ 학부모 상담, 학부모 공개수업 끝났습니다.

◆ 자리를 바꿨어요. 4.16~5.31

◆ 불반의 4 1만 1학 안내. 4.16~5.31

특별구역	청소 마침	구시대	분리수임	8시 30분~유 4시 10분간 활동
특별교체 청소 조후		황수님	김남수	규칙 후 10분간 활동
광자당번		황수성	김남	급식 배식 및 정리
급식당번		오세별	이서연	급식 배식 및 정리
급식정반		노승명	박효사	급식 배식 및 정리
신발장 들고 닦기		양윤드	이희록	3교시 마침 시간의 활동
우유관, 청소요구함		오세별	박혜훈	유시 30분~유 활동
산내함 닉팀주기		김승연	서주롱	산내함 닉 유시 활동
우유 당번		김태림	송순연	사물 시간의 활동
교실 쓰레기 정리		구사린	구지호	3교시 마침 시간의 활동
휴소 물건 받기		조서비	박지하	규칙 후 10분간 활동
분리수기거함		박서연	김효빈	3교시 마침 시간의 활동
화원 관리		한혜선		쉬는 시간의 활동
신유님 오프로봇		김다해	최혜빈	수시로 활동
위시교도우미				수시로 활동

◆ 불반의 규칙입니다.

10분을 벗읍니다	10분을 내려옵니다

◆ 학부모님께

당당 최성실 드림

행복한 2학년 보반의 따른따른한 이야기

막 쪄낸 찐빵 15-4
2011.4.29

◆ 기능으로 읽는 글
새 옥상

운동회

◆ 이날는 다늘의 2.0 시대

◆ 학습 일기 시작

◆ 알림말
◆ 5월 3일은 운동회

◆ 학교장 재량휴업일 2일간.

◆바로바뀐다 소식

◆ 운동회의 연습

◆ 그 많은 책솔이는 다 어디 있느냐

◆ 학부모님께

당당 최성실 드림

행복한 2학년
북한이 피곤마련한
이야기

막 쪄낸 찐빵 15-5호

2011. 5.27
정지율쌤과 고학년 쌤들

◆가을으로 읽은 글
내가 쉽게 읽어

◆읽을말

★ 6월 24일 북한 수업 공개예요.

↓ 1학기 미지막 모임입니다.

◆직원회의 소식

◆알림을 위하여

◆필요한 것 알춥하세요.

❤ 북한가정통신

행복한 2학년
북한이 피곤마련한
이야기

막 쪄낸 찐빵 15-6호

2011. 6.4
정지율쌤과 고학년 쌤들

◆가을으로 보는 글
가시고기

가시고기가 부부네.

◆알림

★ 5월의 우수 어린이를 칭찬합니다.

★ 독서홈페이지를 공개합니다.[zionmom.cafe24.com]

◆모둠끼리 열심히 활동해요.

◆ 분무기는 이제 집으로

◆ 학급문고를 수함하고 있습니다.

★ 6월 6일 월요일은 연휴일입니다.

❤ 북한알림

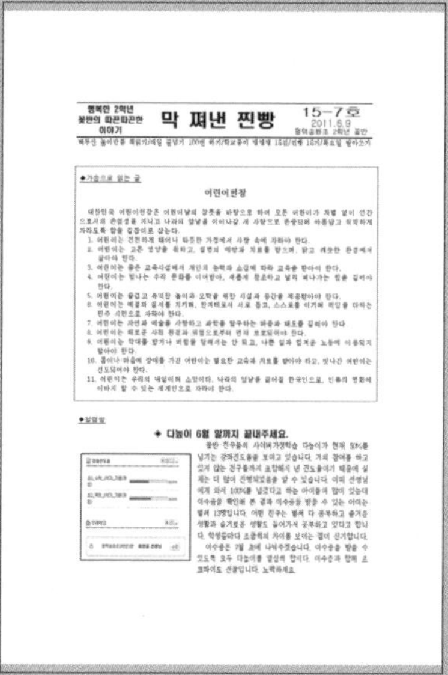

막 쪄낸 찐빵 15-7호
2011.8.9
행복한 2학년 북한의 따끈따끈한 이야기

어린이헌장

다 나� 6월 알려드리겠나다 주세요.

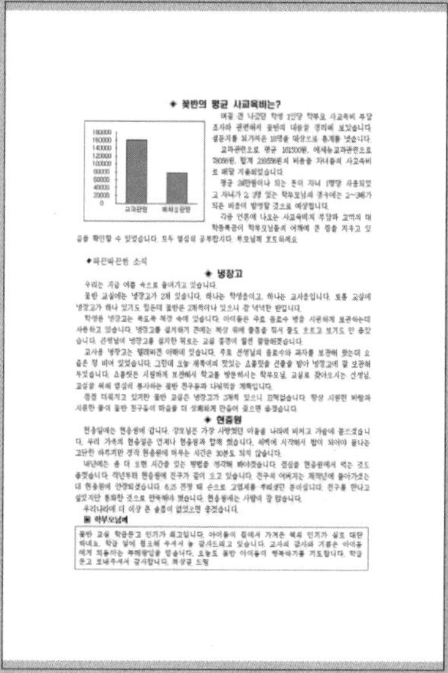

★ 북한의 평균 사교육비는?

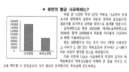

★ 북한노인의 소식

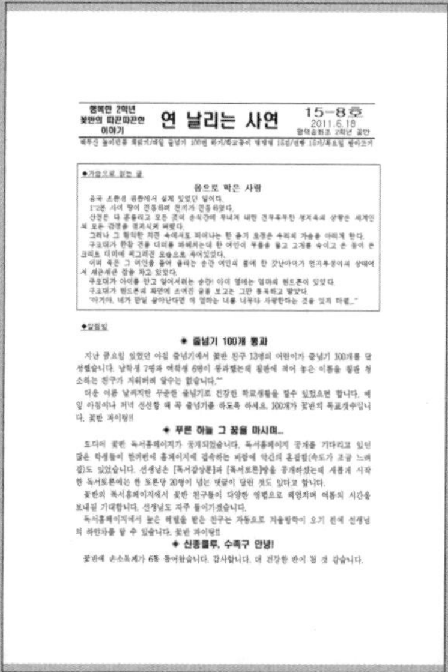

★ 냉장고

★ 연동방

연 날리는 사연 15-8호
2011.6.18
행복한 2학년 북한의 따끈따끈한 이야기

온통으로 빅진 사랑

줄넘기 100개 몽파

★ 푸른 마늘 그 잎을 마시며...

★ 신동블루, 수족구 안녕!

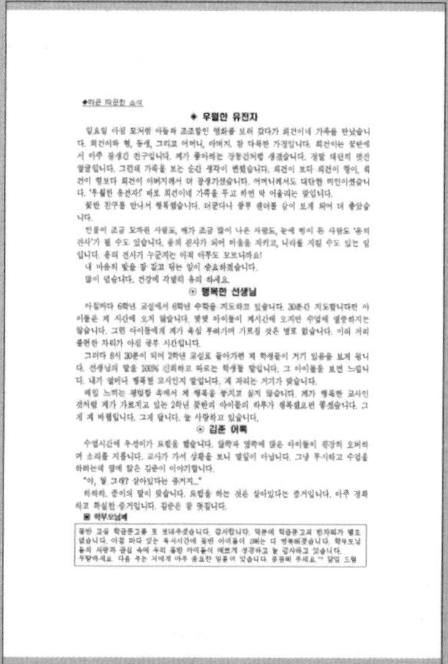

★ 우월한 유전자

★ 행복한 선생님

★ 김은 아픔

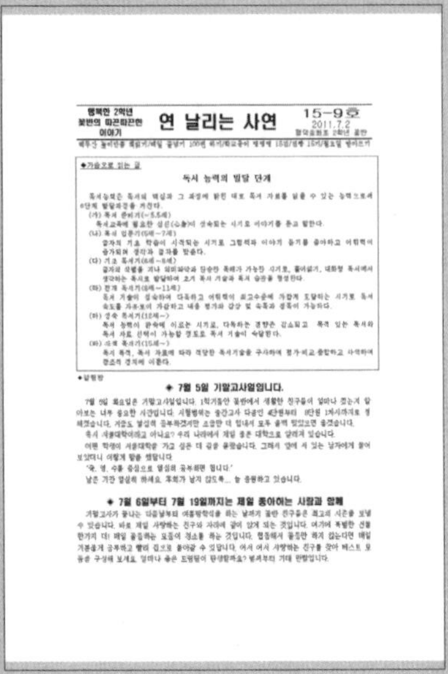
행복한 2학년 꽃반의 따끈따끈한 이야기

연 날리는 사연

15-9호

2011.7.2

독서 능력의 발달 단계

◈ 7월 5일 기말고사일입니다.

◈ 7월 6일부터 7월 19일까지는 제일 좋아하는 사람과 함께

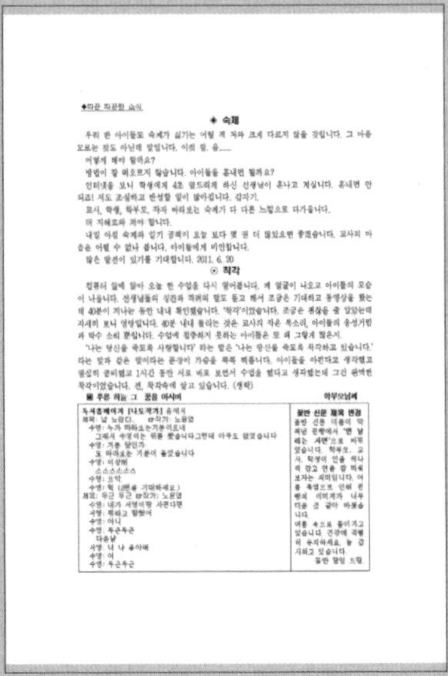
◈ 숙제

◎ 직각

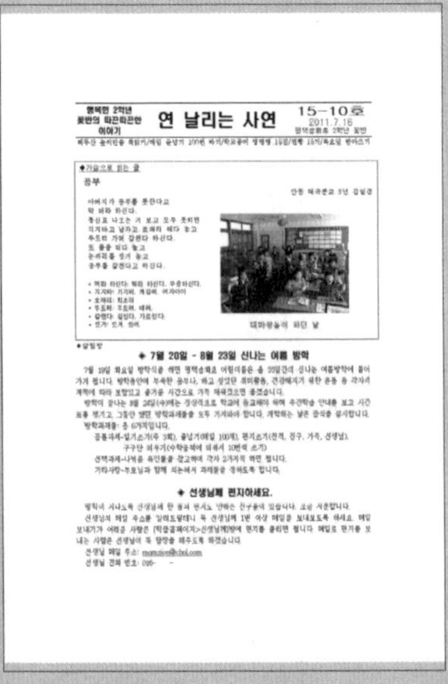
행복한 2학년 꽃반의 따끈따끈한 이야기

연 날리는 사연

15-10호

2011.7.16

◈ 7월 20일 - 8월 23일 신나는 여름 방학

◈ 선생님께 편지하세요.

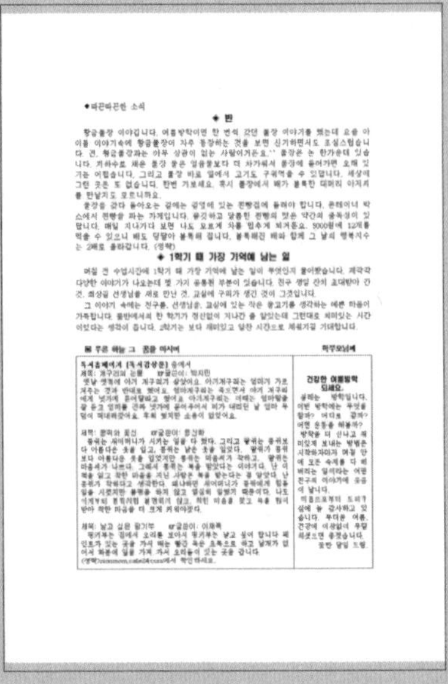
◈ 1학기 때 가장 기억에 남는 일

학교종이

땡땡땡 15

2011학년도 학급문집
완행 15기

2학년 3반 씀 / 최상길 선생님 편집

"나는 날로 경멸별 같이서 흐겨겐 아래베들이
괴박있게 놀고 있는 것을 항상 놀애 그려반진 것이,
내기 피는 절은 누구든지 날하건지 가셔서 꽤어
을 것 같이면 알은 가서 들이마 주는 가지,
어때매면 호영배에 목수하의 되는 가지,
배다 알은 꽃 진음을 맡고 있어,
그러니 내가 원로 되고 싶은 것은 그겠밖에 없어."
-로버트 팬조

꽃율아, 니 맘대로 피거라. / 백두산 놀이반글 책 읽기

평택송화이상출판사
ziomom.cafe24.com / momzion@chol.com

『꽃율아, 니 맘대로 피거라』 학교종이 땡땡땡

[여는 글]

자화상

윤동주

산모퉁이를 돌아 논가 외딴 우물을 홀로 찾아가선
가만히 들여다봅니다.
우물 속에는 달이 밝고 구름이 흐르고
하늘이 펼치고 파아란 바람이 불고 가을이 있습니다.
그리고 한 사나이가 있습니다.
어쩐지 그 사나이가 미워져 돌아갑니다.
돌아가다 생각하니 그 사나이가 가엾어집니다.
도로가 들여다보니 사나이는 그대로 있습니다.
다시 그 사나이가 미워져 돌아갑니다.
돌아가다 생각하니 그 사나이가 그리워집니다.
우물 속에는 달이 밝고 구름이 흐르고 하늘이 펼치고
파아란 바람이 불고 가을이 있고, 추억처럼 사나이가 있습니다.

- 1 -

학교종이 땡땡땡 15호 『꽃율아, 니 맘대로 피거라』

글 차 례

학교종이 땡땡땡 15

글쓴이 / 2학년 3반 동송이를
편집 / 최상길 선생님
출판일 / 2012년 3월 2일

여러분의 추억입니다.
소중히 간직하세요.

최상길:
016-9588-3132
momzion@chol.com

- 2 -

『꽃율아, 니 맘대로 피거라』 학교종이 땡땡땡

우리 반 사진 1

대마왕 게임

공생시간

- 3 -

엄 마 손

할머니 손 -- 김효빈
할머니 손은 만져 보니까 거칠거칠하고 좀 부드러웠다.
그리고 난로같이 따뜻하였다. 또 마치 침시가 집어 주는 느낌이였다.
그리고 앞에 주름이 있었다. 하지만 만져보니 우리를 위해서 한다는 마음이 생긴다. 계속 할이 만지고 싶다. 기분이 좋았다.

엄마 손 -- 미선프렌드
우리 엄마 손은 포드라웠다. 그리고 엄마 손이 점점 따뜻해졌다.
하지만 어떤 부분은 거칠하였다.

엄마 손 -- 김다행
우리 엄마 손은 따뜻하고 미끌미끌하다. 그리고 말랑말랑하다.
그래서 난 매일 엄마 손을 잡아 보고 싶다. 그리고 약간 차갑다.
그래도 엄마 손은 정말 좋다.

엄마 손 -- 구시완
우리 엄마 손은 좀 따스하였다. 그리고 좀 거칠하였기도 한 것 같다.
알고 보면 우리 엄마 손은 참 부드럽다. 엄마는 항금 섬기기 하고 엄마
손을 만져 보았으며 까칠하였다.
엄마 손 너무 부드러워요. 엄마, 우리 길러 주셔서 감사합니다. 감사.
그래서 거친 거 같아요. 사랑해요!

엄마 손 -- 김성엽
어머니의 손은 참 따뜻하고 정다운 느낌입니다. 어머니의 손이 굵진 말
지만 어머니의 손이 다정한 것을 느낄 수 있었습니다. 어머니의 손끝이
어머니가 저를 키우려고 하는 노력을 하는 것 같습니다. 어머니는 겉으로
는 못지만은 속으로는 사랑합니다. 저는 어머니를 사랑합니다. 어머니는

봉봉산 꾸미기

구희견 　 김다현 　 김성엽
김승현 　 김훈 　 김혜린 　 김효빈
노윤명 　 명재준 　 문송민 　 문재언
미선프렌드 　 박기민 　 서주혁 　 손민주
양준호 　 오서진 　 오채경 　 오채영
용신화 　 원희라 　 윤수빈 　 이서연
이재혁 　 정유빈 　 최유서 　 구시완

동 시

아파트 창문에서 보면
김효빈

아파트 창문 위에서 보면
흠이 학교를 보였어요.

개미처럼 작은아이들에
초롱빛처럼 생긴 창문이
들리덕 들리덕 소리를 내지요.

장난감 같은 운동장으로
우르르 와르르 나오지요.

옥상에서 보면
구희견

옥상에서 보면 우리 학교가 난생이처럼 작아 보인다.
난생이의 귀, 입, 코에서 개미같은 사람이 나온다.
나오면서 초코파이를 먹는다.
먹으면서 집도 나른다.
맛있게 먹는다. 나오는 모습이 귀엽다.

가 장 소 중 한 것

가장 소중한 것 -- 김효빈
나에게 가장 소중한 것은 우리 반 ○○입니다.
○○는 나에게 운동을 주니까 나에게는 가장 소중한 사람입니다. 그
리고 우리 반 자리처럼 솜직해지고 싶습니다.

가장 소중한 것 -- 미선프렌드
나에게 가장 소중한 분은 어머니입니다.
왜냐하면 어머니께서 저를 날아 주시고 길러 주셨기 때문입니다.
저는 어머니를 사랑합니다. 어머니는 항상 나에게 항상 따뜻한 밥을 지
어 주시기 때문입니다.

가장 소중한 것 -- 김다행
엄마였습니다.
왜냐하면 저를 담달한 세계서 날아주시고 저녁밥, 아침밥을 맛있게 해
주셔서 엄마가 제일 소중하다고 생각합니다.

가장 소중한 것 -- 구시완
나에게 가장 소중한 것은 부모님입니다. 부모님이 없으면 우리가 살 수
없고 밥을 못 먹기 때문이고, 부모님이 없으면 혼자 외롭게가 되기 때문
입니다. 저에게 가장 소중한 것은 부모님입니다. 부모님은 정말 저에게 소
중합니다.

가장 소중한 것 -- 구희견
나에게 가장 소중한 것은 부모님입니다. 왜냐하면 어머니랑 아버지는
저를 낳아주시고 길러주셨고 학교까지 보내주시고 힘드신 데도 저를 잘
길러주셨기 때문입니다

입 장 에 서 ...

재연이의 입장에서 ~ 김효빈
아휴, 효빈이는 왜 다똑고파 화를 내지?
난 그냥 친체기리에 말해 준 건데... 하지만 내가 잘못한 것도 있는 것 같고 효빈이의 마음에 상처를 준 것 같아.
다음에는 효빈이한테 상처를 주고 싶지 않아. 효빈이한테 사과를 해야지, 하지만 효빈이가 안 받아 주면 어쩌지? 아닐거야! 효빈아, 기다려.

지구의 입장에서 ... 미션프렌드
인간들은 나를 너무 못살게 군다.
쓰레기도 마구 버리고, 매연도 많이 들고, 나무도 베고, 인간들은 나를 괴롭힌다.
이제는 강도 오염시키고, 바다에 쓰레기도 버린다.
나를 지켜주는 오존층도 프레온 가스 때문에 파괴되고 있다. 나는 오존층이 없으면 몸살이 난다.
지금도 아프지만, 미래가 더 걱정된다.
제발 제발 인간들이 나를 도와주면 좋겠다.
나는 너무너무 힘들다.

크레파스 입장에서 ~ 김다현
헥헥! 헥헥! 아이고 힘들어!
다현이가 또 크레파스 쓰네! 곧곧 없어질 텐데,
정말 싫어, 나를 잘 쓰지도 않으면서 왜 학교에 데려가?
나가 실수도 나를 부러뜨리고!
내 마음은 어떤 것 같아? 내 마음을 몰라도 나도 살아 있다고!

일 기 글

요리 ~ 김효빈
오늘 영어학원에서 요리를 했다. 누구하고 했냐면 휴정이 언니, 예은이 언니, 모르는 애다. 오늘 요리는 김정 맛있는 피자다.
피자는 어떻게 만드냐면 일단 빵 위에 피자소스를 뿌리고, 그 위엔 당파 그리고 햄하고 치즈다. 그리고 전자레인지에 넣고 기다린다. 갑자기 나보고 내 눈이 똑똑하다고 해서 너무 궁금했다. 다음엔 안 그랬으면 좋겠다. 그 피자를 먹어보니 맛있었다. 다음에도 먹고 싶다.

공개수업 2011.6.24.금요일 ~ 김효빈
오늘 공개수업을 했다.
처음에는 내가 모르는 선생님들께서 오셔서 어색했지만, 보통 때처럼 수업을 했다.
나는 수업을 하면서 이런 생각을 했다.
'왜 선생님께서 정말 많으시네!'
무엇보다 좋은 건 내구들이 친구가 입장을 잡아주지 말아서이다.
정말로 기뻤고 안심이 됐다.

2학년이 ~ 2011.3.2. 화요일 ~ 김다현
오늘은 2학년이 되는 첫날이다.
선생님이 어떤 분이 들어오실지 무척 궁금했다.
그리고 선생님이 들어오셨다. 2학년 선생님도 마음에 들었다.

무대배경 그리기 ~ 구시환
오늘 무대배경 그리기를 했다. 너무 힘들었다. 지게가 그리기가 너무 어려웠다. 우리 남자들은 그림을 못 그려서 여짓분이 하기로 했다. 2등으로 나 넣으며 여자 지킨 그리기가 너무 어려워서 많이 못 그렸다. 친구 때문에 2군데가 떨어졌다. 그래서 말을다 너무 속상했다.

빨간 머리 앤 ~ 오태영
나는 빨간 머리 앤을 봤다. 아주 감동적이었다. 주근깨가 조금 이상했다. 그래도 빨간 머리 앤은 참 예뻤다. 그래서 부러웠다.
빨간 머리앤에게
빨간 머리앤아 너는 주근깨도 있구나. 나도 너처럼 되고 싶다. 나는 널 참 좋은 애라고 생각해.

책 표지 만들기1

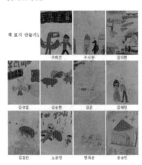

구희건	구시환	김다현
김성일	김승현	김준	김예진
김효빈	노유영	맹재윤	윤승민

---

2 학 년 때 기 억 에 남 는 일

2학년 때 기억에 남는 일 ~ 김효빈
부채춤입니다.
부채춤을 소품을 연습할 때 많이 재미있었어요. 또 애들 앞에서 부채춤 할 때 많이 떨렸습니다. 양운호가 소매짜고 큰 것도 생각이 납니다. 다시 한번 하고 싶은 생각도 있습니다. 소품을 할 때 안 배운 것들도 있는게 재미있었습니다. 한 번 인 더 한다면 포인트로 넣어서 할 겁니다.

2학년 때 기억에 남는 일 ~ 미션프렌드
구시가 우리 교실에 온 날, 구시가 너무 귀엽고 예뻤다. 그리고 구시가 너무 튼튼했다.
'선생님 구시가 너무 예뻐요!!'
나는 그날이 평생 잊혀지 않는다.

2학년 때 기억에 남는 일 ~ 김다현
저는 친구들과 현장체험을 간 게 생각납니다. 그 때 멀고 너무 즐거웠습니다. 나는 다시 2학년이 되고 싶습니다. 선생님과 함께 추억은 즐겁고 너무나 재미있었습니다. 현장체험학습은 정말 재미있고 신나고 재미있었습니다.

2학년 때 기억에 남는 일 ~ 구시환
가장 기억에 남는 일 우리 선생님이 웃긴 이야기 철수가 학교 가는데 무엇을 지나려고 했는데 똥을 밟아서 너무 웃기고, 재미있었고 실감나는 것 같았다. 이 철수이야기가 가장 기억에 남을 것 같아요.

2학년 때 기억에 남는 일 ~ 구희건
선생님이 배우신 출랑후라근 이야기와 그림자 탐기가 재미있고 그리고 바지런이 피자 난 정서기 기억나고 서랍이가 다쳤을 때 슬펐다.

2학년 때 기억에 나는 일 ... 김승현
오빠를 만들러 소풍을 갔다. 근데 선생님이 무섭다. 다 못 만들었다.
그래서 할 수 없이 갔다. 돌진나고 그랬다. 재밌다.

2학년 때 기억에 나는 일 ... 노유영
저는 기억에 나는 일이 물놀이입니다. 거기서 운도 찾고 물병에다 물을 담아 쏘는 게 재미있었습니다. 저는 우리선생이 좋습니다. 또 물놀이 할 때 제가 5등을 이겼습니다. 그럼 저는 좋았습니다. 선생님 우리 나중에 물놀이 또 해요.

2학년 때 기억에 나는 일 ... 문유빈
나는 선생님께서 무서운 이야기를 한 게 생각난다. 그리고 여자 애들 중에서 온 사람이 너무나도 무서웠다고 생각을 하였다.

2학년 때 기억에 나는 일 ... 박지민
화상일 선생님을 처음 만나서 기뻤 입니다. 친구도 생겼습니다. 그리고 오빠 여러가 오빠만에 다친 일이 생각납니다. 그리고 교실에 구피가 생긴 것도 기억에 남습니다. 선생님 2학년 때 무서운 이야기를 해 주셨습니다.

선생님과 시은이

신정호수에서

친구

행복한 2학년
북반의 파란파란한 이야기
막 쪄낸 찐빵 15-1호
2011.3.19
창작음발표회 2학년 공간

◆ 가정으로 보내요 ◆

호밀밭의 파수꾼

나는 넓은 호밀밭 같은데서 꼬마들이 어떻게하나 재미있게 놀고 있는 것을 항상 눈에 그려봐요. 많은 수천명의 꼬마들이 어른이라고는 나밖에 없는 그런데서 말이에요. 그런데 난 아득한 낭떠러지 옆에 서 있는 거에요. 내가 하는일은 누구든지 낭떠러지에서 떨어질 것 같으면 얼른 가서 붙잡아 주는거에요. 그러니까 어디로 가는지도 모르고 마구 달려가는 꼬마가 있으면 재빨리 뛰어가서 붙잡아야 하는거죠. 하루종일 그 일만 하면 돼요. 난 꼬마들을 붙잡는 파수꾼이 되고 싶어요. J.D.샐린저

◆ 일정표 ◆

특별구역 청소 아침	각자	시간	8시 30분~4시 40분 10분간 활동
특별구역 청소 정리	규미	저녁	급식 배식 및 정리
급식당번	승빈	재윤	급식 배식 및 정리
급식당번	유진	혜림	급식 배식 및 정리
음식당번	승혜	민재	급식 배식 및 정리
신발장 물건 닦기	우진	윤호	32시 이후 시간씩 활동
주변의 청소 도구담당	유빈	재은	8시 정리활동
안내판 나눠주기	정민	지민	안내장 있을 때 수시 활동
우유 당번	지혜	시은	우유 급식 시간에 활동
교실 책읽기 정리	승혜	사진	32시 이후 시간씩 활동
목도 물고 닦기	윤호	사진	32시 이후 시간씩 활동
집안 정리담당	지민	도인	32시 이후 시간에 활동
칠판 관리	혜빈		쉬는 시간마다 활동
선생님 심부름	윤호	승현	수시로 활동
봉사도우미	지민	재은	수시로 활동

우리의 2기 1기의 꼬마들입니다. 아이들의 희망을 받아서 순서대로 정하였습니다. 역할에 따라서는 서로 돕고 있고 고정 힘께 하는 모습도 있습니다. 3월달마다 정성된 활동부터요. 1기 1번 활동을 결정 친구들부터 다음달의 2번 활동을 준비할 수 있는 기회를 주었습니다. 물어보면 정성된 활동에서 우리의 서로 자신감 잘 친구의 좋아 태도로 보여줄 수 있습니다.

◆ 우리들 지킴이 왕 시미 시작

받아쓰기에 대한 안내입니다
지난번에 드린 받아쓰기 유인물을 중심으로 매주 월요일 아침에 받아쓰기 시험을 지켰습니다. 주말에 받아쓰기 공부해서 월요일 시험을 잘 볼 수 있도록 합니다.
준비물: 받아쓰기 공책
혹전 100자를 받은 친구는 교실 뒷면에 있는 '우리팀 자랑의 광'에 스티커 1개 붙입니다.
◆ 마르코브르 쇼크

선 생 님 께

존경하고 사랑하는 선생님께
선생님을 사랑하는 효빈이에요. 선생님 우리들한테 재미있는 이야기를 해주셔서 감사합니다. 그리고 기타를 쳐 주시는 것은 저희들을 사랑해 주심이라고 저는 생각해요. 또 우리를 열심히 가르쳐주셔서 감사하고 사랑합니다. 저희 2학년3반을 사랑하시는 선생님 2학년이 끝나는 날까지 아껴주고 사랑해 주세요. 선생님 많이많이 사랑해요. 『김효빈』

선생님, 저 여선이에요.
우리를 많이 사랑해 주시고, 공부도 잘 가르쳐주시고, 재미있는 이야기도 하시고, 기타도 쳐 주시는데, 말해버린 저처럼 피곤해요. 그동안 우리 때문에 말이 많아질 것 같으요 선생님 말을 더 잘 듣고, 공부도 열심히 할께요. 그리고 공부도 열심히 안하는데 선생님 쳐주셔서 감사합니다. 사랑해요. 그리고 예전에 수업시간에 책 봤을 때 거 싫어하시는 줄 알았는데 사랑해 주셔서 감사합니다.
진짜로 사랑해요. 3학년이 되어도 선생님 잊지 않을께요. 선생님께서 저를 사랑하시는 만큼 저도 사랑해요. 안녕히 계세요. 『레온브랜드』

선생님 안녕하세요.
선생님 그동안 말이 우리 때문에 힘들었죠. 선생님 사랑해요. 선생님 말이 주시고 경탈 물론 번에 쳐 온 것 같아요. 선생님 우유통기 해 터졌는 것도 쳐주고 선생님 사랑해요. 선생님 좋은 학교고 멋진 분 있고 저도 사랑해요.
그동안 너무 고마웠어요. 그리고 선생님 사랑해요. 3학년이 돼도 선생님을 잊지 않을 거에요. 선생님! 사랑해요.
우리가 만나는 일도 많고 날이 얼마없나요. 선생님 사랑해요. 제가 3학년이 되도 잊지 말아주세요. 선생님 사랑해요. 3학년이 되도 선생님 절대 잊지 않을 거에요. 그동안 재미있고 행복했어요. 선생님 사랑해요. 『김다현』

선생님 사랑해요. 저희를 가르쳐 주시고 모르는 것도 재미있는 이야기 실감하게 알게 재미있는 공부도 타타하게 웃음소리가 퍼지는 우리 반 선생님 사랑해요 고맙 사랑해요. 선생님 공부 잘 하시고 어른 될 때 훌륭한 사람이 될게요. 『손민숙』

사랑하는 선생님께
선생님 사랑해요. 하나 가르쳐 주셔서 사랑합니다. 저도 지반이방 안 바쁘셨요. 사랑하는 선생님께요. 저도 사랑해요. 『오혜빈』

선생님 안녕하세요? 저 재리에요.
저희를 가르쳐 주셔서 감사 사랑해요. 그리고 기타를 칠 적부터서 사랑해요. 재미있는 이야기를 해주셔서 사랑해요. 또 마음을 해주셔서 사랑해요. 실천하시는 말들을 알게 해주셔서 감사해요. 점수도 많이 주셔서 사랑해요. 자주 웃어주셔서 우리가 행복한 선생 감사하고 사랑해요. 3~6학년 때까지 선생님이요? 선생님 사랑해요. 사랑해요!! 『원태리』

선생님, 사랑해요. 기타를 멋있게 쳐주셔서 선생님 사랑해요 선생님을 미모가 부러워요(이모나이(40씩448살) 선생님 사랑해요. 이때까지 공부 쳐서 요 선생님 계속 있지 않을께요. 선생님, 사랑해요. 특별해서요. 선생님 화내시요 선생님, 사랑해요. 멋있으셔서요 선생님, 사랑해요. 재미있는 게임 시켜 주세요. 『윤수빈』

울란 파이팅!!

학급문집을 마치며

■ 최상길 선생님

사랑하는 울보에게

학부모님, 울보 친구들에게 깊은 감사와 마음을 전합니다. 또 1년은 참 행복
했습니다. 착하고 예쁜 울보 친구들과 보낸 시간은 큰 축복이었습니다. 아름다
운 시간에 감사합니다.

그동안 학급 홈페이지에 글을 쓰면서 행복했었습니다. 하고 싶은 이야기를 이
것 저것 늘어 놓다보면서 마음이 투명하게 보였습니다. 쓴 글을 읽고 또 읽습
니다. 자꾸 날 들여다보았습니다. 그러다 하심이 소중히 동글동글 피어오르면
그리자 흐려져 내려놓을 수 있었습니다. 글을 쓰면서 행복했고 읽으면서 행 바
로 잡았습니다.

언젠가 제가 근무한 학교 근처에 작은 판화집을 차렸지도 모르겠습니다. 혹
시 지나시다 '따끈따끈한 찐빵'이라는 간판이 보이면 문을 살짝 열고 가만히
들여다보세요. 초고운 구물거리는 하얀 머리를 깎고 있는 등이 초곱 굽은 한
키 큰 남자가 있습니다. 공손히 웃어 인정을 쫀 그 남자는 진지하게 판화를 만
들어 내고 있습니다. 테이블 한 구석엔 오래된 기타가 있고 책꽂이엔 젊은 시
절 아이들을 가르치면서 만들었던 빛바랜 학급문집이 꽂 꽂혀 있을지 모르겠
었습니다. 크지는 않습니다. 작은 가게입니다. 그리고 혹시 가게 않에 하얀색
커나맣이 있었지도 모르겠습니다.

옛날 집에 가면 대청마루 위 오래된 액자 속에 흑백사진을 조각조각 끼워
있는 것을 본 적이 있습니다. 따끈따끈한 판화집에도 액자가 있을지 모르겠습
니다. 그 속에는 너무나도 사랑하는 어머니, 아버지, 아내와 나의 아이들, 여동
생네 식구들, 그리고 소중한 나의 울반 친구들의 사진이 있을지도 모릅니다.

감사했습니다.
학부모님, 울반 아이들, 감사합니다.
학급문집의 나무 늦었습니다. 미안합니다.
부탁있네요.
2012년 3월 15일 늦은 밤에
사랑하는 최상길 선생님이

[닫는 글]

꼴찌를 위하여

지금도 달리고 있지. 하지만 꼴찌인 것을.
그래도 내가 가는 이 길은 가야 될걸지.
1등을 하는 것보다 꼴찌가 더욱 힘들다.
바쁘게 달려가는 친구들아, 손잡고 같이 가보자.
보고픈 책들을 살짝 밤마음이 내 꿈도 보고
이 밤 저 들판 거닐면서 내 꿈도 지키고 싶다.
어갈은 1등보다는 자랑스런 꼴찌가 좋다.
가는 길 포기 하지 않는다면
꼴찌도 괜찮을거야.

2011년 학급문집

학교종이 땡땡땡 15집

◇만든 곳 : 세교동 따끈따끈한 찐빵 출판사
◆만든 이 : 최상길 선생님과 열매들
◇만든 날 : 2012년 3월 2일

▲평택송화초등학교 주소
(우450-150) 경기 평택시 팽성읍 송화덕지 25번길 14
평택송화초등학교
대표 전화 : 031-658-1454

▼최상길 선생님 주소
집전화 : 031)682-2930
손전화 : 016-9688-9132
e-메일 : momzian@chol.net
홈페이지 : zioomom.cafe24.com

선생님과 인쇄와 편집&제작 참여자들
시고 포장봉에는, 좋은 안에 사
기 쑴게 연소할 먹고 오래자소증
자은 다음 포탈에서 시장 바라 도
와하세요. 만약 선생님이 영수를
읽으면 이 카드를 꼭 가져와 합
니다.

따끈 따끈한 찐빵

찐빵 무료 고객 카드
school family card
카드번호 : 2011psh15( )
유효기간 : 2020부터 영원히

찐빵 15기

학교종이 땡땡땡 15집/ 2011 평택송화열매들	발행일 : 2012. 3. 2
만든사람 : 최상길 선생님 momzian@chol.net	연락처 : 평택송화초교 2학년5 3반 http://zioomom.cafe24.com
이 문집은 비매품입니다. 그러나 소중히 간직해주세요.	

학급 신문 · 문집으로 학생, 학부모와 소통해 보세요

"선생님, 박찬호 모자 하나 보냈습니다. 일권이도 똑같은 걸 쓰고 있습니다."

"아버님, 웬 모자인가요! 감사합니다."

시골 분교에서 1학년을 가르쳤습니다. 아이들은 주말에 주간학습 안내를 출력해서 집으로 가져가는데 뒷장을 하얗게 비워 보내는 것이 심심해서 아이들의 이야기를 적어 넣기 시작했습니다. '가슴으로 읽는 글', '학급 기사문', '일기글', '학부모님께 드리는 글' 등으로 주마다 조금씩 내용은 달라졌지만 어느새 주간학습안내 뒷장은 늘 채워져 있게 되었습니다. 학급신문에 가끔 박찬호 선수를 응원하는 글을 쓰기도 했었는데 그걸 보신 일권이 아버님께서 시장에서 LA 다저스팀의 야구모

자를 보고 제가 생각나서 하나 더 구입해서 선물로 주신 것입니다. 매주 학급신문을 기다리신 아버님께서는 학년 말에 학급문집 표지도 디자인해 주셨습니다.

학급을 운영하다 보면 마음을 나눌 수 있는 아버님을 만나는 것이 쉽지 않은데, 일권이 아버님께서는 학급 일에 늘 여러 모양으로 마음을 써 주셨던 기억이 있습니다. 일권이는 차돌처럼 단단하고 아이디어가 반짝이던 아이였습니다. 시골 분교에서 아이들과 놀면서 지내던 시절이 그립습니다.

저는 해마다 담임을 맡은 반 아이들과 1년을 지낸 기록들을 모아 문집을 만들어 왔습니다. 1995년 첫 문집인 '우리 몽땅'이 나왔고, 다음 해 2호 문집인 '오이지'가 나왔습니다. 그리고 3호부터 마지막 21호까지는 '학교 종이 땡땡땡'이라는 이름으로 펴냈습니다. 주말마다 나가는 학급신문의 이름은 '행복한 꽃반의 따끈따끈한 이야기 〈막 쪄낸 찐빵〉'입니다. 신문에는 학급 운영 계획부터 독서 활동 안내, 아이들 글, 선생님 글, 부모님들이 궁금해하는 것들을 담았습니다. 교사로서의 제 모습도 투명하게 보여 드리고 가족도 소개했습니다. 이런 기록들이 모여서 학년 말에 문집으로 완성되었습니다.

학부모님과의 소통은 온라인으로는 학급 클래스팅(CLASSTING)을 이용했습니다. 온라인 공간은 학부모님의 접근이 쉬웠습니다. 학부모님은 오래 기다릴 필요 없이 교사가 올리는 이야기를 바로 확인할 수 있었

습니다. 클래스팅은 학부모와 학생들이 회원으로 가입해 알림장, 주간 학습, 아이들 사진, 학급신문, 교사일기 등을 함께 나누었습니다. 처음 에는 교사가 올린 글이 대부분이지만 시간이 지나면서 학부모들이 참 여하고 서로 가족을 소개하고 일상을 공유하는 공간이 되어 갔습니다.

교실에서 아이들과 함께하는 시간을 보여 주려고 노력했습니다. 부 끄러울 때도 있지만 교실의 모습을 있는 그대로 투명하게 보여 주고자 했습니다. 아이들이 보여 주는 순간순간의 말과 행동들을 수첩에 기록 하고 방과 후에는 클래스팅과 교사일기로 남겼습니다. 학부모님들도 내 아이의 활동한 모습들을 그림으로 그리듯 볼 수 있고, 교사의 생각도 엿볼 수 있는 기회가 되니까 학급의 활동을 더 믿고 맡길 수 있다고 생 각했습니다.

더 잘할 수 있는 아이들이 성격적으로 수줍어서 표현하지 못하는 것 이 안타까웠습니다. 먼저 학급에서 학생들이 '나'를 세우는 것이 중요 하게 생각됩니다. 나를 세우고 모둠 속에서 나의 역할을 해 나가고 모둠 에서 학급으로 세계를 넓혀 가는 과정은 아이들이 처음 겪는 학교라는 사회에서 바르게 성장해 나가는 과정이 됩니다.

여러 가지 이유로 표현하는 힘이 부족한 아이들을 돕는 방법을 생 각했습니다. 아이들의 모습을 관찰해 글로 옮겨 학부모님과 나누었습 니다. 익명으로 전달되는 글을 통해서 교실에서 하루는 보내는 아이들 의 모습을 투명하게 보여 드렸습니다. 잘하는 아이와 못하는 아이를 비

교하는 것이 아니라 꽃반의 아이들이 모두 내 아들, 내 딸이 되어 다양하게 성장하는 모습을 관찰할 수 있도록 했습니다. 아이들은 집에서 학급의 하루를 오롯이 전달받은 학부모님들과 학급에서 일어나는 소소한 일상에 대해서 이야기를 나누었습니다. 시간이 흐르면서 수줍음을 많이 타던 아이들도 조금씩 적극적인 모습을 보이기 시작했습니다. 매일 꽃반에서 벌어지는 싱싱한 이야기들을 물어보고 설명하면서 학부모님도, 아이들도 점점 꽃반에 익숙해져 갔습니다.

꽃반의 이야기에는 아이들을 바라보는 교사의 마음, 한 명의 교사로서 교직을 바라보는 마음, 그리고 세 아이의 아빠로서 집의 아이들을 바라보고 기대하는 마음을 담았습니다. 꽃반의 이야기를 읽으면 학부모님은 교사의 마음을 입체적으로 온전히 느끼고 이해하게 되었고, 많은 부분을 공감하게 되었습니다. 꽃반의 이야기가 쌓여 갈수록 서로에 대한 이해와 신뢰의 깊이 점점 더 커져 갔습니다. 새 학년이 되면서 긴장으로 만났던 선생님이 점점 친근하게 다가왔고, 글로만 보던 선생님을 만나기 위해 학교로 오게 되었으며, 매일, 매주 아이들의 소식을 기다리며 행복한 1년을 보내게 되었습니다. 꽃반의 학부모가 된다는 것은 아이들의 모습을 이야기로 받아 볼 수 있다는 것, 교실을 투명하게 바라볼 수 있다는 것입니다. 그리고 학년 말에 학급문집을 1권 선물로 받게 된다는 것입니다.

학부모님과 공유하고 소통하기 위해 잠시도 쉴 틈 없이 부지런히 달

렸습니다. 경력이 쌓이면서 학교의 업무도 많아져 가기에 꽃반의 이야기가 정리되는 시간은 점점 늦어져 갔습니다. 힘들어 잠시 쉬고 싶다가도 매일 아침 글을 기다리는 학부모님의 마음을 생각하면서 자세를 고쳐 잡은 적도 여러 번입니다.

그런데 생각해 보면 가장 큰 도움을 받는 것은 교사입니다. 자신을 신뢰하고 있는 사람들 속에서 살고 있다는 사실은 교사의 시간을 더 풍성하고 의미 있게 만드는 일이기 때문입니다. 그리고 소통의 다리로 이러진 신뢰의 관계는 1년을 넘어 반가운 마음으로 웃으면서 만날 수 있고 서로 응원할 수 있는 관계로 이어지게 됩니다.

아이들을 관찰하는 일은 아이들과 소통하는 길입니다. 아이들을 관찰하다 보면 말을 걸게 되고 말을 걸다 보면 어려운 일, 즐거운 일, 속상한 일을 느끼게 됩니다. 관찰은 이야기가 되어 글로 옮겨집니다.

교실의 이야기를 글로 옮겨 나누는 일은 학부모와 소통하는 길입니다. 꽃반의 이야기를 통해서 작은 교실 안에서 하루 동안 일어나는 일을 온전히 들여다볼 수 있는 학부모는 교사의 교육 활동을 신뢰할 수 있게 됩니다. 신뢰의 관계가 일단 형성되고 나면 다른 학급에서 문제가 될 수 있는 사안도 꽃반에서는 문제가 되지 않고 넘어가게 됩니다. 이는 학부모님들이 교사를 깊이 이해하기 때문에 가능한 일입니다. 이제 학급의 모든 교육 활동은 의미를 더하게 됩니다.

우리 반 급훈이 '꽃들아, 니 맘대로 피어라'입니다. 우리 반을 꽃반

이라고 표현하는데, 아이들이 그 씨앗 속에 준비하고 있는 아름다움이 스스로 피어나도록 지켜봐 주는 것이 교사가 할 일입니다. 어떤 꽃이든 꽃은 다 자기만의 가치 있는 아름다움을 지니고 있습니다. 그저 다치지 않고 예쁘게 피어나길 바라고 기도하고 있습니다.

언젠가 제가 근무한 학교 근처에 작은 찐빵 집을 차릴지도 모르겠습니다. 혹시 지나시다 '따끈따끈한 찐빵'이라는 간판이 보이면 문을 살짝 열고 가만히 들여다보세요. 조금은 구불거리는 하얀 머리를 하고 있는 등이 조금 굽은 한 키 큰 남자가 있습니다. 검은색 뿔테 안경을 낀 그 남자는 진지하게 찐빵을 만들어 내고 있습니다. 테이블 한구석엔 오래된 기타가 있고 책꽂이엔 젊은 시절 아이들을 가르치면서 만들었던 빛바랜 학급문집이 몇 권 꽂혀 있을지 모르겠습니다. 크지는 않습니다. 작은 가게입니다. 그리고 혹시 가게 앞에 카니발이 있을지도 모르겠습니다.

옛날 집에 가면 대청마루 위 오래된 액자 속에 흑백사진들이 조각조각 들어 있는 것을 본 적이 있습니다. 따끈따끈한 찐빵 집에도 액자가 있을지 모르겠습니다. 그 속에는 너무나도 사랑하는 어머니, 아버지, 아내와 나의 아이들, 여동생네 식구들, 그리고 소중한 나의 꽃반 친구들의 사진이 있을지도 모르겠습니다.

새로운 꿈을 꾸고 있습니다. 그동안 담임했던 아이들의 인연이 더 소중하게 느껴집니다.

무탈하세요.